「ボクの〈王《ルガル》〉。やっと会えたね」

「ここで出会うのが
ボクらの〈運命〉だったんだよ」

ルガルギガム

【上】

黄昏の女神と廃墟の都

YOSHIAKI INABA
稲葉義明

illustration: toi8

十字軍の騎士 グウェンドリン
ニューヨークの警官 ケニー

現代日本の高校生 天城颯也
〈国士〉の少年 スエン
戦国時代の野武士 村上甚五郎

LUGALGIGAM

上

CONTENTS

The Heroic Legend of Lugal

ルガルギガム 上

黄昏の女神と廃墟の都

稲葉義明

FB
Famitsu Bunko
ファミ通文庫

イラスト／ｔｏ・ｉ８

「タフでなければ生きていけない。優しくなれなければ生きている資格がない」

――チャンドラー『プレイバック』

プロローグ

「どこなんだよ、ここ……どっちにいけばいいんだ……」

蒼《あお》い夜の中を泳ぐように逃げていた。

腰丈の麦穂をかき分け、ナツメヤシの木立を抜け。

「ハァッ、ハァッ」

いずことも知れない異国の小丘を、死にものぐるいで走る。

月明かり。幸い、地下の暗闇《くらやみ》に慣れた目には明るすぎるほどだ。

四方を見渡せば、冷たいその光を浴びた麦野が彼方《かなた》まで波打ってる。

ここ、やっぱ日本じゃない……。

目の前に広がる平野は、あまりにだだっぴろすぎた。見知らぬ景色に木々。人家どころか照明の光だってまるで見当たらない。

絶望に思わず足が止まる。
そのとき、風に乗って、不気味に尾を引く遠吠《とおぼ》えが耳に届いてきた。
血が凍った。
途方に暮れてる余裕なんてないんだ。
追われてる。醜《みにく》い〝できそこない〟どもが着実に迫ってきてる。
「助けて……」
身を守るものは布一枚ない。左手に固く握った携帯が、持ち物のすべてだ。
焦りとは裏腹に、土牢《つちろう》で痩《や》せ細《ほそ》った手足は思うように回ってはくれない。
転んだ。
思い切りつんのめり、まともに土に激突した。受け身も取れず悶絶《もんぜつ》する。
かさり。
草を踏む足音が鳴った。すぐ、ほんのすぐ近くで。
「ひッ！」
見つかった⁉　反射的に両手で頭を抱え、胎児のように縮こまってガタガタ震える。
けど歩み寄ってきた足音は、おもいがけず優しい手つきでオレを仰向《あおむ》けに直した。
そのまま、なにも起きない。
おそるおそる目蓋《まぶた》を開く。

そこに彼女がいた。

「ボクの〈王《ルガル》〉。やっと会えたね」

あざやかな緋《ひ》色の髪《かみ》とエメラルドグリーンの大きな瞳。同年代か、少し下の印象。

童顔なのにどこか蠱惑《こわくてき》的な、妖精《ようせい》めいた面差しの娘。

ドレスに似た昔の異国風の長衣を着ている。

オレの頭はその膝枕《ひざまくら》の上に乗せられていた。

〝できそこない〟じゃない。誰だ、こいつは。なに意味不明なこといってんだ。

恐怖で心臓《しんぞう》が破れそうに暴れ、甲高《かんだか》い耳鳴りが鼓膜《こまく》を圧する。

転んだ拍子に落とした、命の次に大事な携帯が少女の手にあった。それを見つけた瞬間、オレの理性は、自分でも驚《おどろ》くほどの捨てばちな逆上に圧倒されていた。

「か、かえせ!」

頭上の白磁《はくじ》めいた首を、両手で下からくびるように摑《つか》んだ。

「ここで出会うのがボクらの〈運命《ナム》〉だったんだよ」

白い首をオレに絞められかけながら、夕焼け色の髪の少女はいとおしげに微笑《ほほえ》んだ。

夜空を背景にした顔の横に、童話めいた大きな月が浮いている。

浅葱《あさぎ》色の瞳が、静かに閉じた。

「でも……いいよ。ソーヤなら、終わらせられるかも」

暴力的な衝動《しょうどう》とせめぎ合いながら、ゆっくり手を首から引きはがす。

なぜそんな殺意に駆られたのか。どうしたらいいのかわからない。反響する耳鳴りで頭が割れそうだ。自分のものじゃない異常な激情が心の中でのたうち、オレを引きずろうとしている。

オレ、どうしちまったんだ。

混乱したまま、ただすすり泣く。

泥と汗と涙にまみれた顔を白い手が押さえた。

少女の双眸《そうぼう》が触れるほど間近に寄せられる。ひたと見据える大きな目に、瞳術《どうじゅつ》に囚《とら》われたように身動きができない。

「——お前たち。ボクを忘れてしまったなら、そっちにいこうか」

別人のように無感動な、少女の視線と囁《ささや》き。

なぜかそれはオレじゃなく、オレの瞳の奥に向けた言葉に思えた。

するとまなざしに気圧《けお》されたがごとく耳鳴りは遠のいてゆき、やがて収まった。どうにもならなかった苛立《いらだ》ちも、嘘《うそ》みたいに晴れていた。

聞き違いか？　初めて見る娘なのに、さっき名前を呼ばれたような。

「……こんなことになるなら……」

言葉になりきらない呟《つぶや》きが小さな唇《くちびる》から漏《も》れた気がした。

「……誰？　……オレの名前、なんで」

なんでか知らないけど、この娘はオレを知ってる⁉　直感めいた理解。

ようやく振り絞った問いかけを、夜を切り裂く咆吼《ほうこう》がさえぎった。

近い。すぐそこだ。

「うッ、うわ――――ッ！」

とっさに巡らせた視線の先、丘の裾野《すその》に、月光を浴びて異形《いぎょう》どもの姿があった。

ワニの頭をした男。みっつの人面を持つ豹《ひょう》。獣の足を無数に生やした四つんばいの女。

ギラギラと目を光らせ、涎《よだれ》を垂らしながら、続々と集まってくる。

〝できそこない〟。人であることをやめさせられたモノたち。

「もう怖くないよ。ソーヤはボクが守るから」

暗いあの土牢に連れ戻される！　今度は恐怖で取り乱しかけたオレを、自信たっぷりに請けおう言葉が魔法のように落ちつかせた。

つと少女が立ち上がり、恐れ気もなく丘の下に歩き出す。

「あ……」

だめだ。危ない。食い殺されちまうよ。

懸命《けんめい》にかぶりを振るオレを、場違いに明るい笑顔が見返った。

「だいじょぶ、だいじょぶ。すぐまた会えるよ。だってそういう〈運命〉だから」

そういって向けた背中には、神秘的な燐光《りんこう》が輝いていた。

黄から橙《だいだい》、緋色へ。

刻々と色合いを変え、陽炎《かげろう》に似てゆらめく霊気《オーラ》。

一対《いっつい》の翼に見える光は、歩みに合わせて天にそびえるほど巨大に広がってゆく。

平然と目前まで歩んできた少女に、凶暴な〝できそこない〟どもが気圧されたようにたじろぐのが遠目に見えた。

けど次々と新たな〝できそこない〟が到着し、やがて輪となって少女を囲むに及んで、わずかな理性の抑えは、ついに獣性に圧倒された。

血に飢えた合成獣《キメラ》が一斉に小柄な少女に襲《おそ》いかかった。


「キミたちの〈運命〉は定まった」

遠く離れているのに、どこか哀れみを帯びたその宣告はなぜかはっきり聞こえた。

そしてすべてが、燃え上がる黄昏《たそがれ》色に包まれた。

それが、オレとカグシラの女主人《エレシュ》、ラクエルの出会いだった。

「ソーヤが怖い夢を見たら、ボクが起こしてあげるよ。何度でも」

LUGALGIGAM

The Heroic Legend of Lugal

第一章……ラクエル……

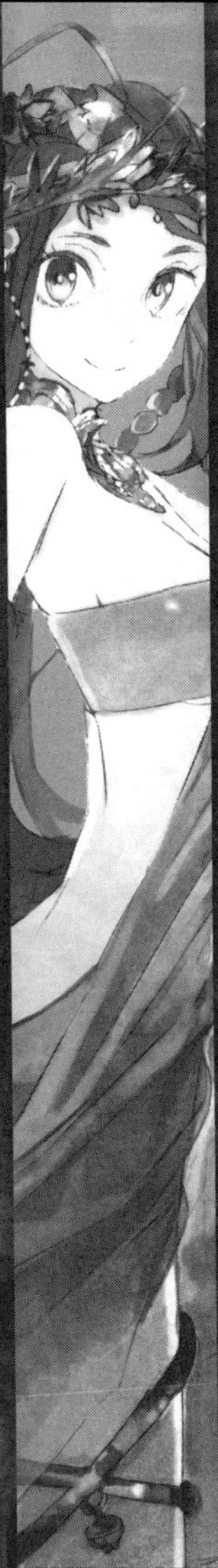

1

天城颯也《あまぎそうや》。あまぎそうや。アマギ・ソーヤ。

いまや書き方さえ忘れかけちまってるけど、それがオレの名前。

日本の高校に通う平凡な学生……だった。ほんの一年前までは。

それがなんの因果か下校中に〝怪物〟と形容するしかないモノと出くわして、気がつけばとんでもない場所に放り出されていた。

〈国土《キエンギ》〉と呼ばれる、気が遠くなるほど昔の世界だ。

どうやら中東とかメソポタミアとかアラビアとか、大体そのへんの地域にいるらしい。

最初は夢だと思った。ゲームの中かと思った。

けど現実は非情だ。

泣こうがわめこうが目は覚めない。案内キャラは現われず、自動ログアウトもしない。

ひとり異郷に放り出されたオレは、文字どおり死ぬほどの目に遭《あ》いながら、カグシラの街に辿《たど》り着いた。

カグシラは小さな都市国家だ。廃都バビロンの外辺にあって、市壁の外には広大な廃《はい》墟《きょ》が広がってる。

そのどこかに、日本に帰るために必要な〈星門《カムル》〉が眠っている。そんな噂《うわさ》に望みを託して、オレは財宝を求めて瓦礫《がれき》の都をサルベージする遺跡荒《いせきあ》らしたちにもぐり込んだ。

わけはわからない。いまもってわからない。

それでもこの暑い太陽と泥土の大地──〈国土〉では、待ってるやつにはなにも与えられない。望みがあるなら、嫌でも勝負するしかない。

たとえ、それが一介の高校生にはデンジャラスすぎる背伸びであってもだ。

いま置かれてる状況を例にとろう。

オレは、廃墟のまっただ中にあるレンガ造りの廃屋の屋上に身を潜めている。

周囲には、ここと同じような平たい陸屋根《ろくやね》を持つ、同じような民家が、見渡す限りのゴースト・タウンとして広がっている。

時刻は深夜。

ただの物見《ものみ》、散策同然の役目じゃ、という安請け合いにホイホイと乗せられたオレは、廃墟の中にある放棄されて久しい神域に調査隊のひとりとして赴《おもむ》いた。

ところが十四名を数えた隊は（欲の皮の突っ張ったアホどものせいで）とんでもない化け物と交戦。あっけなく蹴《け》散《ち》らされ、こうして廃都でビビりながら一夜を過ごすハメになったってわけ。

一緒にいるのは、オレと同じ〈外の者《バー》〉のケニーさんと大けがをして動けない老人ひとり。

逃げだそうにも逃げようがない。絶体絶命の状況ってやつだ。

満月のおかげで、あたりが昼間のように明るいのがせめてもの救い。

「夜明けまで見つからずに済んでくれよ……」

おかしな兆候《ちょうこう》はないかと、そろり中腰になって、腰丈の手すり柵《さく》の上から周囲に目を配った。

「異常ナシ……かな?」

この古代都市の廃墟に、所狭しとひしめいている簡素な日干しレンガ造りの民家は、おしなべて丈が低い。ほとんどが平屋、せいぜいが二、三階建てだ。

その間を走る曲がりくねった細い街路には、異様な黒い濃霧《のうむ》があたかもドライアイスの煙のように垂れ込め、ねっとり波打っている。

夜になると地の底から湧き出てくる、〈瘴気《ニ》〉だ。

煤《すす》によく似た〈瘴気〉の雲海に沈み、上部だけを浮島のように覗《のぞ》かせた街並み。

月下のモノトーンの世界は幻想的だった。そこに潜む危険を、しばし忘れさせるほど。

廃墟の暗闇《くらやみ》で物音ひとつにびくつきながら後悔するのも、これで何度目なんだか。できるなら、一分一秒たりともこんな場所には留まっていたくない。

けど、のこのこ夜の市街を強行軍なんて自殺行為だ。みすみす食屍鬼《グール》どもの餌食《えじき》になりにいくようなもんだ。

しみじみと溜息《ためいき》。いや。わかっていますとも。ただの自業自得。

チャンスはあった。最初にしっかり断わってれば、ザリンヌ神殿の調査隊なんかに加わらなくても済んだんだ。

くそう。自分の意志の弱さに軽く絶望してみる。

けどどんな小さな集団にも、士農工商カースト制度はありまして。立場が下の者は、上の者に従うのが処世術というものです。

日本の標準的な高校生が、傍若無人《ぼうじやくぶじん》な野武士さまの指図に逆らえるはずもなく。

「あーったく。ひってえ始末になっちまったなあ」

陸屋根の柵に背もたれて座り込み、夜空に白々と輝く異国の月を見上げる。

満月の隣には、星空を背にした異形の巨塔《バベル》が、冴え冴《さざ》えとした銀光を半身に浴びて、ぼうっと浮かび上がっていた。

塔は高層ビルも霞《かす》むほど高く、テラスや尖塔《せんとう》に似た凹凸《おうとつ》が壁面を飾っている。比較対象が皆無なんでスケール感が狂うけど、スカイツリーよりずっとデカい。

バベルの塔といえば、思い出すのは有名な伝説だ。

神に背こうとした王に築かれ、神罰に触れて崩れた塔。それまで同じ言葉を喋《しゃべ》っていた人類は、塔が打ち砕かれたのを境に別々の言語を話すようになった……。

なぜか〈国土〉では、その伝説さながら会話に不自由しない。知らないはずの言葉でも、意識に届いたときには、意味がわかるように〝翻訳〟されてる。〈国土〉の人々はその不思議を、伝説と同じ名に〝翻訳〟される、あの塔のおかげなんだといっている。んなバカなといいまだ半信半疑なものの、他に説明がつくわけじゃない。

天にも届こうかとそびえる威容は、まるで滅びた都の墓標《ぼひょう》みたいだ。

バビロンってのは、古代のメソポタミア、現代の中東にあった大都市らしい。世界の中心として栄華を極めた伝説が残り、聖書では退廃と異教のはびこる場所として描《えが》かれてる。

実際、砂色の壮大なゴースト・タウンであるこのバビロンにも、未曾有《みぞう》の災厄に見舞われ滅びたつい十年ほど前まで、物凄《ものすご》い数の人が生活していたって話だ。

けどいまや、生きている住人はいない。

徘徊《はいかい》しているのは、人であることをやめた存在と餓《う》えた化け物だけだ。

さまざまな危険が、廃都の眠りを乱そうとする欲深者――遺跡荒らしと呼ばれるオレたちのような連中――の生命を絶とうと待ちかまえてる。

バビロンを滅ぼした魔霊、逃げきれなかった住民が変じた食屍鬼や亡霊、〈瘴気〉に巻かれて狂った野獣の類《たぐい》、そして〈瘴気〉そのもの……。

だから〈瘴気〉の害が深刻になる日没までに安全地帯まで戻れなかった場合、こうして家屋の屋上に緊急避難《きんきゅうひなん》するのが遺跡荒らしのセオリーになってる。

夜のバビロンをうろつくより、化け物どもに気取《けど》られないよう息を潜めながら運を天に任せるのが、まだしもマシな選択ってわけ。


不安を押し殺しながら、ひしめく民家のさらに向こうに頭を覗かせている、小丘に似た建造物のシルエットを望んだ。

バベルの塔は圧倒的に別格として、あれも群を抜いて大きい。

オレたちはあそこの調査中に襲《おそ》われた。

月の光を反射して陰気に黒光りしている、ピラミッドの遠縁の親戚《しんせき》みたいな階段状の大建築だ。人々が〈聖塔《ウニル》〉と称する、レンガを何万個も積み上げたああいう遺跡を、現代ではひっくるめてジグラットっていう。

〈聖塔〉は聖域の中心、神々の住居だ。それぞれに神聖な名がある。たとえばあの黒い彩色レンガで組み上げられた〈聖塔〉は〈エバドニグル〉。〝畏怖《いふ》で打ち砕く城壁の家〟とか、だいたいそんな意味になる。

あそこからここまで、怪我人《けが》を背負いながら三時間。日没までに、それだけ離れるのが精一杯だった。

十分逃げた。そう思いたいとこだけどなあ……。

気がついたら、また携帯を右手に握り込んでた。いつものクセだ。

オレが本当は何者で、どこに属するのかを思い出させてくれる、ただひとつの名残《なごり》。

この時代にはありえないプラスチックの硬く滑《なめ》らかな手触りが、行き場のない不安をなだめ、なにを優先すべきかを思い出させてくれる。

目的はシンプルだ。

生き残る。そして家に帰る。

それだけを目指していればいい……。

「相変わらず持ち歩いてんだな。落としても知らないぞ?」

背後から、からかいを含んだ声がかかった。振り向けば、あぐらをかいて手すり柵に背もたれたケニーさんがニヤッと笑っていた。

アクション映画のタフなヒロインばりに颯爽《さっそう》としたこの革ベストを着た女性は、オレと同じ境遇――〈外の者〉と呼ばれる、別の時代からこの〈国土〉に迷い込んだ漂流者――だ。

さばさばした快活な姉御肌で、年齢は二十代の半ばくらい。百七十センチのオレより、頭半分ほど背が高い。髪は金のウルフヘアだ。

元々はニューヨークで警官《けいかん》をやってたそうで、右も左もわからない時期、いろいろ親身になって世話を焼いてくれた。オレにとって命の恩人のひとりだ。

「そっちだって、腰にいっつも拳銃《けんじゅう》ぶら下げてるじゃないっすか」

「まあな」

ひょいと肩をすくめたケニーさんは、背に腕を回したかと思うと、一瞬でオートマチックを抜き放ち闇に狙《ねら》いを定めた。さすが元ニューヨーク市警察《NYPD》。堂に入っている。

「弾切れで、とっくに兎の足《ラッキー・チャーム》だけどな」

この人の現在の相棒は、すぐ隣の柵に立てかけられたクロスボウのほうだ。けれどあのM9という拳銃も肌身離さない。

「なにか手元にないとな。忘れちまいそうになる。お前の携帯《それ》と同じだよ」

「……そっすね」

身につけている物のほぼすべてが〈国土〉の品だ。

衣類は、Tシャツ風の上着に、ダボッとした不格好なズボンを仕立ててもらっている。いまはその上から、通気性と運動性のいい革胴衣、腕と脛《すね》に革甲を巻き、足にはブーツに似た革靴《かわぐつ》を履《は》いた探索モードの格好だ。

いくら気候が暑くても、さすがに裸体腰布ＯＫのご当地ファッションには踏み切れない。だから亜麻布や毛織物のごわごわした感触は諦《あきら》めるしかない。

問題は、その肌触りにすっかり慣れちまったところにある。


異国の食事の味。

お互い違う言語を喋っているはずなのに、問題なく理解できるバベルの塔の不思議。

肌を焦がす中東の太陽と、乾いた風と砂の匂《にお》い。

ことわりを操《あやつ》る魔術〈理《メ》〉と、物語にしか存在しないはずの幻獣、怪異。

欲と熱気と野心が渦を巻くカグシラの街と、そこの人々。

そして、その中心に静かにたたずむ〈聖塔〉。

いつしか身体《からだ》はこっちの生活をリアルとして受け入れ、日々馴染《なじ》んでいる。

なんとなくわかってきた。

そうやって違和感を忘れていき、やがて故郷のほうを、家族の面影さえも、夢の中でしか思い出せなくなるんだろう。いや。もう、そうなりつつある。

夜中に目覚めて、先の見えない心細さに胸をわしづかみにされるのはもう嫌だ。

早く日本に帰りたい。

「絶対に生きて戻るぞ。こんなふざけた剣と魔法の国で死んでたまるかっての」

オレの物思いを断ち切るように、ケニーさんが力強く断言した。

「あたしも。お前もな。あたしらにはツキが味方してる。今日のアレを切り抜けたんだ。心配すんな」

そこでようやく、気合い入れてくれたんだなと気づくオレ。そんな不安そうな顔してたのかな……。まだまだ半人前ってことでございます。

「大丈夫っすよ。もうそろそろ空も白み始めるし、第一こんなにカグシラに近い所まで、ヤバイやつは近づかないでしょ。いざとなったら、アンズー大門まで走ればいいし」

オレたちの根城カグシラは、高い壁で市街を囲み、城塞《じょうさい》都市の体裁《ていさい》を整えている。バビロンの一角に位置する以上、厳重な備えは必要不可欠だ。廃墟に面しているアンズー大門も、日の入りから日の出まではよほどのことがない限り開門しない掟《おきて》だ。だからいま強行軍してもどうせ中には入れない。けど街に近ければ近いほど、安全になるのは確かだ。

「……で、頭目《ヌバンダ》の具合は？　大丈夫ですか？」

あぐらをかいたケニーさんの前には、初老の男性が横たわっていた。飾り房で縁取られ、表面を刺繡《ししゅう》で飾られた立派な巻衣をまとったまま、完全に気を失っている。

神官めいた装束《しょうぞく》のラーシ・イルは、調査隊をまとめていた隊長だ。大怪我のせいで、いまは自力で身動きのできない状態にある。

編まれた顎鬚《あごひげ》の上の肌は土気色で、脇腹《わきばら》あたりの布にはべっとりと血がにじんでいる。

「ま、生命に別状はないと思う。出血は止まったし、内臓はどうだかわからないが吐血はない……どっちみちラーシには、否が応でも踏ん張ってもらうしかねえ」

ぞんざいな口ぶりだけど、頭目に向けられた眼差《まなざ》しは気遣《きづか》わしげだ。

危険極まりないバビロンで宝探しをやる遺跡荒らしは、金や命がかかってるだけに信用できる血縁や知人で徒党を組む。それが〝隊《イルダム》〟だ。

評議会の依頼で今回は特別に寄せ集めの隊が組まれたけど、本来ラーシ・イルは頭目――要するに隊長――として、カグシラでも五本の指に入る大規模な隊を率いてる。

今回限りの助っ人のオレと違って、ケニーさんはラーシ・イルの隊のまとめ役のひとりだ。調査隊があんなっちまった以上、ラーシだけでも生かして連れ帰りたいだろう。

ただの調査のはずだったんだ。ザリンヌ神殿で不審な灯や人影を見たって報告を確かめるため。オレたちはそう説明されてた。

それが大祓魔師《マシュマシュ》のラーシ・イルまでこのありさまだ。

いっそラーシ・イルが死んでたらバビロンで野宿なんて無茶する必要なかったんだけどな……。

チラとそんな後ろめたい考えが脳裏をよぎる。

冷たい？　そうだよな。あー、やだやだ。

また携帯を握りしめる。

けどオレだって死にたかない。ラーシとはほとんど縁はない。そんな相手のために、危ない橋を渡るのは気が進まないよ。正直いえばさ。

「療法士《アズー》が無事ならよかったんすけどね」

「……連中は連中で逃げ延びてるさ」

口をへの字に曲げ、目蓋《まぶた》を閉じたケニーさんが、自身を納得させるように呟いた。そしてぱっと見開くや不敵に笑う。

「まっ、ジタバタしてもしょうがない。のんびり時間を潰《つぶ》して、夜が明けて〈瘴気〉が晴れたらカグシラに戻る。後のことは、それから考えればいいさ」

まったく、この人はタフだよ。まあこのぐらいじゃないと、バビロンの遺跡荒らしなんて稼業は続けられないけどさ。

「はは。りょーかい。けど評議会に掛け合って、しっかり銀は分捕《ぶんど》ってくださいよ？」

今回の〈エバドニグル〉調査は、珍しくもカグシラを運営する三人の評議員《エンシ》からの直接の要請だった。報酬《ほうしゅう》が確かなのはせめてもの救いだ。ただ首尾が首尾だけに、ケチをつけられちゃたまらない。

「あったり前だ。ヤバい仕事を掴ませやがって。手当をたんまりふんだくってやらなきゃ気が済まないよ。大体、毎日あんだけ捧《ささ》げ物《もの》を……」

腹立たしげにまくし立ててたケニーさんの語尾が立ち消えた。なにか思い出したという仕草でパチンと指を鳴らし、まじまじとオレの顔を見つめる。

え？　なに？

「おっとそうそう。少年」

ニヤッ、と。ネズミを見つけたドラ猫のようないじめっ子スマイルでオレを呼ぶ。

「今度会ったら聞こうと思ってたことがあるんだよなあ。良かったら、お姉さんに教えてくれないかなぁ」

まてまてまて。

こんな猫なで声を出される、この人が面白がっちゃうネタに、心当たりはひとつしかない。

冗談じゃない。ここはきっぱり釘《くぎ》を刺しておこう。

「お断わりします」

「あの可愛《かわい》いカグシラの女神さまが、お前といい仲だって本当なの？」

「一瞬考えるフリするぐらいのデリカシーとかないのか、あんたには！」

くッ。たまらず素《す》で突っ込んじまった。だが眼前の悪魔は全力スルーの構えだ。どの選択肢を選んでも、次の展開は決まっていたらしい。国民的RPGの王さまかよ。

「本当なの？」

「ば、ば、バカバカしい。仮にも女神さまですよ。オレなんかと関係あるわけないじゃないっすよ？」

不躾《ぶしつけ》という形容さえ生ぬるい好奇の視線に膝《ひざ》を屈するオレ。思わず目を泳がせてしまう。我ながら挙動不審のわかりやすい反応が悔しい。

「ふーん？　あたしが聞いた話とは違うなぁ」

なにか確証摑んでやがる⁉　いらん情報をリークしたのは誰だ……！

「祭礼の行列でたまに見かけるくらいだけど、あのラクエルって娘、確かに神秘的だよな。操り人形ってわけじゃなくて、評議員の連中も本当に頭が上がらないらしい。着飾った人形みたいでキュートで、姿はあたしたちと同じでも浮世離れした感じがある」

「そ、そうっすか？　よく見たことないんで……」

「なあ、ソーヤ。お前とぼけるの、ホントに下手な」

余計なお世話だよ！　ナイーブな年頃なんだよ！

それに神秘的とか持ち上げすぎ。興味ないから猫被《かぶ》ってるだけなんだよな。ラクエルのやつは。

「吐いちゃえよ。もうネタは上がってんだよ。ホレ」

差し出されたケニーさんの左腕には、朱線でタレコミが浮き出ていた。

『ソーヤはうそつき《He's liar》』

「ぐぬぬ……。おのれドロシー」

〈国士〉に迷い込んだ〈外の者〉には、不思議な特技とか才能の持ち主が多い。

ケニーさんもそのひとりで、ドロシーという幼い女の子の守護天使に守られてる。ドロシーのメッセージは、よく当たる。なにせ〈エバドニグル〉で危うく難を逃れられたのも、ドロシーが教えてくれたおかげだったもんな。もちろん、今回も大的中。

「たっぷり時間はあるぞ。朝まで続けるかぁ？」

「ぐ……仕方ない。ケニーさんは、どうやら誤解しているようです」

「ほほー？　誤解？」

「確かにラクエル……あー、ラクエルさまとは知り合いです。そうっすね。顔見知りであるのは認めましょう。けどそこ止まり。大将やグウェンさんがどう面白おかしく話したか知らないけど、ときどき世間話するていどっすよ」

目をつけられてるとか、つきまとわれてるとか。正確にはそういう表現が妥当《だとう》だ。

けどそんな話が知れ渡ったら、絶対にロクなことにならない。面倒と誤解が大挙して押し寄せて、目立ちたくないというオレのささやかな願いは木っ端微塵《こっぱみじん》だろう。

「なんで、騒ぎにならないよう秘密にしといてください。このとおりッ」

「ふうん。別にいいけど、無駄だと思うぜ。女神さまはムラカミんとこの青二才がお気に入りって、ちょっと前から方々の居酒屋で噂になりかけてるからな」

「え！」

衝撃《しょうげき》走る。知らぬは当人ばかりなりけり。

「顔芸するほどショックなのかよ。別にいいじゃん。どうしても嫌なら、ボロ出さずにいるんだな。すぐ別の噂がかき消してくれるって。それにカグシラの女主人《エレシュ》は、えらく神格だか〈畏《ニ》〉だかの強い特別な神さまっていうじゃないか」

「そのへん、まったくピンと来ないんすけどね」

「バビロンに他の神《ネフィル》が手出ししないのも、それが理由って聞いてるぜ？」

「うーん。黙ってるときはちょっと雰囲気《ふんいき》ありますけど、実際話すとむしろ正反対っすよ。気まぐれっつーか、自分勝手っつーか、図々しいっつーか。何考えてんのかいまいち摑み所がないけど、あんまオレたちと変わらない感じです」

ちなみに、これはとっても控え目な表現だ。

脳内で、取りすました緋色の髪《かみ》の少女がフフリと小生意気に勝ち誇った。

ったく、あいつと来たらフリーダムすぎんだよ。退屈するたびオレを思いつきに巻き込みやがって。おまけに少々の無茶なら押し通せるのが始末に悪い。勝手にいろいろ決めてくるわ。甘えるわ怒るわ派手好きだわ。食い意地は張ってるわ。

「ほほう。本当の彼女を知ってるのはボクだけだ、ですか。ごちそうさま、ごちそうさま。ずいぶん仲のよろしいこって」

「……殴《おか》っていいすか？」

さも可笑しげに、ケニーさんはクックッと喉《のど》を鳴らした。

「ま、そんな女神さまとお近づきになってれば、御利益《ごりやく》もあるんじゃないかってことさ。なにかお願いしたら、叶えてくれたりしないのかい？　元の時代に戻りたいとかさ」

当然、考えましたとも。聞いてみたことだってある。すっかりヘソ曲げたあいつにしつこく問い質《ただ》して、つい口げんかになっちまったけど。

「……なんか無理っぽいです。〈星門〉はひとりふたりの力で開くもんじゃないんだそうで。それに、頼み事するのもあんま気が進まないっていうか……」

「ん？　なんでだよ。いろいろ役得ありそうじゃないか」

意外そうなケニーさん。が、すぐ納得したように数度頷《うなず》いた。

「ハッハーン。男の子の見栄ってやつか。そういや、いい格好したいお年頃でしたねえ、チミも」

「ちょ、ケニーさん。いま絶ッ対に誤解してますから。ギブ・アンド・テイクが成り立たないのはオレ的にどうかと思うだけであってですね――」

「照れるな照れるなって。ま、けどそれならそれでいいさ。こっちに腰を落ちつける気がないなら、余計なしがらみは少ないほうがいいからな。するとその様子だと、ルガルってのもなさそうだなあ」

聞きなれない言葉だ。高い地位の人みたいなニュアンスらしいけど。

「ルガル？　なんですか、それ」

「やっぱこれも知らないのか。あたしの聞いた——」

2

説明の言葉は半ばで途切れた。

前触れもなく虚空《こくう》を見上げて、遠くの音を確かめるような仕草をしたケニーさんが、ばっと自分の腕に視線を落とした。

「まずい！　あいつだ！」

押し殺した呟き。白い肌に、またドロシーのメッセージが赤く浮き出ていた。

『来るわ！《It's coming!》　追ってきたのよ！《It's after us!》』

あいつって……まさか⁉

ケニーさんが脇《わき》に立てかけていたクロスボウをひっ摑んで足をかけ、弦を引き絞るのを横目に、オレは慌てて手すり柵から頭を突き出す。

月下の街路には〈瘴気《ニ》〉の闇《やみ》がどろりと流れている。くそッ。暗くて見通せやしない。

「〈聖塔《ウニル》〉の方角から！　右手の通り！」

背後からの低く抑えた声。反射的に走らせた視線が、闇の濠《ほり》の中からぬうっと上に伸びた節足を捉《とら》えた。

斜向《はす》かい《む》の廃屋だ。

丸太のような節足が次々と伸び、屋上の柵を掴む。そしてあの悪夢が形を取ったような異形《いぎょう》が、ずるりと巨体を屋上に引き上げた。

蠍《さそり》だ。ありえないほど巨大な。

「やっぱデカすぎるだろ……」

そのサイズは、胴体だけでもミニバンほどもある。丸みを帯びた大バサミは人の身体を豆腐みたいに潰し、月光を受けて光る青黒い甲殻《こうかく》は、大斧《おおおの》の一撃をものともしなかった。渦を描くように巻かれた尾の先端に揺れる毒針は、倉庫の滑車から下がっているフックよりなお大きい。

「忘れ物を届けに来てくれたって雰囲気《ふんいき》じゃないな。しつけえヤローだ」

「……マズイっすね。オレたちも血祭りに上げる気満々ですね」

けどこいつの一番不気味な部分は、規格外の大きさじゃない。

大バサミの付け根の間……大顎《おおあご》のすぐ上から生えた、人間の上半身だ。

「聖なる〈畏《ニ》〉をまといし神、深きアブズの底より浮かび、山々を隔《へだ》て、黄泉路《よみじ》を守る偉大なる主人、〝黒の城壁〟ザリンヌよ……」

剃髪《ていはつ》し、全身に入れ墨をした裸形の浅黒い男が、ぶつぶつと呟く祈禱《きとう》がかすかに聞こえてくる。

ひたとこちらを見据える四白眼と目が合った。

玩具《おもちゃ》を見つけた赤子のように、ニタニタ呆《ほう》けた笑みを浮かべている。とっくに正気じゃあない。

蠍人《ギルタブルル》。

人と蠍を強力な〈理《メ》〉で掛け合わせた合成獣《キメラ》だ。

〈エバドニグル〉の奥殿を調査中、宝物庫《ほうもつこ》の封を破ったオレたちを待ち受けていたのがあいつだった。

総勢十四名。〈聖塔〉に踏み込むタブー破りを厭《いと》わない向こう見ず揃いだ。ケニーさんの制止を無視して、あの見るからにヤバいやつを迎え撃った連中の欲の皮には、ある意味感心するよ。

とはいえ、あんまり賢明な行動じゃなかった。狭い宝物庫では、人数は優位どころか足枷《あしかせ》になる。三分かからず、五人がミンチにされたところまでは数えた。

最後まで見届けられなかったのは、負傷したラーシ・イルを運び出すので手一杯だったからだ。

「左のハサミと右腕、脚を二本……か。割と高く売りつけたな……」

調査隊の他の連中がどんな運命を辿ったかはわからない。けど少なくとも、それなりの代価を払わせたのは確かだ。

やつの左のハサミの甲殻にはひびが走り、節足のうち二本は半ばでちぎれている。折れているのか、上半身の右腕もぶらんと力なくたれ下がっていた。

けど十分じゃない。やつの動きはほとんど鈍っていない。

それはつまり――どうやら逃げ切るのは困難って意味だ。

くそッ。こんなとこまで追って来るなんて。こいつ〈エバドニグル〉の番人じゃなかったのかよ！

どうすれば切り抜けられる……⁉

装塡《そうてん》したクロスボウを構えたまま隣に寄ってきたケニーさんが鋭く囁《ささや》く。

「ラーシを背負って逃げろ。お前ならできるはずだ！」

「無理ですよ！」

そう。無理だ。二重の意味で。

「囮《おとり》になってくれても意味がない。あいつ相手じゃ無駄死にです」

ケニーさんが稼げる時間は、おそらくわずかだ。数区画も進まないうちに、オレは背中から襲《おそ》われるだろう。最悪の未来予想図だ。

多分。一番マシな選択は、このまま身ひとつでカグシラ目がけて一目散に走ることだ。〈瘴気〉に惑わされるリスクはあるけど、運がよければどっちかは助かる。残されるラーシにやつが気を取られれば、ふたりとも逃げ切れるかもしれない。

けどケニーさんは、絶対に踏みとどまる。ったく、口が悪いくせに面倒見が良すぎるんだよ。戦友のラーシを置き去りにはしない。

「うるせえ。今度は普通の太矢《クオレル》なんて使わねえ。やられる前に、必ずとっておきを撃ち込んでやるさ。早く逃げろ！」

「その得物《クロスボウ》は外したら、動きながらじゃ二度と装塡できないでしょうが！　カミカゼじゃあるまいし！　絶対当ててくださいよ。長くはもちませんからね！」

通りを隔ててやつと睨《にら》み合《あ》いながら、じりじりと後ろに下がる。

一瞬も目が離せない。ありゃ野獣と同じだ。視線逸らしたら、一気にこっちに渡って来かねない。そうなったら細い活路も閉じちまう。

ああ。もう。まったく我ながら無茶苦茶だよ。

あの蠍人はオレの手に負える相手じゃない。ヤバさを棒グラフにしたら、間違いなく天井突き抜けるね。

それでもこの人を見殺しにはできない。ケニーさんには世話になりすぎてる。カグシラは無頼《ぶらい》の街だ。それでも、そこでさえ、越えてはならない一線はある。


ゆっくりと、自分の身体の内側に意識を向ける。

——ケニーさんに守護天使がいるように、オレにも生き抜くためのすべがある。生まれついてのものじゃない。この〈国土《キエンギ》〉で無理矢理に埋め込まれた、むしろ嫌悪しているものだ。けど、いま頼れるのはこれしかない。


主に首から背骨に沿って、かすかな熱の塊《かたまり》がいくつも凝《こご》っている。オレに共生している形なき異物。身体を持たぬ生命と本能の〈精髄《エッセンス》〉たち。

用があるのは、そのうちのひとつだ。

形なき〈精髄〉を目覚めさせるコツは、大体摑んでいる。

「〈森の狩人《ギリム・スア》〉」

合図として、その生命から受けているイメージを呟く。

刺激されて目覚めた〈森の狩人〉が、オレの意識に触れ、混ざり合う。その覚醒《かくせい》は肉体にも変化をもたらす。

この瞬間の不快感にはどうしても慣れない。

無理に喩《たと》えるなら、澄んだ意識の水鏡に、小動物を投げ込んだみたいな感じだ。大きな波紋で水鏡に映る像はぐにゃぐにゃに歪《ゆが》む。大きな乱れが収まっても、泳ぐ小動物が起こすさざ波のせいで、どこか意識はぼやけたままになる。

〈森の狩人〉はネコ科の狩猟者《プレデター》の〈精髄〉だ。

こいつの本能はどうにも刹那《せつな》的だ。起こしたまま集中を保つのに、かなり骨が折れる。目先の物事につい気を取られてしまうんで、思考が散漫になりがちだ。

けど、そのくらいのハンデはささいな代償だ。

知覚が一気に研ぎ澄まされる。痺《しび》れが解けたときに似たちくちくが全身をくすぐり、肉と腱《けん》が変質する。肌の下からじわりと黒い紋のような模様、〈相《アスペクト》〉が浮き上がってきた。

慣らしに二、三度身体をゆすってみる。

……よし。馴染《なじ》んでる。

「仕留めんのは無理です。隙《すき》を作るのが精一杯なんで、マジ頼みますにゃ」

次にやることを考えると、足がすくむ。軽口叩《たた》いてでも自分を騙《だま》さないと。怯《ひる》んで足が止まったら確実におだぶつだ。

「バカ野郎！　待て、ソーヤ！」

アメリカ人のケニーさんには、にゃ言葉はまったく通じなかった。マジレス禁止。
そのまま数歩助走をつけ、柵を踏んで跳んだ。

通りを挟んだ陸屋根《ろくやね》まで、およそ三メートル強。こっち風には葦長《ギ》の幅ってとこ。〈森の狩人〉が起きたいまの身体には、ひとまたぎ同然だ。

猫のように両手をついて着地。

間髪容《かんはつい》れず、右手上方から、黒い影がえぐるような殺気を伴って飛来した。

動きを止めず、そのまま前転してかわす。着地点に叩きつけられた大針が床に大穴を穿《うが》った。

「あぶねッ！」

背筋に氷を押し当てられたような戦慄《せんりつ》が走る。ありゃあ、かするだけでもまずい。

中腰に構えたまま、鉄製の山刀を背中から引き抜く。

大枚叩《はた》かされた上に、出来上がりまで一ヶ月も待たされた肉厚の一品だ。

なのに、ずしりとしたその重みが、目前の蠍人の前ではひどく頼りなく思える。蟷螂《とうろう》の斧って、こういうのをいうんだろうな。

間近で対峙《たいじ》してみれば、こいつの威圧感は圧倒的だ。

隣の屋上から、ガサガサと脚を鳴らしながら、やつがゆっくりこちらに渡ってきた。

廃屋の間の二メートルほどのギャップなんて、あの巨体には障害にならない。腹を上げ、両のハサミを横に広げた威嚇《いかく》の姿勢で、オレの逃げ場を塞《ふさ》ぐように迫ってくる。

　獲物を追い詰める、狩りの動きだ。オレなんて、殺されるのを待つ小動物ていどに見えてるんだろう。

　なめやがって……、なんて憤慨《ふんがい》するほどうぬぼれちゃいない。この状況、どうせならとことん甘く見てくれよ。

「……主ザリンヌよ。〝黒の城壁〟よ。大いなる聖堂〈エバドニグル〉に〈運命《ナム》〉が呼び寄せし生気に満ちた贄《にえ》を、これより御身《おんみ》に捧《ささ》げん……」

「ふざけろ。生贄なんざお断わりだってての」

　吐き捨てながらも思う。こいつはオレと一緒だ。

　おぞましい妖術《ようじゅつ》をかけられ、モノとして扱われた命。

『フランケンシュタイン博士の怪物』。

　喜びの中で神に仕えるこいつと、人の姿を保ったオレの、どっちが幸福なのやら。

　――やばいやばい。〈森の狩人〉はこれだから。つい気が逸れて、無駄なことを考えちまう。

　集中しろ。

カシャカシャと節足がこすれ合う音を立てながら、やつが葦長の距離に入って来た。

そこでぴたりと静止。

「くっ……」

もうとっくに間合いだ。

悲鳴を上げて逃げたい衝動を全力で噛《か》み殺す。緊張と恐怖で息が止まる。

二メートル以上の高さから見下ろす顔が、にたりと、虫の翅《はね》をむしる子供の笑みを浮かべた。

喜びの表情の残像を残して、巨体が動いた。黒い雪崩《なだれ》のように視界を覆《おお》う。

獲物を捕《ほ》獲《かく》するための無造作な動き。

一切の無駄を排したその攻撃には、達人の居合い抜きに通じるものがある。

普段なら、静止状態から予備動作なく最高速度を繰り出す野生の前に、反応さえできずに打ち倒されていたろう。

けど〈森の狩人〉が覚醒してるいまなら、話は別だ。

集中すれば、体感時間が遅く感じられるほどの動体視力と、それに反応できるだけの反射神経が、いまのオレには備わってる。

轟《ごう》と風を裂いて横あいから摑みに来た右バサミから飛びすさる。

ハサミが嚙みあうガチッという音を耳にしながら、続けて頭上から降ってきた大針を半身になってかわす。

もう一度、繰り返し右バサミが疾《はし》る。今度は薙《な》ぎに来た。

すれすれで身を投げ出し、必死でスペースの広い方に転がる。

なんとか仕切り直しの間合いに持ち込んだ。

「はあッ、はあッ」

肺に溜め込んでいた熱い空気の塊を吐き出す。水を張った洗面器に突っ込んでいた顔を上げたような気分だ。

たった一度。五秒に満たない攻防で、肩で息をしている。

けど——よし、見える！

この廃墟で初めて野生の獣というやつを知って、学んだことがある。獣の狩りに遊びはない。獲物の有無は生死に直結する。だから攻撃の瞬間に出す動きこそが、やつらのマックス・スピードだ。

いまのを凌《しの》げた以上、スピード負けだけはしてないってことだ。

我ながら、笑っちゃうほどか細い頼みの綱。

しょせん殺し合いで物をいうのは体格だ。

軽量級《ライト》のオレが何度斬《き》りつけたとしても、やつを怯ませられるかさえ怪しい。逆に向こうは、あの大バサミで軽くなでるだけでいい。ただそれだけで、オレはダンプにはねられたみたいに吹き飛ばされ、その時点で勝負あり。あとは介錯《かいしゃく》を待つばかり。

理不尽だけど、これが闘争の現実だ。

ぐずぐずしてれば、そうなるのは時間の問題だ。死にたくなけりゃ、俊敏さでは引けを取ってないって一点に全額ベットするしかない。

それもいますぐだ。

「おい。どうしたサソリ怪人。本気でやってんのか？　止まって見えるぜ」

とにかく喋《しゃべ》って誘いをかけながら、左手を背後に回し、親指を立てて見せる。

やみくもに逃げたわけじゃない。通りを隔てた元の屋上をオレが背負う位置関係。これなら蠍人の人間部分が、あっちからも丸見えになる。

いきますよ、ケニーさん。

声じゃなく、クロスボウを揺するガシャリという音で返事があった。

ＯＫ。できることはやった。

「……聖王アルリムは御身を将とされた。その口から下された正しき決定は〈運命〉となる……」

陸屋根の床を軋《きし》ませながら、再びゆっくり迫ってくる。

さっきのリプレイのような対峙。

そして鉄塊《てっかい》のごとき大バサミが繰り出された。ギリギリでスウェーバックし、右のハサミが目前の空間をえぐり取ってゆくのを見届ける。

鞭《むち》のように叩きつけられる尻尾《しっぽ》。身を屈《かが》めてやりすごす。

ここだ！　やつが再攻撃に備えてわずかに身を引いたのに合わせて、オレは跳んだ。前に。

頭上の太い尾に左手をかけて利用する。右手には、背中まで振りかぶった鉄剣の重み。

「くッ、たばれえええッ！」

追い詰められた恐怖と、殺されてたまるかという激情。死にものぐるいのふたつの衝動を右腕に込めて、浅黒い男の頭めがけて打ち込む。

「うごッ！」

だがあわよくばと狙った渾身《こんしん》の一撃は、蠍人がとっさに掲げた腕に威力を削《そ》がれた。

鉈《なた》に似た刃《やいば》は左腕と禿頭《とくとう》に食い込んだが、致命傷になるほどの深手じゃない。手応えでわかる。

くそッ。やっぱりダメか！

深く食い込みすぎた鉄剣を諦《あきら》めて手放し、やつの腹を蹴《け》って後ろに跳ぶ。血潮で赤く顔を染めた蠍人が、思わぬ窮鼠《きゅうそ》の一嚙みに、身をよじって苦悶《くもん》する。

完全に棒立ちになったその上体が、いきなりくの字に折れた。

やつの脇腹にクロスボウの太矢が、奇妙な矢羽を残して深々とめり込んでいるのを、オレの研ぎ澄まされた視覚は確かに目撃した。

重い破裂音。蠍人の脇腹で火球が爆《は》ぜた。


ケニーさんの奥の手。それが人形《ひとがた》を模したあの不格好な太矢だ。

足先をやじりに、胴と頭を軸に見立てた青銅製の呪物《じゅぶつ》は、普通の太矢より不格好で、真っ直ぐ飛ばすことさえ難しい代物《しろもの》。飛距離も出ない。

ただその軸にはみっしり楔形《くさびがた》文字が刻まれている。

大祓魔師《マシュマシュ》ラーシ・イルが手ずから刻んだ爆炎の〈理〉だ。

その威力のほどは絶大だった。

右脇の下あたりの爆発は、右胸とその下の内臓を吹き飛ばしていた。

ちぎれたやつの右腕が、血煙と肉片が、ゆっくりと宙を舞うさまを会心の心地で追う。


やった。うまくいったぞ！　さあ、逃げろ！　消えてしまえ！


だが次の瞬間、思考だけをその位置に残したまま、オレの身体もまた宙を舞っていた。

「あぐッ……はッ……」

ばきんばきんと、骨が片っ端からへし折れる音が脳に響く。限界を超えた激痛に、わずかな間、感覚のヒューズが飛ぶ。

上半身の負傷に構わず振り回された大バサミが、気を緩《ゆる》めたオレを薙ぎ払った、と理解したのは、ボロ雑巾《ぞうきん》のようになって手すり柵に叩きつけられた後だった。

認識と同時に、全身がばらばらにちぎれるような痛みが襲ってきた。口の中に鉄の味が満ちる。肺に入った血でむせ、はずみで折れた骨が暴れる激痛に悶絶する。

身体の内も外も痛覚の塊になったようで、正確なダメージが把握できない。

心と肉体を繋《つな》ぐ掛け金が吹き飛んでいる。オレの意志が身体に伝わらない。全細胞が苦痛に乗っ取られてるようだ。ひくひくと痙攣《けいれん》するばかりで、指一本動かせやしない。

「ソーヤッ！　立て！　逃げろォ！」

すいません。無理っす。しくじりました。

そう叫び返すことさえままならない。朦朧《もうろう》としたまま、仰向けの姿勢で、ハッハッと浅く息を吐く。それがいまオレにできるすべてだ。

肌に浮かぶ痣《あざ》は、蛇の鱗《うろこ》に見える文様に様変わりしている。〈七頭大蛇《ムシュマフ》〉の〈相〉が浮かんで、オレの命を繋ぎ止めようとしている。ひとつの頭を落とされても傷口から新しい頭が生えてきたというギリシア神話の怪物、レルネー沼のヒドラもかくやという治《ち》癒力《ゆりょく》で、損傷した組織の再生がはじまってる。

〈森の狩人〉はとっくに引っ込んだ。本能しか持たない〈精髄〉は、生命の危機にだけは敏感だ。いざとなると〈七頭大蛇〉は、他の〈精髄〉を押し退《の》けて、オレの意思さえ無視して勝手に起きてくる。

全身の感覚が鈍くなり、激痛が薄らいできた。現代の医者が〈七頭大蛇〉の肉体修復の勢いを見たら、間違いなくオレを人体解剖するね。

けど、とても間に合わない。

見上げる空には、砂粒をぶちまけたかのような星々と満月。

その視界に、寄ってきた蠍人の姿が現われた。

やつの人間部分は、臓物がこぼれ、両腕は使い物にならず、頭の刀痕《とうこん》から鮮血を流している凄絶《せいぜつ》な姿だ。

「……主ザリンヌよ。御身の預言は成就せり。吉兆を言祝《ことほ》ぎ、贄を捧げん……」

無表情に呟くやつの頭上で、毒々しい大針が不気味にゆれている。

バビロンでは塵芥《ちりあくた》のごとく人が死ぬ。そうなるのか。オレも。

こんなわけのわからない場所で。日本に戻ることもできないまま。

「ぐッ……」

悔しさと寂しさが、どうしようもない力で胸にせり上がる。奥歯で嗚咽《おえつ》を嚙み殺す。

なんでこんな目に。オレが何をしたっていうんだ。

父さん、母さん。桜《さくら》。ごめん。帰れなかった。

ああ。一度でいいから家に帰って、ただいまっていって、みんなと夕飯食べたかったよ。


けど死神の大針は、いつまでたっても振り下ろされない。怪訝《けげん》な思いで目を凝《こ》らせば、蠍人の顔はオレではなく、南東の空に向けられていた。

なんだ？　どうしたんだ？

悲鳴を上げたいほどの苦痛をねじ伏せて、ほんのわずか首を横に捻《ひね》る。それでようやくオレの視界にも、やつが見ているものが入った。


星――いや、違う。炎か？　すごい光量だ。

吸い込まれそうな星空を背に、鮮やかな茜《あかね》色の光が、明星《みょうじょう》より明るく燃えている。

周囲の雲に赤い光が照り返し、天のその一角にだけ、夕暮れが訪れたかのような光景だった。

カグシラの真上あたりだろう。

見間違えようがない。あれはあいつの〈光輝《メラム》〉。〈国土〉の生ける神ネフィルが纏《まと》う、神の霊気《オーラ》のきらめきだ。

あそこにいるのは――ラクエルか。

「……御名《みな》を称えらるるべし、〝黄昏《たそがれ》の翼〟。畏《おそ》るべき〈光輝〉よ……」

相変わらずぶつぶつと呟きながら、蠍人はしばらくの間、その燃えるような輝きを仰ぎ見ていた。

やがて虚《うつ》ろなまなざしが、ゆっくりとオレに下りる。表情には、初めて見る理知の動き――逡巡《しゅんじゅん》の色があった。

一度は砕けた気力をかき集め、精一杯の虚勢を張って睨み返す。

我ながら現金だぜ。助かるかもしれないと思った途端、あいつにあんまりみっともないとこを見せたくないなんて考えてる。

永遠とも思える、けれど実際には短い時間が流れた。

やがてスッと、蠍人の身体が後ろに引かれた。

視線で動きを追うと、屋上の端まで退いたやつは、そのまま柵を乗り越え、地面に下りて見えなくなった。ザワザワと節足の波打つ音が闇の彼方に遠ざかってゆく。

はたと気づく。

あッ！　ああ。いや待って。その左腕に食い込んだ山刀だけは置いてけ。いえ、置いてってください。お願いします。

無論、オレの勝手な要望など通じるはずもなく、やがて足音は聞こえなくなった。

緊張の塊がふわりとほどけ、身体から力が抜けた。安堵《あんど》の溜息をつく。それだけで電撃のような痛みが胸を走る。

「アッ……くはッ……いってえ……」

助かった。いや、違うよな——助けてもらった、か。ラクエルに。

「おーい！　生きてるかー！」

まだしも無事な左手を掲げて、向かいの屋根のケニーさんに合図した。

「大丈夫かあー？」

今度はサムズアップ。けど、これだけズタボロだと、動けるようになるまでに、たっぷり二、三時間はかかりそうだ。

「命拾いしたな、オイ！　あの光を見たら、ビビって逃げだしやがった。あれって女神さまなんだろ？　ご利益あったじゃないか！　アッハハハ！」

そうっすね。あいつには頼らないって格好つけてた手前、複雑な心境っすよ。カグシラ戻る前に、もう一度ケニーさんに口止めしとかなきゃ。

再び目を向けると、もう先ほどの炎は空から姿を消していた。

ほんの数分の戦いの間に、東天の闇はほんのり青白く薄らいでいる。

夜が明ける。

黎明《れいめい》の空に、黄昏の居場所はない。

やがてギラつく太陽が地平線から顔を出し、漂う〈瘴気〉を夜の向こうに追いやってくれるだろう。そのころには、なんとか歩けるくらいには回復しているはずだ。

問題はその後だ。あいつにどんな顔向ければいいのやら。

怒る？　礼をいう？　うーん……まあいいや。時間はまだある。ここで寝っ転がったまま考えるか。

そして決まったら、カグシラに戻るとしよう。

少女の女神を戴《いただ》く、騒々しいあの街に。いまのオレの唯一の居場所に。

3

軋《きし》りを上げながら、目前でカグシラの青銅張りの大門扉《もんぴ》が開いていった。

「おおっ。ラーシ・イルの隊《イルダム》の者ではないか！　生きていたか！」

青息吐息のオレは門番に頷《うなず》き返すのが精一杯で、背負ったラーシの重みによろけながら歩き出した。門の左右に獅子《しし》頭の怪鳥《かいちょう》のレリーフが飾られた、堅牢《けんろう》なレンガ造りのアンズー大門をくぐって、カグシラへ足を踏み入れる。

「金毛のケニー。あんたも無事だったのか」

「そう簡単に死んでたまるもんかよ。なあ、他の連中は見てないか？」

背後から門番とケニーさんが交わす会話が耳に入ってくる。

「他のもなにも、戻ってきたのはあんたらが最初だ。みな、なにがあったのかと案じていたぞ」

「……そうか。わかった」

「おぶわれていたのは頭目《スパンダ》のラーシ・イル殿だな。動かぬが息はあるのか」

「なんとかね。ただ深手を負ってる。すまないけど誰か走らせて、うらない横丁から療法士《アズー》を呼んできてくれないか」

「その心配なら無用だ。頭目にゆかりの者たちが、ちょうどあんたらの捜索に出る準備をしていたところだ」

短いレンガのトンネルを抜けると、そこはちょっとした門前広場がある。

探索の準備を整えていた数人の男女がオレたちに気づき、血相を変えて寄ってきた。

「頭目！」「ラーシ・イル！」

「気をつけてください。腰が一番ひどいけど、他の骨もけっこういってます。熱冷ましは飲ませてありますから」

口々に呼びかける彼らに、意識のない老人を委《ゆだ》ねた。

隊の部下からこれだけ心配されるんだから、人望があるってのは本当なんだろう。オレにはそれほど縁のない人だ。けど……助かるならそっちの方がいいに決まってる。

頭目が運び去られてひとりになると、気が抜けてクラッと来た。

容赦のない中東の曙光《しょこう》に、徹夜明けの目がチカチカする。朝市から戻る人々や、旅立とうとしている隊商のざわめきが騒々しい。乾いた土埃《つちぼこり》の匂いが鼻をつく。

今日も暑くなりそうだ。

市壁が落とす日陰に移って、壁を背にへたりこむ。

〈相《アスペクト》〉を呼び出すといっつもこうだ。特に〈七頭大蛇《ムシュマフ》〉を働かせるときつい反動がくる。異常な疲労感。スタミナが完全に底をつき、全身が鉛《なまり》になったように重い。無理をしてる実感がある。当分だるーい思いをすることになるな。

エスケープした校舎屋上で暇《ひま》を持て余しているときみたいに、だらしなくぐでっているると、ほどなく目眩《めまい》は収まってくれた。

そしてちょうどそれを見計らったかのようなタイミングで、同じくらいの年頃の黒髪《くろかみ》の少年がオレを見つけ、ゆっくり近寄ってきた。

スエンのやつだ。

膝上《ひざうえ》まで裾《すそ》が垂れた上着《チュニック》と長ズボン、その上からオレと揃いの革の胴衣を着ている。足下はブーツに似た革靴《かわぐつ》。普段はサンダルか裸足《はだし》で十分だけど、廃墟《はいきょ》に足を剝《む》き出《だ》しで入るのはいろいろ危うすぎる。要するに、バビロンに出るときの見慣れた格好ってことだ。

「ん。探しに出るところだった」

「悪《わり》ィな。なんとか自力で戻れた。無駄足運ばせたな」

「ん。いい。無事ならそれで」

こいつの本名はニ・イル・スエン。オレのダチで、うちの隊ではいまただひとりの〈国士《キエンギ》〉生まれだ。

鼻で生返事する癖《くせ》がちょっと子供っぽいが、これで立派にオレと同い年だそうな。背格好も似た感じで、スエンの方がちょっとだけ細身で背も低い。肌は薄く褐色がかり、髪は柔らかい巻き毛。中性的な童顔をしている。現代日本に連れてったら、美少年アイドルとしてスカウトされかねないレベルだ。

まあ口数も感情表現も乏《とぼ》しいやつで、見かけによらず扱いにくい強情なとこもあるんだけど。そこは同じ釜《かま》の飯食った間柄ってやつ？　いろいろあったが、いまでは対等につき合える唯一のダチだ。

「先生が心配してた。後で報《しら》せておく」

「そっか。頼む。マジでやばかった。さすがにヘトヘトだ。下宿に戻ってさっさと寝たいよ」

「ん。ムラカミも来るっていってたけど。酔いつぶれて寝てる」

「またかよ、あんのおっさんは……。どうせ門が開くまで暇だからとかいって、呑《の》みはじめたんだろ？」

「いや。昨晩から夜通しだ」

溜息が出た。ダメ人間っぷりは想像の上をいっていた。


数十人の大所帯であるケニーさんとこと違って、うちの隊はいまんとこ四人きりだ。

戦国時代の侍であるうちの大将、村上甚五郎《むらかみじんごろう》のおっさん。傍若無人《ぼうじゃくぶじん》な理不尽大将軍だけど、腕だけは滅法《めっぽう》立つ。

クールで物静かなグウェンドリンさんは十一世紀イギリスの生まれで、十字軍――ヨーロッパのキリスト教徒が聖地奪取《だっしゅ》のために興《おこ》した中東遠征軍――に参加したという女騎士だ。スエンが先生って呼んでたのがこの人で、いいかげんな甚さんに代わってオレたちを鍛《きた》えてくれてる。

以前にはイヌイットの巫術師《アンガコック》だったネルトルナルトクって銛《もり》の名手もいたけど、半年以上前におかしくなって死んだ。イヌイットってのは、カナダとかグリーンランドあたりの寒い地域に住んでる民族だ。

そしてあとはオレとスエン。合わせて四人だ。

いかにも頭数が少ないけど、廃墟からのあがりがほとんど見込めない現状じゃあ、増員しても仕方ないってことらしい。

「オレに行けって指図したのは甚さんだぞ⁉　くっそう。なんつー薄情モンだ。いいよ。放っとけ。しらふに戻ったら、今度という今度はとっちめてやる」

「ん」

無表情なスエンの目線が、乾いた血と汗と砂埃で、泥遊びをした子供のように汚れたオレを上から下までなぞる。

「やられたみたいだ」

「やられたなんてもんじゃねーよ。指先ひとつでダウンだよ。いかれた蠍《さそり》の化け物に追いかけられて、危うく生贄《いけにえ》にされるとこだった。オレじゃなかったら死んでるっての。あんな番人が〈エバドニグル〉にいるなんて、どうなってんだ？」

「ん。不思議だな」

「新市街のド真ん中だぞ。とっくに漁《あさ》り尽《つ》くされて、なんにもないんじゃなかったのか」

「そう聞いてる」

こいつはいつもこんな感じ。必要最低限の言葉で済ませる。おかげでオレが三倍くらい喋《しゃべ》ることになる。

でも、これでも大分マシになった。前は、顔合わせてても一日中ぶすっとしたまま、ひとっことも口きかなかったもんな。そのせいで何度ケンカになったことやら。

「やっと出来上がってきた鉄剣もなくしちまった。大損だ。注文に銀で二マナと三十ギンもかかったのに……」

ちなみにこれがどのくらいの価値かとゆーと、大麦およそ四十袋！　……だめだ。脱力してメソメソしたくなってくる。

「ん。そうか」

他人には普段の表情まんまにしか見えないだろうが、オレにはスエンが、ほんのりと気の毒そうな色を浮かべたのがわかってる。

こいつだって普通に笑ったり怒ったりする。ただそれを表現するのが苦手なだけだ。いまでは言葉に頼らなくても読み取れるようになった。

「ま、諦《あきら》めるしかない。大金は大金だけど、また強欲グリムキンに頼み込んで打ってもらうだけだ。まだそのくらいの貯《たくわ》えはあるし」

「ん」

スエンの腰に下がっている二振りの片刃の剣がちょっとうらやましい。

こいつの刀はサパラという種類で、鎌のように湾曲《わんきょく》した刀身の内側に刃がついた独特の形状をしている。刀身そのものにかなりの重量があって、その重さで叩き斬る。剣と斧の中間のように扱う、この地方に特有の変わった剣だ。

「命があっただけでもみっけものみっけもの。そろそろ行こうぜ」

ここでしおれててもしょーがない。下宿に戻ってちゃんと寝ないとな。

立ち上がって尻《しり》から土を払っていると、今度は二人組の男が近寄ってきた。華美な布地の巻衣を着た小太りの男と、従者らしい鈍そうな半裸の巨漢だ。

「アマギ・ソーヤというのは、どちらかね？」

どこか小狡《こずる》そうな人相をした小太りが問いかけてきた。たるんだ頬《ほお》の下に蓄えられた顎鬚《あごひげ》は、〈国士〉の裕福な層がそうするように、何本もの細かい房に編まれている。

いい身分なんだろう。ふんぞり返ったやけに尊大な様子だけど、両手をもみ手の形に重ねて胸の前に掲げているのは敬意を示す仕草だ。仕方なくきちんと向き直った。

「ほう。〈外の者《バー》〉だったか。ふうむ……」

じろじろ値踏みする視線には、こっちをナチュラルに見下す本音がかいま見える。

一応身分に貴賤《きせん》がないことになってる国に生まれ育ったオレとしては、いい気分はしない。スーパーの野菜じゃないいんだし。

「わしはラーシ・イルの身寄りでカブトゥ・イルという者だ。叔父上《おじうえ》から、内向きの用を任されている。まあ、頭目の代理と思ってくれてかまわない」

脂《あぶら》ぎった顔に得意げな表情を浮かべ、中年男はさらに胸を張った。

「子細《しさい》は金毛のケニーから聞かせてもらった」

ケニーさんの姿は、広場の反対側に集まった二十人ほどの集団のなかにあった。焼肉を挟んだパンを頬張りながら、準備中の捜索隊になにか説明している。

足下に置かれてるクロスボウとザックを見ると、自分も同行する気らしい。タフだなあ。

「ラーシ・イルを身を挺《てい》して守ってくれたそうだな。よくやってくれた。叔父上に代わり、このカブトゥ・イルが礼をいおう。我が一族はこの恩を忘れない。さしあたって、後ほど褒美《ほうび》の銀を届けさせよう」

……こういうのは困る。ありがた迷惑だ。

オレは助っ人で、やるべき役目を果たしただけだ。報酬《ほうしゅう》は評議会から出る。ま、不首尾で渋られなきゃだけど。

そりゃ金はほしい。大損こいたとこだし、いざというときには金がモノをいう街だ。

けど筋違いの礼なんて受け取れば、貸し借りの人間関係ができちまう。オレとしては、そういう縁は全力でお断わりしたい。オレには必要ないものだ。

それにラーシをなんとしても助けようとしてたのはオレじゃない。〝褒美〟なんて口にする、恩着せがましい上から目線の態度も気に入らなかった。

「お気持ちだけで結構です」

「あん？　銀が不満とはどういう……ははあ。それとも我が隊に加わるのが望みか？　なかなか目端が利くではないか。確かにわしが口を利けば、叔父上も嫌とはいわぬ。どのみちご療養中は、わしに差配が任されるに決まっているのだからな」

なに勝手に勘違いしてるんだか。それに悪いけど、無頼の遺跡荒《いせきあ》らしどもが素直に従うような器量には見えないけどな。

「オレは自分の身を守っただけです。礼ならケニーさんにしてください」

終わり。そっけなさすぎるかもしれないけど。

いい気分のところに冷や水を浴びせられたような面持ちで、言葉を失うカブトゥ・イル。その面《おもて》に少しずつ赤みが差す。これ以上話すことはないバリヤーを張ったオレとの間に、微妙すぎる沈黙が漂う。

「賢きカブトゥ・イル。〈瘴気《ニ》〉に長く触れて、ソーヤはまだ気分が優れぬようです。丁重な挨拶《あいさつ》があったことは、後ほど僕から念を入れます。いまは失礼して、早く休ませたいのですが」

「う、ううむ。瘴気酔いか。そういうことならば無礼も仕方あるまい。まあ、いらぬというならばそれもよかろう。だが自分から断わったということは、後でしっかり伝えてもらおう」

「ありがとうございます」

流暢《りゅうちょう》な言葉で間を取り持ったのは、なんとスエンだった。おいッ！

……いや、こいつ必要だと腹をくくれば喋るんだ。本当に必要ならね。

「まったく……戻るぞ！」

不快そうに鼻を鳴らしてから、カブトゥ・イルは石のように無言だった従者を引き連れ、捜索隊のところに戻っていった。背を向けざま、聞こえよがしに毒づくのが耳に届いた。

「素性の知れん薄汚れた〈外の者《よそもの》〉の分際で……」

やばい。ひやりとして、とっさにスエンの腕を摑んで引き留める。

「いいんだ」

ふっくら肥えた男の背に硬い視線を注いでいたスエンが、ようやく無言のままオレの目を見返してきた。瞳に鋭利な憤《いきどお》りの光がある。

「いつものことさ。いわせておけよ。それより行こうぜ」

なんでもないとアピールして、スエンを促す。

古代の人々は、理性で感情を飼い慣らした現代人とは違う。喜怒哀楽の衝動《しょうどう》は激しく、その表現はストレートだ。

普段は無口無表情キャラのスエンも、心の奥底には、人一倍そんな烈《はげ》しさを秘めている。一本気でマジメなこいつには、自分自身よりも、オレたち身内への侮辱《ぶじょく》の方が許せない。態度に出さないだけでいきなり行動を起こすんで、度肝を抜かれることも多々だ。こんなつまらないことで無茶をさせたくない。

しばらく押し黙っていた後、こくりとスエンが頷いた。

「……ん。わかった」

けど、本当にいいやつなんだ。ちょっと危なっかしいとこもあるけどさ。

4

アンズー大門を離れ、連れ立って白大路を東に向かう。

大して広くもないカグシラを東西に横断している白大路は、路面に等間隔に埋められた乳白色のタイルからその名がある。街の中心近くに白く輝いている聖塔《ウニル》〈エムルパ〉を覆《おお》っているのと同じものだそうだ。

舗装《ほそう》された白い道は、バビロンとの出入り口であるアンズー大門から、〈エムルパ〉がそびえる市中央の聖域の塀をかすめて、近隣の町とを行き来する隊商が毎日発着しているムシュフシュ大門へと真っ直ぐに通じている。

大半の道が、踏み固められた剝き出しの土でしかないカグシラにおいては、とても印象に残る大通りだ。

往来の左右には商店や工房が軒を連ね、軒先の布をかざしたひさしの下にいろんな売り物が並べられている。

まだ早朝だってのにそこかしこのバザールが賑《にぎ》わっているのは、河港の河岸《かし》帰りの人々が多いからだ。多くは黒髪《くろかみ》に浅黒い肌色の民だけど、明らかに遠い地の出身と思われる風貌《ふうぼう》、装束《しょうぞく》をした人もかなりの割合で交ざっている。少々変わった身なりでも目立たないので、オレたち〈外の者《バー》〉にはいろいろ都合がいい街だ。


「ったく、一体どうしたってんだよ。急に口を挟んできやがって」

隣を歩くスエンに文句つけながら、食堂の店先で求めたパンにかぶりついてモグモグ。炙《あぶ》り焼《や》きの羊肉が挟んであって、ちょっとドネルサンドに似た感じだ。

「スエンには関係ない話だし、第一あんなのお前のキャラじゃないだろ」

「ん。そんなことはない」

普段の調子に戻って……いや、あれあれ？　なんか微妙に不満そうですよ？

「僕は必要な分だけ喋《しゃべ》る。ソーヤは大事なときほど言葉が足りない」

むせた……ツッコミ待ちなのか？　つーか、なんでオレじゃなくお前が不機嫌《ふきげん》なんだよ。

「嘘《うそ》つけ。お前、必要量の十分の一も喋らねえじゃねえか。第一、大事なときもなにもないだろ。あれが本心だし、あれで十分だ。感謝されるいわれなんてない。オレは無駄な関わりは真っ平ゴメンなんだ。お前は知ってるはずだろ」

「けど反感を買う。ソーヤの悪いところだ」

うーん。まあなあ。

スエンのいわんとすることも、わかってるつもりではいるんだ。

できるだけ目立ちたくない。面倒は避《さ》けたい。その一心から関わりを必要最小限に留めようとしても、相手に誤解されるおそれはつきまとう。それはそれでトラブルの種だ。

けれど。

「考えすぎだよ。オレが何をいったかなんて、誰も深く覚えちゃいないって。それに誰彼かまわず愛想よくしてたら、それはそれで問題だろ。その手の面倒なことは、甚《じん》さんのほうがよっぽど詳《くわ》しい。オレはあの人任せだよ」

「…………」

こんなに小さな街にも、内側には対立というか、派閥《はばつ》というか、勢力争いのようなものがある。人間は三人集まれば派閥を作ってしまう動物だそうなので、これも仕方ないのかもしれない。

そう。三人。この絶妙な人数だ。

カグシラは、三人の評議員《エンシ》によって運営されている。

都市国家ジムビルの守護神の公子でありながら追放された、武将バルナムメテナ。

〈国土《キエンギ》〉の外にまで交易の網を広げている、大商人ウルエンキ。

滅亡した都市ギビルの部族を率《ひき》いる姫君、リウィル・シムティ。

この三人が手を結び、廃墟《はいきょ》となっていたバビロンの一角を私財と私兵を投じて掃討《そうとう》し、市壁を築いてカグシラを興《おこ》した。

けど三人の共同経営者は必要から協力しているにすぎない。むしろ実際には公然とライバル関係にあって、〝いざ〟というときの手駒《てごま》として、それぞれ有力な頭目《ヌバンダ》を後援して手なずけている。

たとえばオレの兄貴分であるところの村上甚五郎《むらかみじんごろう》のおっさんは、リウィル・シムティ姫と組んでる。ラーシ・イルの後援者は大商人ウルエンキだ。もちろん公子バルナムメテナも、何人もの有力な頭目を客分として抱えてる。

「つき合いが増えちゃうと、いろいろ面倒だろ。深入りして、変な騒動に巻き込まれたりさ。巻きぞえで背中からグッサリなんて困るんだよ」

「オレは〈星門《カムル》〉を通って自分の故郷に帰りたいだけだ。甚さんやグウェンさんは、もしまだ使える〈星門〉を見つけたら譲るっていってくれてる」

「ん。困る」

世界を渡る扉〈星門〉。

それは元々、ネフィルが天に至るための設備なんだという。

けど、そこに本来この世界に属さない〈外の者〉が踏み込むと、歪《ゆが》みを正そうとする復元力みたいな作用が働いて、それぞれが故郷とする時代に弾き戻される。オレたち〈外の者〉の間では、そういう話になってる。

ただし問題がある。それが起こると〈星門〉はショートのような状態になって機能を失ってしまう。端的にいえば、ぶっ壊れるってことだ。

〈星門〉は神々《ネフィル》の〈理《メ》〉と叡智《えいち》の結晶で、バビロンといえど、そう多く残っているとは期待できない。あといくつが生きているのか誰にもわからないけど、戻りたい全員分にはまるで足りないだろう。

帰りの便の席は限られてる。そしてチケットは早い者勝ち。つまり他人に先を越される前に、門を見つけて真っ先にくぐるしかない。

うちの隊《イルダム》の大人ふたり、甚さんとグウェンさんには、どうも戻るつもりはないらしい。なんだか気を変えられてしまうのが怖い気がして、理由は聞けてない。ただありがたく、好意にすがるつもりだ。

「よその隊じゃ、そうはいかない。だからオレは、甚さん以外の頭目の世話になる気はさらさらないんだ。そりゃ今回みたいに、助っ人に行けっていわれりゃ別だけどさ」

「ん。僕もだ」

「お前はよその隊なんか行ったら毎日大喧嘩《おおげんか》じゃないのか？　その無愛想を我慢《がまん》できるのは、オレたちぐらいだろ」

「ん」

ちぇ。茶化したのにすましやがって。まあ、機嫌直ったのならいいか。

「ま、確かにさっきはちょっとそっけなさすぎたかもな。けどオレは、顔売ったり、名前を広めたいわけじゃない。むしろ逆だ。だからああいう話は、なるべくきっぱり遠ざけたいんだよ。あと、さっきのやつ……ええと」

「カブトゥ・イル」

「ああ。そうか。なんか虫みたいな名前だとは覚えてたんだけどな」

「昆虫？」

バベルの塔の翻訳機能は優秀だ。けどこんなところまでうまくはやってくれない。

「いや、悪ィ。気にすんな。とにかくあいつの偉そうな態度が、なんかイラッとしてさ。

ちょっとガキっぽかったかな」

「ん。ソーヤは肝心のときほど言葉が足りない」

「わかったわかった。説教はグウェンさんからだけで間に合ってるっての」

理由はもうひとつあった。ラーシ・イルの所にはケニーさんがいる。

帰還したいと思っている〈外の者〉は、ある意味みんなライバルだ。たとえケニーさんであっても。

みんな命がけでバビロンに繰り出している。だからお互いを出し抜くことだって、いざとなればやってのけるだろう。

恩を受けた人とそんなことになるのは、正直気が引けた。


そんな話をしながらスエンと白大路を歩いていると、前方から銅鑼《どら》や鉦《かね》、ハープ、鈴に似た鳴り物の澄んだ音色が聞こえてきた。それに気づいた人々が、まるで救急車のサイレンを聞いた乗用車のように、いそいそと道路の左右の端に寄ってゆく。

「ん。ラクエルさまの行列だ」

さっと見通しの開けた白大路の向こうから、玉座が据えられた輿《こし》を中心にした人の列が向かってくるのが見えた。

しまった。そういやあいつが市内を巡回する日か。

「あんにゃろ……見計らってたわけじゃないだろうな？」

まさかとは思うものの、ただ上手《うわて》を取りたいがためにそのぐらいやりかねないやつだ。

他の人たちに倣《なら》い、オレたちも脇に寄って胸の前に手を組む。

「えーっと……こうか」

オレがこういう格好をするのを、ラクエルはあんまりお気に召さない。

けど、こればっかりはしょうがない。ほとんどの人がうやうやしく敬意を表わしているのに、ひとりでぼーっと突っ立っていたら無駄に目立っちまうじゃないか。

神妙な顔を作って控えていると、まず神殿に侍《じ》する女官たちが、鉦と鈴をチンシャンと鳴らしながら前を通り過ぎる。

盛装した八人の兵士が担ぐ輿が、そのすぐ後に続く。

朝の清澄な光のなか、輿はゆっくりと進む。

そこに据えられた優美な意匠の玉座には、ひとりの少女が腰掛けている。

ちらっと様子を確かめようとしたら、ぱっちりとしたアーモンド形の目といきなりぴたりと視線が合ってしまった。

うお！　くそう。オレのこと見つけるの早すぎだろ！

見慣れているはずなのに、あの南の浅い海に似た浅葱《あさぎ》色の瞳には、いつも吸い込まれそうになってどきりとさせられる。

その唇《くちびる》には、フフン、といわんばかりの得意げな微笑が浮いている。

カグシラの女主人《エレシュ》、ラクエル。

〈光輝《メラム》〉から〝黄昏《たそがれ》の翼〟とも呼ばれ、どんなネフィルも争いを避けるといわれるカグシラの守護神は、十代半ばの少女にしか見えない姿をしている。

成熟に向かう直前の子鹿のようにすらりとした肢体に、鮮やかな赤の長衣を片肌脱ぎに巻き。惜しげもなくさらされた右肩の肌は、雪花石膏《アラバスター》に似て滑らかに白く。編んでアップにした涼しげな印象の髪《かみ》は、燃えるような秋の夕焼けの色。

頭上には黄金《こがね》造りの宝冠《ディアダム》を戴《いただ》き、瑠璃《ラピスラズリ》や黄金、紅玉髄《カーネリアン》の首飾り、胸飾りをかけ、金糸銀糸で飾られた腰帯を巻き、宝石をはめた足輪腕輪をつけたきらびやかな姿。

あどけない妖精めいた顔立ちは、そのときの気分によって無邪気にも蠱惑的《こわくてき》にも、ときには近寄りがたい威厳を備えているようにも見える。

少なくともこいつに関しては、代理品の神像なんて置くだけ無駄と思う。どれほどの名工が精魂《せいこん》込めて造形したとしても、ラクエル本人を前にしたら不格好な失敗作にしか見えないだろう。

単純に容姿端麗だから、という理由じゃない。

頭上に差し伸べられた日傘の下だというのに、強い陽光に照らされている背景よりなお鮮明に、ラクエルの容貌《ようぼう》は影の中に浮かんで人目を引きつける。目に見えない光でおのずから輝いているみたいに。

ただそこにいるだけで無視することができない。自然に目を奪《うば》われる。そういうオーラとか、カリスマとか、あるいは磁力とでも形容すべき不思議な気配。地元の人々が〈畏《ニ》〉と呼ぶ存在感があることを、認めないわけにはいかない。

〈畏〉。〈畏力〉。畏るべき力。

それは世界に偏在する、魔術が働く源になる要素なんだそうだ。バベルの塔が伝えるイメージでは、マナとか、霊力とか魔力とか、そういう目に見えない神秘的な力に近い概念《がいねん》という理解で、間違ってはいないらしい。

人によく似てはいるが別の種だというのは、多分本当の話なんだろうな。

っていうか、そろそろちゃんと前向け！　普段のおすまし顔に戻せ！

いまにも堂々と手を振るとか、輿を降りてぽーんと飛んできたりしそうな雰囲気《ふんいき》ありありだ。またなにか非常識をやらかすんじゃないかと、死ぬほど焦る。

神さまどうか――いや、ちがう。お前のことじゃない。いいからこっち見んな。

だが祈りという名の必死のアイコンタクトは、気まぐれな神をなんとか押しとどめたっぽい。ラクエルは意味深な流し目を残しながら、輿に揺られつつ目前を通り過ぎていった。

「はぁ……疲れた……」

だめだあの神《バ》さま《カ》……このままじゃオレの神経の方がもたないぜ……。

昨日からの疲れにとどめのひとつが上積みされ、さすがにがっくりと肩を落とすオレ。

銅鑼を叩き笛を吹き、献納品《けんのうひん》を運ぶ男たちが通り過ぎるのを、死んだ魚の視線で待つ。

「あれ？　珍しいな」

トリを務めて、のっしのっしとご主人さまの行列に従っているのは、純白の大獅子だった。白髭のような立派な鬣《たてがみ》を揺らしながら、ネコ科の動物特有の優美なモーションで歩を進めている。いつもは先頭に立ってるか、勝手にうろついてるのに。

「シャカン」

大獅子。つまりでっかい雄のライオン。オレたちの時代には絶滅しちゃってるけど、この時期のメソポタミアにはまだ野生のライオンが生息してる。普通はアフリカの親戚《しんせき》よりだいぶ小さいんだけど、このシャカンは逆だ。

でかい。むちゃくちゃビッグ。動物園に飼われてたあれが子猫に見えるくらい。なにせでっかい口が、オレの顔の位置にある。体高は二メートルある。四つ足の状態でだぜ？　その貫禄《かんろく》たるや物凄い。後ろ足でぐわっと立ち上がられたら、もう土下座ものの迫力ですよ。

「がう」

大獅子シャカンはラクエルの随獣《ずいじゅう》だ。随獣ってのは、神さまの身近に従者や乗騎として従う特別な霊獣のこと。有り体《ありてい》にいえばペットだ。もっともシャカンにはその自覚があるのかどうか、ちょっと怪しいところがある。逆に自分をラクエルの保護者とかお目付役とでも思っていそうだ。

「があう」

なめらかに筋肉を波打たせながらオレたちの前に歩み寄ってきたシャカンが、挨拶《あいさつ》のように一声鳴いた。

周囲では行列を見送った市民たちが、ばらばらと日常に戻っている。シャカンが市中をふらふらするのはいつものことなので、物好き以外は気にも留めないだろう。ラクエルがカグシラの女主人である以上、ここはシャカンの庭みたいなもんだ。

ちなみに背中に主人を乗っけたままうろついてることもしばしばある。そういうとき、ラクエルは〈理〉で姿を消してるから、普通の人は気づかないけど。

「ん。おはよう」

「よっ。どうしたんだよ。なんか用か？」

けどシャカンはなにをするでもなく、なにかを待つように、大きな猫目をじっとオレに向けている。

「ソーヤからの伝言を受け取ってこいっていわれてるみたいだ」

「はぁ？　スエン。まさかお前シャカンのいいたいことがわかるのかよ⁉」

「ん。なんとなく」

「マジで⁉　オレには全然わかんねえよ」

どういう芸だよそりゃあ。無口同士にだけ通じるテレパシーでもあるのか……？

シャカンは辛抱強《しんぼうづよ》く待ってくれてる。ハードボイルドなやつだ。無駄に咆《ほ》えたり、猛ったりは絶対しない。普段から落ち着き払って、威風堂々たるもんだ。

それにしても伝言？　いったいなんの——あ。ピンと来た。

「昨日のことか。ラクエルに聞いてこいっていわれたのか」

そうだといわんばかりに、尻尾がぺっちぺっちと振られた。

「そ、それはだなあ……」

しばし返答に窮《きゅう》する。

認めないわけにはいかない。あいつが〈光輝〉を見せて蠍《ギルタ》人《ブルル》を追い払ってくれなきゃ、オレはあそこで串刺《くしざ》しにされてた。残念。アマギ・ソーヤの冒険はここで終わってしまった！

けどあいつとは、〝そういうこと〟はしないって約束していた。オレにとってはけっこう大事な線引きだった。そこがうやむやになると、あいつの突拍子もない言動に引っ張られて、いろいろなし崩しになってく。絶ッ対、ロクなことにならない。

ここはひとつ適当にお茶を濁《にご》して……。

（ソーヤは大事なときほど言葉が足りない）

「む……」

ちらっと隣のスエンを睨《にら》む。ちぇ。くそう。変なこといいやがって。

「お前のせいだからな」

「ん？」

器の小さな仕返しとしてスエンの問いかけをスルーの刑に処する。

「シャカン。いわなきゃいけないことは他にもあるけど、とりあえず、助かった、サンキューって、伝えてくれよ」

「がう」

返答に満足してくれたのか、ふいっと背を向けた白獅子は悠然たる王者の歩みで去ってゆく。ハードボイルドなやつだ。無駄に馴《な》れ合《あ》ったりしない。

「おやまあ、シャカンさま。お待ちくださいな。先日仕込んだ分が出来上がりましたのよ。ぜひ味見していってくださいな」

ぴょん。道ばたの居酒屋の軒先からかかった声に、シャカンの両耳が起き上がった。

「これ。なにをしているの。早く壺《つぼ》を運んで来なさいな」

居酒屋の女将《おかみ》の指示を受けた使用人が、口の広い大壺を奥から運んできた。粘土の封をはがして蓋《ふた》を取ると、ビール《カシュ》の香りがかすかに漂う。

「さあ、初物ですわ。ご賞味くださいませ。女神さまによろしゅうお執り成しを」

ふんふんと鼻を鳴らしたシャカンが、それまでとは別の生き物のようにふらふらと壺に近寄ってゆく。そして店先に腹ばいになると、前足で嬉《うれ》しそうに壺を抱いた。

「まてまてまて」

思わず声をかけずにはいられない。あんたのこと格好いいって褒《ほ》めてたオレの立場はどうなるの？　ラクエルに伝言はどうなったの？

「呑むの？　また叱《しか》られるぜ？」

「が、がう……」

シャカンの狼狽《ろうばい》した視線が、壺の口とあきれ顔のオレたちの間を往復する。だが逡《しゅん》巡《じゅん》はわずかな間だけだった。

「がう！」白獅子の目に決然たる眼光が宿る。

「叱られても呑むんだって」

「……いまのはなんだかオレにもわかったよ」

シャカンはハードボイルドなやつだ。ただし無類の酒好きでもある。身近にのんべえの多いオレとしては、ほどほどにしとけよと願わずにはいられない。

壺口に鼻面を突っ込んで、幸せそうにしているシャカンを残して、オレたちはその場を離れた。まあ、いつものことだし。

「シャカンも、あの癖《くせ》さえなけりゃあ頼もしいのに。酒が出るとすっかりダメ猫なんだよなあ」

「ん。けど今朝、ソーヤが大丈夫そうって教えてくれたのは彼だ」

「そっか」なるほどシャカンなら、オレの状況は知ってて当然だ。ふと思い至る。「じゃあ甚さんたちが来なかったのは……」

「ん。ソーヤもケニーも無事ならって」

「そういうことは先にいえよな。本気で大将に食ってかかるとこだったぜ」

「元気なようなら、鍛錬《たんれん》は三日後の朝からいつもどおり」

「げええ。鬼かよ、グウェンさんは。嫌だ。オレは出ないぞ。ボコボコにやられて、歩くのがやっとってことにしといてくれ」

「嘘はつけない」

「あーもう。お前はなんでそうマジメっ子で優等生なんだよ。あの人はSっ気あるんだからいわれたとおりにしてたら、こっちの身が保《も》たねーんだって」

そんな話をしてるうちに下宿の側《そば》に来たので、手を振ってスエンと別れた。

オレの仮住まいは、とある裕福な商人の別宅の二階だ。この年輩《ねんぱい》の商人は普段は別の都市国家にいて、隊商と一緒にカグシラに来たときだけこの別宅を利用する。いつもは使用人の一家がいるだけなので、泥棒除《どろぼうよ》けも兼ねてオレが部屋を借りているってわけだ。

急勾配《きゅうこうばい》の階段を這《は》うように上がって二階の自室に戻ったオレは、血と泥と汗に汚れ、身体を隠すだけのボロになった革胴衣と衣服を破り捨てるように脱いだ。そして乾いたシャツとパンツに着替え、そのまま床上に敷いた毛布の寝床にダイブする。

枕を抱きかかえると、意識は一瞬で泥のような眠りに沈んだ。

5

夢を見ている。

とても怖い夢だ。

ああ。またここに戻ってきてしまった。

湿った土牢《つちろう》の闇《やみ》の中で、痩《や》せこけたオレは裸のまま膝《ひざ》を抱えて震えている。

むごい扱いを受けている。

気味の悪い呪文《じゅもん》が聞こえる。身体が石のナイフで切り裂かれる。オレでないなにかが、オレの中に注ぎ込まれる。

侵入した異物は激痛を作り出しながら、オレの肉と心の奥へと潜《もぐ》ってゆく。

暴れようとしても、血が赤黒く染み込んだ台に縛りつけられている。猿ぐつわで舌を嚙むことさえかなわない。

昼も夜もない場所で繰り返される。

同じ境遇の仲間が次々に連れてゆかれ、そして戻らない。

闇の中で目だけをぎょろつかせ、怯《おび》えながら次の自分の番をただ待つ。

悲鳴と慟哭《どうこく》は土壁に飲み込まれて消える。

もう嫌だ。誰か助けてくれ。家に帰りたい。夢なんだから覚めてくれよ……！

がちゃりと、土牢の木枠が鳴る。肥満した醜《みにく》い牢番がニタニタ笑っている。

またオレの番が来た……。


絶望に胸をわしづかみにされたオレの頰に、柔らかいものが触れる感触があった。

誘《さそ》われるように、ゆっくりと涙のにじんだ目蓋《まぶた》を開く。

頭上から、優しい眼差しで覗き込んでいる浅葱《あさぎ》色の瞳と視線が合った。

あざやかな緋色の髪《かみ》とエメラルドグリーンの大きな瞳。同年代か、少し下の印象。

ドレスに似た異国風の長衣を着た少女。

まだ夢と現《うつつ》の境にいるオレに、窓から差し込む月光を浴びながら、少女は、

「ここで出会うのがボクらの〈運命〉だったんだよ」

と、聞き覚えのあるセリフを囁《ささや》いた。

一瞬の記憶の混濁《こんだく》。

まるで初めて出会った夜、初めて出会った丘に戻ったかのような既視感《きしかん》に戸惑う。

窮地《きゅうち》から助けられたあのときも、こんな風に顔を覗き込まれていた。ラクエルの肩口には、白い月が輝いていた。

あそこでこいつが逃げ出したオレを見つけたのは、運命だったとでもいうんだろうか。

「あー、もう。どうしてそんなに野暮《やぼ》なの。感動のシーンだよ？」

急につまらなそうな口ぶりで頬をつねられ、オレは呆《ほう》けから強引に現実へと引き戻された。

「運命に感謝するよ、とか、愛してるよ、とか、ずっと一緒だよ、とか。ボク、気の利いた返事が欲しいんだけど。ぎゅっと無言で抱きしめるのもいいかな？」

「いてて。やめろ。起きたから」振り払って、寝床の上に身を起こす。

「せっかく来たのに、ずっと寝てるんだもん。寝顔も見飽きちゃった」

綺麗な柳眉《りゅうび》を不満げに寄せるラクエル。

「オレは呼んだ覚えはないっての」

勝手に入ってきてどういうつもりだとか、もう追及する気にもなれない。カグシラの女神はただでさえ自由奔放タイプだが、オレに対してはとことん図々しくあらせられる。

カグシラの女主人《エレシュ》、ラクエル。

この勝手気ままな女神さまは、どういうわけか、オレを〈運命〉の相手だと思ってる──いや確信しているのだ。それも初めて出会ったとき〝以前〟から。

けどその思い込みを解こうにも、〈運命〉で決まってるの一点張りでまるっきり聞く耳持たず、オレにつきまとい続けている。大変困ったことに。

しかもこの街で再会したときは、しれっと自分は普通の女の子ですって顔してたんだぜ？　なーんにも気づかなかったオレも悪いのかもしれないけどさ。本当のことはすっかり親しくなってから知ったから、いまでも会話はこんな調子。っていうか、敬語にするとマジで怒るんだよなあ。

半ば以上真剣にオレは疑っている。

神は神でも、オレにとってこいつはむしろ疫病神《やくびょうがみ》じゃないのかと──。

寝床の隣に座ったラクエルの背後の窓が、広々と開け放たれている。この地方としては珍しい、人が悠々通れるくらい大きな窓だ。いつもどおりあそこが侵入経路だろう。いま、そこには暗い闇が見えている。

「嘘《うそ》だろ。もう夜なのか?」

全身を襲《おそ》う筋肉痛に情けない悲鳴を漏《も》らしながら立ち上がり、窓に歩み寄る。

既に日は完全に落ちていた。夜空にはわずかに欠けた月が柔らかく輝き、カグシラの家々の窓からはちろちろ瞬《またた》くランプの灯が漏れている。まだ宵《よい》の口なのだろう。空気には、太陽の残り香とけだるい暑気が漂っている。

「いつごろ来たんだ?」

「昼過ぎかな。もうシャカンたら、なかなか帰ってこないと思ったら!」

ご主人さまの前でシュンと小さくなっている白獅子の姿がリアルに目に浮かぶ。自業自得だな。けどそんなに待ってたのか。

「もっと早く起こせばよかったのに」〈七頭大蛇《ムシュマフ》〉を頼った後は、疲労しきってしまってなかなか自然には目覚めない。

「とっても疲れてたね」

ほのかに微笑《ほほえ》んだラクエルが、てのひらを上向きに顎《あご》に添えて、ふっと息を吐いた。

部屋の端に置かれた靴下《くつした》形のランプに、紡がれた〈理《メ》〉が火を灯す。

「でも、うなされ始めちゃったから」

黄色いランプの灯に浮かび上がったラクエルは、朝の行列よりずっと身軽な姿だった。踝まである赤い長衣に刺繍《ししゅう》された帯と肩掛けをまとい、髪に薔薇《ばら》をかたどった青い髪飾りを差している。首飾りや腕輪足輪などの装身具も小ぶりで控え目な品に絞っている。

「あ、そか。悪い夢を見てた」

起こしてもらえて正直助かった。あのころの夢には足下が崩れ去りそうな怖さがある。

「大丈夫。ソーヤが怖い夢を見たら、ボクが起こしてあげるよ。何度でも」

……ときどきこいつは、心の声を見透かしたように答える。けどそれは無理だよ、ラクエル。この時代にいる限り、オレはあの悪夢からは逃げられない。

〈国士《キエンギ》〉に放り出された後、丸一日はまだ夢じゃないかと茫然《ぼうぜん》と過ごした。けどただ時間だけが坦々と過ぎた。やがて、少なくとも耐《た》え難《がた》い空腹は現実なんだと認めなきゃいけなくなった。

見知らぬ土地に放り出されることの怖さを思い知ったのはそれからだ。

右も左もわからない。知り合いもいない。寝る場所さえない。

しばらくは持ち歩いてた小物や学生服と交換でパンをもらい、軒先に小さくなって眠った。そんな一時しのぎが長く続くはずがない。

パンをひったくって捕まり、動けなくなるまで袋叩きにされた。

そして気絶してるうちに厄介払いとして売られたらしい。気づいたときには、光の届かない土牢の中にいた。

土牢の中には同じ境遇の連中が何人も捕まっていた。そこでオレが受けたのは、実験動物も同然の仕打ちだった。

思えば本当に異常な場所だった。そこがなんだったのか、なんのためにそんなことをしていたのか、〈国土〉に少しは慣れたいまもってわからない。

理由を訊《たず》ねても、許しを請《こ》うても、まったく無駄だった。黒ずくめの男たちは、拘束台に縛りつけたオレの身体を切り裂いて、陰鬱《いんうつ》な呪文を呟きながら〈精髄《エッセンス》〉を押し込んだ。神経を直接苛《さいな》む、狂おしい激痛。耐えきれなかった囚人は、正気を失って、獣と人のあいのこの〝できそこない〟になっていった。

オレ自身も少しおかしくなってた。あの土牢の中での出来事は、記憶が混濁してはっきり覚えていない。食事に薬が混ぜてあったのだと思う。

だからどうやって逃げ出せたのか、細かい記憶は怪しい。ただ争いのような喧噪《けんそう》が聞こえ、激しい地震があって、牢の扉がひしゃげた。隙間から這いだして、夢中で走った。

初めてラクエルに出会ったのはその途中だった……らしい。

っていうのは、妙なことをいう見知らぬ少女に庇《かば》ってもらった覚えはあるんだけど、パニクってたもんでロクに話もしないまま逃げ出しちまったからだ。あれがラクエルだったと知ったのは、カグシラで当人に教わってようやくだった。

偶然甚《じん》さんに拾われたのは、その直後、町で物乞いの真似《まね》をしていたときだ。

異国の言葉の洪水の中で、不意に日本語が耳に届いた瞬間の衝撃《しょうげき》は忘れられない。甚さんについてカグシラに来て、ようやく人間らしい生活を取り戻せた。〈国土〉とバビロンで生きてゆくすべも少しは学んだ。

けどあの土牢での絶望は忘れかけるたびに甦《よみがえ》って、オレを芯《しん》から震えあがらせる。

ここはオレの居場所にできる世界じゃない。日本に帰るんだ。絶対に。


「そんなわけにいくかよ。それで、なんの用で待ってたんだ？」

「ふうん？」

ない胸の前で腕を組み、繊細《せんさい》な顎に手を添えて、小悪魔はさも思案する態でわざとらしく小首を傾《かし》げた。

「おっかしいなあ。用があるのはボクのほうじゃないはずだけど？」

むむっ。そうか。女神さまは直接お礼言上の催促《さいそく》に来たと。そういうわけか。

「あー、うん。まあ助かったよ。一応」

「……あっれー？　聞き違いかなあ？　いっつもボクに不真面目《ふまじめ》だのなんだの口うるさい誰かさんが、自分の番になったらごにょごにょ口を濁すなんてありえないよねー」

ぐぬぬ。おのれ。武士の情けをわきまえぬやつ。このはずかしめ、いかにせん。ならばこっちにも覚悟がある！

「ラクエルさん」

「うんうん」

「昨日は助けてくれてありがとう。危うく殺されるところでした」

「本当だよ！」

待ってましたとばかりに大きく頷く。

「やっぱりソーヤにはボクが必要なんだよ。もしもがあったら、ボクどうしたらいいの？　またあんなことになったらと思うと、もう心配で心配で……」

「ところで……」

「ソーヤにはバビロンの探索なんて危なすぎると思うんだよね。〈理《メ》〉が扱えるわけじゃないし、おっちょこちょいだし、うん。いっそのこと、ボクと一緒に——」

「なぜ、あのとき、オレがピンチだってわかったんだ？」

「——力を合わせて……はい？」

きょとんと見開かれた薄緑の宝石のような瞳が、パチパチとまばたく。

「お前もしかして、ずーっと見張ってたの？」

「そ、それは……たまたまだよ。うん。たまたま」

泳いでる。物凄く目が泳いでる。

「そういうことしないって、約束したよな」

「……し、仕方ないじゃない！　ソーヤが悪いんだよ！　日のあるうちに戻ってくるっていってたのに」

「無茶いうな。一度バビロンに出たら、そう予定どおりにいくかよ。お前まさか、普段からこっそり様子見てたりしないだろうな」

「無理だよ。無理！　バビロンは〈瘴気《ニ》〉がきつすぎて、遠くからじゃあんまり見通せないんだから。あれは、たまたまソーヤが〈エムルパ〉から見える距離にいたから。それに予定どおり戻ってこなければ心配するのが当然でしょ⁉　それとも逆の立場だったら、ソーヤは平気なの？」

ううっ、と言葉につまる。けど恩知らずは承知の上で、ここで引き下がるわけにはいかないのだ。心を励《はげ》まし、あえて冷たく告げる。

「感謝してる。今後は用心するよ。けど今回は特別だ」強調するために一度言葉を区切る。「オレは〈星門《カムル》〉を見つけて日本に帰る。だからバビロンに出るのはやめない。ラクエルにその手助けを頼むつもりもない」

「ふん。そんなのわかってるもの」

腕を組んだまま、つーんと横を向いたラクエルが憮然《ぶぜん》と言い捨てた。

こいつはオレが日本に帰るのを諦めないのがお気に召さない。邪魔はしないけど協力もしたくない。そういうスタンスだ。

はっきりいって、こちとら〈運命〉がどうとかいわれてもさっぱりだ。なんでそうするのが当然みたいな顔でラクエルがオレにつきまとうのか、わけがわからない。

けど意味不明でも一応は好意なわけで。それがわかってるから、甘えたり、流されたりしちゃいけない。オレはいずれ、ここを離れるんだ。親しくなれば親しくなるだけ、別れが辛くなるなんてことはバカにでも想像がつく。自分に笑顔を向けてくれる相手を、傷つけたい人間なんていない。最低限。それが最低限だ。

もちろんこんなこと口にしたら、「ボクって罪な女だよね」などと殺意の湧くセリフでどこまでも図に乗るやつなので、動物には絶対に餌《えさ》を与えないでくださいなのだ。


とはいえ……ちょっと邪険にしすぎ……かな？

すっかりへそを曲げたラクエルは、怒った目でランプの灯を睨《にら》んでいる。悔しさと失望の入り交じった表情に、罪悪感がちくりと胸を刺す。見かけは人形みたいに可愛《かわい》いのに、こいつすげえ負けん気強いんだよな。

「えーと。でも今度は本当に危なかったっつーか、マジで助かった。サンキューな」

ま、まあ今回ばかりは九死に一生だし、これじゃただの人でなしみたいだしな。このぐらいは仕方ないよな。うん。

「とりあえずひとつ借りにしてくれ。しょうがないから、オレにできることで返す」

ぷいと拗《す》ねたポーズのまま、あいつがちらっと片眼でこっちの様子を窺《うかが》った。

「……本当？」

「あー、まあ一応。けどオレにできることだからな？　あんま無茶いっても聞けねーぞ」

「ふうん……まっ、ソーヤがお礼するっていうなら、今回はそれで許してあげてもいいかな」

悪事を企む悪役みたいな含み笑いを漏らしながら、窓際のオレの隣に寄ってくる。

「お礼って、なにを頼んでもいいんだよね？」

「お、おい。いうこと聞いてたよな。できることだぞ。できること」

「さー、どーしよっかな？」

我が意を得たりといわんばかりの満面の笑み。やばい予感がひしひしする。とんでもない頼みを思いつかれなきゃいいけど。

――ま、結局はすっぱりとこいつを追い払えない、オレ自身にも問題があるだろう。


「そういえばさ」

しばらく他愛もない話をしているうちに、ふと思い出した疑問があった。

「オレたちを襲った蠍人《ギルタブルル》、見ただろ？　お前のこと知ってるみたいだったんだけど、ありゃ何者なんだ」

「ボクは知らないよ？　でもザリンヌの神官じゃないのかな。似た〈畏《ニ》〉をまとってたから。よくいままで生きてたものだよね」

「ザリンヌって〈エバドニグル〉の祭神だったネフィルだろ。そいつが戻ってきてるって、ありえるのか？」

「〝黒の城壁〟が戻る？」

ラクエルは本当に思いもよらなかったという顔で見返した。

「オレたちが調査に派遣されたのは、最近〈エバドニグル〉に得体の知れないモノが出入りしてるって噂《うわさ》を確かめるためだった。評議員《エンシ》から聞いてないか？　いや、いちいちそんな細かいこと、お前にお伺《うかが》い立てないよな」

「うん。ボク、全然興味ないし」

いかにもどうでもいいや、という風に、ベーっと舌を出すカグシラの守護神。それでいいのか守護神。

「あの蠍人は〈エバドニグル〉に潜んでた。外は荒れ放題だったけど、神殿や〈聖塔《ウニル》〉の中はその気になれば使えるくらい瓦礫《がれき》が片づけられてた」

「ふうん。けどね。ザリンヌが戻ることはありえないんだよ」

「なんでだよ？」

「だってバビロンで崇《あが》められていたネフィルは、みんな死んでいるんだから。十一柱《はしら》残らずね。もうこの世界にはいない。神だって死ぬんだよ、ソーヤ」

　確信に満ちた静かな言葉。

　ラクエルはいくつも顔を持っている。普段のオレに見せるのは、そう年代の変わらない少女の顔だ。けれどひょんな拍子にカグシラの女神としての顔や、ネフィルとしての顔が出る。オレの知らない世界を知っている表情をラクエルがかいま見せるとき、オレはどうしても不意を打たれてまごついてしまう。

「へ、へえ。そういうもんなのか」

「そうそう。だからソーヤはボクが危なくなったら守ってくれるよね？」

　かすかな胸騒ぎをかきたてておきながら、ラクエルはもう普段の調子に戻っていた。

「お前がピンチのときに、オレが何かの役に立つのかよ」

「うーん」

「おい。自分でいっといて真剣に悩むなよな。ったく」

　ラクエルの自信ありげな態度にそんなものかとあっさり納得した。深く考えたって、どうせオレには判断するだけの知識が欠けてるんだ。

　けどラクエルさえも想像しなかった事態が、このとき既に進んでいたことを、後にオレたちは思い知ることになる。〈理〉の狂ったバビロンでは、〞ありえないなんてことはありえない〟のだと。

6

翌日の午後遅く。評議員《エンシ》リウィル・シムティの召使いが下宿に訪ねてきた。エネルギー切れの気だるさに負けてゴロゴロウトウトしてたオレは、起こしに来てくれた使用人の奥さんから言伝を受け取った。

寝床で寝ぼけまなこをこすりながら大あくび。

やれやれ。酔っぱらいを迎えにいかなきゃ。

いや。シャカンじゃなくて、もう一匹の大トラの方。

外に出ると、ちょうど夕暮れだった。

熟《う》れた果実のような太陽が陽炎《かげろう》に揺らめきながら大陸の地平線に沈んでゆく。オレンジに染まるレンガ造りの街中を抜け、カグシラの中でもやや高台になっている南東の地区に足を向ける。目指す先は、漆喰《しっくい》で白く塗られた塀に囲まれている、評議員リウィル・シムティの瀟洒《しょうしゃ》な邸宅だ。

「頭目《ヌバンダ》ムラカミの身内の者です。ご連絡を受けて、迎えに伺いました」

アーチ状の門を見張るふたりの屈強な守衛に来意を告げると、すぐに中に通された。

いつも思うけど、シムティ姫の手勢は本当に精鋭揃いだ。役目中にだらけた姿を見ることがない。滅びた都市国家の生き残りである彼らは、王族に連なるリウィル・シムティに忠誠を注いでいる。そういった連中は、金目当ての遺跡荒《いせきあ》らしとはやっぱだいぶ毛色が違う。

召使いに案内された先は、広い宴会室だった。

もう外は暗いけど、室内は沢山のランプの灯で昼のように明るい。一隅に陣取った召使いたちがハープや笛で控えめに奏でる楽《がく》の音《ね》が流れている。

中央に据えられた幾つかのテーブルには、食べかけの料理や色とりどりの果物が載った皿が並べられていた。途中で何人かの頭目とすれ違ったのは、ここで宴会をしていたからだと合点がいった。

とはいえ、もう宴《うたげ》は終わってる。召使いらを除けば、宴会室に残っているのは一組の男女だけだった。

「おう。やっと来たのう、天城《あまぎ》ぃ。大儀、大儀。ワハハハ」

あらら、こりゃ確かにダメだ。ご機嫌《きげん》に出来上がってやがる。

ふらふらの大柄な身体を、給仕の美人たちに支えてもらってなんとか座っている和服のおっさんが、オレが世話になってる頭目、村上甚五郎《むらかみじんごろう》だ。

胸元を大きくはだけた派手な小袖に、大工のニッカのように膝下《ひざした》で縛った袴《はかま》を穿《は》き、大刀は目前の食卓に立てかけている。伸び放題の髪《かみ》の毛《け》は、頭頂部で髷《まげ》として結わえられている。

戦国時代、天正《てんしょう》のころの日本人で、野武士の頭《かしら》のようなことをして生きていたらしい。天正といえば、織田信長《おだのぶなが》とか上杉謙信《うえすぎけんしん》とか、あのへんの有名どころが活躍してた時期になる。

野性味あふれる荒々しい、不動さまみたいな風貌《ふうぼう》の人だ。

けど触れれば肌が切れるような荒い岩石が風雨にさらされ丸みを帯びるように、猛々しい風貌の印象を身にまとったおおらかな稚気《ちき》が和らげている。

小袖も袴も、こちらで仕立てたなんちゃって和服なんだけど、それを着崩していても変に感じさせない、妙な風格がある。

まあそれも、しらふのときに限るんだけど。

「駆けつけ三杯じゃ。まあ呑め天城ィ。これからいよいよ、わしらも忙しくなるぞ。とりあえず明日はわしの供じゃ。のう、姫御《ひめご》よー」

だめだ、この酔っぱらい。ぐでんぐでんだ。あー、机に突《つ》っ伏《ぷ》しちまった。オレがなんのために来たのかさえわかってねー。

豪放磊落《ごうほうらいらく》といえば聞こえはいいけど、やけに子供っぽいとこがあるんだよな。特に酒が入ると理不尽大将軍だ。そしてその被害を被《こうむ》るのはいっつもオレ。

くそう。まあ同郷ってだけで拾ってもらった恩があるから、文句はいえないんだけどさ。いや、いってはいる。いってはいますよ。ただこの親父《おやじ》が聞く耳持たないだけだ。あんまりいうと拗《す》ねる。ダメな大人だ。

姫御。うちの大将がそう呼んだ女性に向かって、こっち流に両手を胸の前で組んで神妙に謝る。

「すいません。うちの大酒呑みがいつもご迷惑をおかけしまして」

「かまわないわ。楽しんでもらうための宴なのだから」

低い物憂《ものう》げな声で応えがあった。

黒く、冷たい印象の若い女性。椅子《いす》にたおやかに腰掛けている。

彼女は艶《つや》やかな長い黒髪に銀鎖の髪飾りを乗せ、黒い巻衣のドレスを優雅に着こなしていた。対照的な肌の白さ、鮮やかな唇《くちびる》の紅が、逆に夜の化身《けしん》のようなイメージを際だたせている。

ラクエルを赤い薔薇《ばら》とするなら、この薔薇は黒い。

カグシラを支配する三人の評議員の一角、リウィル・シムティ。とうに滅び去った都市ギビルの部族を長《おさ》として束ねる、細面の優艶《ゆうえん》な姫君だ。彼女を〈神妃《ルクル》〉と敬い、絶対の忠誠を捧《ささ》げる狂信的な戦士団を率《ひき》いている。

物語分類上は亡国の姫君ってところに収まるけど、毒蛇だの女狐《めぎつね》だのといった陰口がまるでいいすぎに聞こえない、凄みのある美姫だ。したたかさ、腹の底の知れなさでは他の評議員に勝るとも劣らない。

オレ、前からこの人苦手なんだよな。いつも冷めた微笑を浮かべてるくせに、目が笑った例《ため》しがない。強い目力の視線に心の底を見透されるようで、なんとなく落ち着かなくさせられる。

「あなたも遠慮《えんりょ》せず召し上がっておいきなさい。頭目のいうように、明日からは忙しくなるでしょうから」

甚さんと同じ示唆《しさ》。だけどまるで心当たりはない。どういう意味なんだろ。

「あの……明日からって、なにかあるんですか？」

「ええ。評議員は市を挙げて新市街の掃討《そうとう》を行なうことで合意したわ。今日、頭目たちをねぎらいに招いたのもそのため。そういえばあなたはラーシ・イルの調査隊に同行していたそうね」

よくそんなことまで……あ、評議会に報告が上がってるのは当然か。

「〈エバドニグル〉の件もそうだけれど、このところ新市街一帯が不穏だわ。食屍鬼《グール》が増え過ぎているし、もっと厄介な妖物も旧市街から渡ってきている。これ以上放置して手に負えなくなる前に、まとめて一掃することを評議会で申し合わせたの」

「遺跡荒らしもそれに駆り出されるってわけですか」

「今後も大門の通行税を免除されたい者は、協力してくれるでしょう。旧市街まで足を伸ばしたいのはみな同じはず」

「オレたちだけではどうにもならない話ですから、評議会の決定を喜ぶ連中は多いと思います」


バビロンはブラヌン川、すなわち現代でいうユーフラテス川の河畔にある。

元々は対岸にあるバベルの塔など神々の聖域を囲むように築かれた都で、その古い市街は〝旧市街〟と呼ばれている。

発展を続け、大きくなりすぎてしまったバビロンは、やがて川の反対側にも市街を広げた。こちらが〝新市街〟。カグシラはその新市街の東端に築かれた。

かつてカグシラの西に広がる新市街の大半から食屍鬼などの危険が掃討され、川向こうの広大な旧市街まで遺跡荒らしが進出していた時期もあった。

この街ができて約十年。近場のめぼしい金品はほぼサルベージ済みだから、大もうけを狙うにはより遠くに足を伸ばす必要があるんだ。

けど〈瘴気《ニ》〉の勢いが盛んになって、橋頭堡《きょうとうほ》として築かれた砦《とりで》は失われてしまっている。現在では辿り着くのさえ命がけだ。

「そろそろ失地を回復して、次のステップに進んでいい時期だわ。明日、評議会がカグシラの女主人《エレシュ》に拝謁《はいえつ》して、お許しとご加護を祈願します。それが滞《とどこお》りなく済んだら、停滞していた物事がいろいろ動き出す。頭目ムラカミは優秀な身内を抱えているし、人望もある。期待しているわ」

「ワッハッハ。大船に乗ったつもりで、この村上にお任せあれ」

酔っぱらいが威勢良く請けおったけど、机にだらしなくもたれかかってちゃ、どうにも格好がつかない。というか寝言にしか聞こえない。介抱してくれている娘たちが、おかしそうに笑いさざめいた。とても恥ずかしい。

「ええ。気がかりもうまく解決したわ。女神にもお喜びいただけるでしょう」

特に気分を害した風もなく、評議員は婉然《えんぜん》と立ち上がると衛士を引き連れて奥に引き揚げていった。オレを頭からつま先まで改めて見分する、不可解な一瞥《いちべつ》を残して。

なんだったんだといぶかしみつつも、オレは甚さんを引き取って邸宅の門を出た。

「ほらあ。帰りますよ」

「なんの。わしゃあ、自分で歩けるわい……」

すぐに腰砕け。いわんこっちゃない。

しかたなく泥酔したうちのダメ親父を背負う。

お……重い。昨日の今日で筋肉痛の全身が悲鳴を上げる。

「天城ィ。わしゃまだまだ呑み足りんぞい。次は〈生命の泉《トゥルタ・ナムテイル》〉で呑み直しじゃ」

「明日は評議員に同行するんでしょ！　ダメです。もう帰りますよ！」

だー。うぜえええええ！　こんな古代に来て、なにゆえ高校生の身で上司を家に送るサラリーマン気分を満喫《まんきつ》せねばならないんだ！

けど新市街掃討ってのは、ちょっとテンションが上がるいいニュースだ。酒、酒と騒ぐおんぶおばけのことも我慢《がまん》できる。

遺跡荒らしはみんな最近の乏《とぼ》しい稼ぎにうんざりしてるから、旧市街へのルートを拓《ひら》くとなれば、計算高い頭目たちも四の五のいわず評議会の号令に応じるだろう。バビロンからのあがりで成り立っているカグシラ全市が歓迎する。

うまくいって旧市街へのアクセスが容易になれば、バビロン崩壊以来、探索の手が及んでいない未踏の廃墟《はいきょ》に踏み込める。

それって、万全な状態の〈星門《カムル》〉を見つけるチャンスが増えるってことじゃないか？

足踏み続きだった状況が動きだしそうな漠然とした期待感に気分も軽く、オレは早くもいびきをかきはじめた酔っぱらいを背に、夜のとばりの降りたカグシラの路地をふらつきながら帰路についた。

7

カグシラならどこからでも仰ぎ見られる〈エムルパ〉は、この都市の守護神たるラクエルのために捧《ささ》げられた〈聖塔《ウニル》〉だ。

よく似たモニュメントであるピラミッドを山に喩《たと》えるなら、〈聖塔〉は一段一段の段差がずっと大きく、人工の段丘という表現が一番しっくり来る。

聖域の中心にそびえる階段式の四層塔〈エムルパ〉は地上三十メートルにも達し、頂上にあるちょっとした広場には純白の神殿が建っている。朝夕には鮮やかな緋色に染まる様が綺麗な建物だ。

数部屋しかない小神殿だけど、ラクエルはシャカンと一緒に主にそこでときを過ごしている。

聖塔の階段を降りれば、聖域の敷地内には別にもっと広々とした神殿がある。

けどあいつは、見晴らしがいいこっちの方がお気に入りだ。採光と通気のため多くの窓が設けられた屋内は、なるほど爽《さわ》やかな風がよく抜けて、熱気にうだる市内とは天地ほども違う。

いま、その白神殿の至聖所は、珍しく三十人ほどの群衆で埋まっていた。

壇上《だんじょう》の玉座にはカグシラの女主人《エレシュ》の姿があり、その右隣に堂々たる体躯《たいく》を横たえた白獅子《しろじし》が鋭い眼光で睨《にら》みを利かせている。

今日のラクエルは、都市の守護神にふさわしい威儀《いぎ》正《ただ》しい盛装だ。

細くしなやかな身体を包む長衣には、表面に金の飾り縫い《アップリケ》が貼りつけられている。細かい刺繍《ししゅう》が丹念に施された、手のかかった生地だ。

剝きだしの左肩からは、肌着代わりのノースリーブの上衣の端がちらりと覗く。

首と手足には金銀貴石で作られた装身具が幾重《いくえ》にもかかり、緋色の髪《かみ》に載った可愛《かわい》らしい宝冠《ディアダム》の中央には、卵ほどもある青い宝珠が輝いている。あれひとつでも現代に持って帰れれば、一生遊んで暮らせるに違いない。

感心するのは、あんなに豪華な格好をしていても、ラクエルのやつに衣装に着られてるって印象が全然ないってとこだ。

他人の視線などおかまいなし。生まれながらの女王もかくあらんという自信と余裕を備えた態度が、妙な説得力というか、どこか侵しがたい雰囲気《ふんいき》というかを醸《かも》し出《だ》して、堂々たる素振《そぶ》りや格好も似合っているなと感じさせる。

神さまの分際で、退屈を嫌い権威や伝統なんてどこ吹く風の、フリーダムすぎる地金を知ってるオレとしては、猫かぶりやがって！　とムズムズするわけだが、黙っているしかないのがもどかしい。

対して広間には、カグシラをつかさどる三人の評議員《エンシ》、そして彼らと近しい頭目《ヌバンダ》と供の者――すなわちオレたちが集い、玉座を仰いで神妙に控えている。

その中には見覚えのある小太りの男もいた。あのカブトゥ・イルとかいうやつだ。周囲に愛想を振りまいてたけど、オレに気づくなり露骨《ろこつ》に悪人顔をしかめ、なにごとか隣の耳に囁《ささや》いた。陰口の類《たぐい》だろうってことは、陰険なほくそ笑みから察しがつく。どうやらあのささいな行き違いを根に持ったらしい。

ああ、やだやだ。ったく。

第一印象って案外当たる。面倒くさいやつだ。

それにしてもあんなのが代理で来てるってことは、ラーシ・イルはまだ出歩けるほど良くなってないんだろうな。

「……我が主たるカグシラの女主人、崇高《すうこう》にして可憐なる黄昏《たそがれ》の翼よ。まばゆき〈光輝《メラム》〉にうち震えながら、バルナムメテナが祈願たてまつる」

都市国家ジムビルの公子でありながら、隻眼《せきがん》の武人としても名高い評議員、どこか影のあるバルナムメテナが口上を述べ続けている。

「女神の膝元《ひざもと》を騒がす悪鬼どもを討伐《とうばつ》する用意が整いましてございます。お許しをいただき次第、我ら御身の名を称えつつこの戦《いくさ》にとりかかりましょう。カグシラの守護神ラクエルよ。願わくば我らに祝福を恵み、〈光輝〉の輝きで守り給われんことを」

守護神への請願《せいがん》って形式のせいか、とにかく形式張って面倒くさい。

〝大いなる御心の女神〟とか、〝永遠の少女〟とか、〝天命の守護者〟とか、〝太陽を見送る者〟とか、〝絶対の光輝を帯びる者〟とか、〝七匹の大蛇を斃《たお》せし女神〟とか。どうもこっちの作法らしいけど、やたら大げさな美称がこれでもかと並べ立てられる。

こういう面白くもない長話を緊張感もなく聞いてると、学校の始業式や全校集会を思い出しちまう。

気温もほどよく、うとうとと眠りの世界に誘われそうだ。

ふぁぁぁ……。

あいつも大変だなあと玉座に目をやると、ラクエルのやつは堂々とシャカンの鬣《たてがみ》を編んで遊んでた。口上を聞くフリさえしてやがらねえ。

「三つ編みかわいいねえ、シャカン」

「がう……」迷惑そうだ。

ありえん。暇《ひま》なのは認めるが、大物ムーブにもほどがある。全員に注目されてるってのに。お前の心臓《しんぞう》はいったい何製だ。

「それで」

〝隻眼の〟バルナムメテナの讃辞《さんじ》が終わると、しばしの静寂の後、ラクエルは頬杖をついたまま鷹揚《おうよう》に微笑《ほほえ》んだ。

「ボクはなにをすればいいのかな？」

「女神を敬愛する妹、リウィル・シムティが申し上げます」

「うん。お願いだよ」

見苦しくない範囲で思い思いの格好をしているオレたちとは違って、集団から一歩進み出ている評議員たちは、ずいぶん古めかしい伝統的な服装をしていた。

リウィル・シムティは、ラクエル同様に飾り縫いを全体に貼った、きらびやかで重たげな衣装を着こなしている。

バルナムメテナと恰幅《かっぷく》の良いウルエンキが片肩にかけ、腰にスカート状に回している巻衣は、表面から羊毛の房飾りが無数に垂れ下がっている変わった布地だ。

きっとお祭りに浴衣《ゆかた》着たり、神父や巫女さんが独特の格好してるのと同じなんだろ、と納得することにした。

「はびこる食屍鬼《グール》は、御身のご下命を待つ戦士たちの矛《ほこ》や槍《やり》が征伐《せいばつ》するでしょう。けれど湧き出る〈瘴気《ニ》〉が夜になるとやつらを守ってしまいます。非力な我らは、恐懼《きょうく》しつつもラクエルさまの御力にすがるほかありません」

バビロン探索の最大の障害。それは実は〈瘴気〉だ。

厄介な有毒ガスみたいなもんで、長時間接してると意識が朦朧《もうろう》としてきて、判断力が鈍る。幻覚や幻聴にもやられる。そんな状態でうろつけば、昼間でさえ迷路同然のバビロンの街路だ。間違いなく迷いまくって、最後は正気を失うか生命を落とす。

過去には、バビロン攻略に挑んだ大軍勢がいくつも〈瘴気〉の中に消えてるそうだ。

「ふうん。つまり〈瘴気〉をなんとかしろってことだね」

「御力をもって一夜でも霧《きり》を退《しりぞ》けていただけたなら、我らは新市街を平穏にして献上いたします」

それにしても……。

広間の天井あたりをモンシロチョウがひらひら舞ってる。なんつーのどかさ。

ううっ。本格的に眠くなってきた。目蓋《まぶた》が重い。

「加減がちょっと難しいけど、〈瘴気〉をしばらく掃除することはできるよ」

「それでは我らの訴え、どうかお聞き届けいただけるよう、ここにお願い申し上げます。御身の都はいよいよ栄えましょう」

ああ。賞状授与でも国歌斉唱でもいいから、お約束はさっさと終わらせて……解散しようよ……早……く。

「でも、ちょっと困ったことがあるんだよね」

「女神に、ですか？　それはいかような」

「うん。夜のバビロンなんて危ないところに出るのは、ボクなんだか恐いなあって」

ずっこけそうになって、目が覚めた。

整列した頭目たちもざわついてる。こう……いまのは高度なギャグなのか、笑ったほうがいいのかどうか、戸惑ってる感じだ。

誰だってそう思う。オレだってそう思う。

ここに陣取ってるだけで化け物どもがビビってカグシラに近寄らなくなる最終兵器みたいなやつが、いったいなんの冗談だ。

ったく、どんな面していってやがんだよ、と目線を上げると、浅葱《あさぎ》色の瞳とぴたり視線がかち合った。

右手で頬杖をついたままのラクエルが、前列左端あたりにいるオレの顔を、ニコニコしながらじーっと見ている。

「ボク、恐いなあ」

念を押すように繰り返した。

見てる。思いっきりこっち見てる。

それとなく、とかいうレベルじゃない。ガン見ってやつだ。

おいっ⁉　なに考えてんだよ、よせよせ。こっち見るな！

首を左右にイヤイヤサインを送る。

ダイメイワク。スグヤメロ。

だが、いったいどんな奇怪な放送事故が発生しているのか、あいつはウンウン頷《うなず》くだけで一向に視線を外してくれない。

参列者がひとりまたひとりとラクエルの様子に気づき、目線を追ってオレに辿り着く。

三十人の好奇と疑問のまなざしが、容赦なくオレに突き刺さった。

全身が硬直して、冷や汗が流れる。

なにがなんだかわからないけど、これはまずいッ！　とにかくまずいッ！

でも、ど、どうすりゃいいんだ⁉

予想もしない事態に、脳内緊急司令部は処理能力の限界を超えていた。客観的に見て、この瞬間のオレは、恥ずかしさのあまりゆでだこのように赤面していたろう。

「ちがッ！　これちがぐッ……」

絞りだそうとした弁明は、両肩にバンと置かれた手に封殺される。

「天城《あまぎ》ィ。こりゃあ果報じゃのう！　どうやら女神さまは、おぬしに守ってほしいとご所望のようじゃぞ！」

頭の後ろで、甚《じん》さんの無遠慮《ぶえんりょ》な大音声《だいおんじょう》が鳴った。

あ、あんた何をいい出すんだ！

うそッ⁉　声が出ない？　身体も動かない。
金縛り！　この親父、まさかこんなとこで心の一方をかけたのか⁉　オレに！
「これは気が回りませんでした。ラクエルさまが供をお望みとは。不明をお許しくださ
い。ではあちらの少年をお側に控えさせ、御身の警護《けいご》をさせるのではいかがでしょう」
絶妙の間を置いて、リウィル・シムティが引き継いだ。
ホワアァァィ⁉　どうしてそういう話になるんだ。やめてくれ！
……おかしい。これは変だ！
なぜこんな流れに。まるで台本でもあるような――だ、台本？
稲妻のように理解が走った。
ラクエルとの約束。宴席でのリウィル・シムティの持って回った口ぶり。そして甚さ
んの猿芝居……。
は、はめられた！　これは――罠《わな》だっ！　こいつら全員グルだッ！
オレは疑うことなくのこのこ自分からオープンの中に入っていった、まぬけな子豚ち
ゃんだったってわけさ‼
「あ、そうだね。ソーヤが一緒にいてくれるなら、ボクも安心だな」

生贄《いけにえ》の祭壇に縛りつけられ、こんがり焼き上がりつつある子豚を見守りながら、満足げに恥じらう小悪魔。

事情を察した頭目や供の間から、今度こそ遠慮なく野卑《やひ》な笑いや冷やかしが上がった。既にすべてが手遅れ。オレは白い灰となってそれを聞いていた。

神前の緊張した空気は一気にほぐれ、拝謁《はいえつ》は愉快《ゆかい》な雰囲気の中で終わった。

そう……終わったんだ。

注目を浴びず、厄介事には巻き込まれずにいたいっていう、オレのささやかな願いも。

一週間後、カグシラ全市を挙げて新市街の掃討が実行される。

その布告と一緒に、アホ面をさらしていたオレの様子は市中に知れ渡り、物笑いの種を振りまくだろう。平穏な日々はもう戻らない。

今後のオレのポジションはこうだ。

「坊ちゃん、うちの店にはミルクは置いてねえぜ」

「ギャハハ！　女神さまと一緒におままごとでもしてた方がいいんじゃねえか」

「どんな手を使ってたぶらかしたんだあ？　俺もあやかりてえもんだぜ。フヒヒッ」

ありとあらゆるスルー検定試験が、〝軟派な坊や〟のレッテルを貼られたオレに襲《おそ》いかかってくるだろう。

いや、もしかしたらそこまで露骨《ろこつ》な侮《あなど》りは受けないかもしれない。なんだかんだいってもラクエルはカグシラの守護神で、敬意と畏怖の対象だからだ。

けどオレを見る目は確実に変わる。すでにその片鱗《へんりん》は現われていた。

和やかな表情を作ってはいたものの、ふたりの評議員、隻眼のバルナムメテナと大商人ウルエンキの去り際の視線には薄ら寒くなる光が宿っていた。

あれは「この子豚ちゃん、いなくなってくれないかなー」なんて考えてる目だ。

ライバルのリウィル・シムティ姫に、目の前で得点を挙げるとこを見せつけられたんだから、心中穏やかであろうはずがない。

わかる。気持ちはよくわかる。

けどやめてくれ。オレはなにも知らなかったんだ！

ドラマの三下悪役のような言い訳を脳内で叫んでみても無駄なのはわかってる。

カブトゥ・イルの青ざめたうろたえ顔を見て、暗い満足感を抱く余裕さえない。

これからいったい、どれほどのトラブルが我が身に降りかかってくるのか。

「どうなっちゃうんだこれから……」

底無し沼に沈むような思いに捕らわれたまま、ただオレは頭を抱えるしかなかった。

LUGALGIGAM

The Heroic Legend of Lugal

第二章……輝ける道《カグシラ》……

「お前さまは、このカグシラのルガルになられるかも知れぬお方」

1

土着の人々が〈国土《キエンギ》〉と呼ぶここは、暑い、暑い土地だ。

天の青と地の砂色、二色の世界。

起伏に乏《とぼ》しい荒野が、砂漠が、麦畑が果てまで続き、地平線で空と大地が横一線に切り分けられている。

ティグリス川《イディグナ》とユーフラテス川《ブラヌン》の流域を示している〈国土〉は、オレたちの時代では大まかにメソポタミアと呼ばれる地域に相当するって話だ。

勉強はテスト前だけだったオレでも名前くらいは知ってた。世界の大河の流域には四つの古代文明があった。アフリカのエジプト、インドのインダス、中国の黄河、そして中東のメソポタミア。

その大いに栄えた遠い過去のメソポタミアに、いまオレはいるらしい。

中東のおとぎ話として有名な千夜一夜《アラビアン・ナイト》の世界でさえ、ずっと未来の話だっていうんだぜ？　ったく、頭おかしくなるっての。

……授業内容で他におぼろげにでも覚えてたのは、それが農耕で発達し、楔形《くさびがた》の文字を紙じゃなくて粘土板に刻んでいたことくらい。

緯度《いど》は日本とあんまり変わらないはずなのに乾期は毎日クソ暑いとか、砂を運ぶ乾いた風の肌触りとか、泥のレンガで築かれた黄褐色《おうかっしょく》の都市での生活とか。

そういう風土は、頭じゃなく身体《からだ》で理解していった。

けど寝る場所と食べるものがあって、言葉が通じるとなると、案外人間って順応するもんなんだな。いまではそれなりに慣れちゃったことに、我ながら感心する。


カグシラには、オレと同じ境遇の〈外の者《バー》〉がかなり集まってる。いろんな時代、いろんな地域から、いろんな人が、この〈国土〉には迷い込んでいる。そういった先輩の話を総合すると、ここが生まれ育った現代から隔絶《かくぜつ》された過去世界であるのはどうやらマジと考えるしかない。

ただいろいろ詳《くわ》しい〝教授〟のじいさんによれば、どうもこの〈国土〉は少し〝おかしい〟んだそうだ。オレたちの現代で知られてる古代メソポタミアとは差がありすぎて、直接の連続性があるとは思えない、とかなんとか。

そうだよなあ。そりゃオレだってそう思うよ。

高い周壁に囲まれた都市国家には冷淡にして傲慢《ごうまん》な生きた神々《ネフィル》が君臨し、人々は気まぐれな神の怒りに触れぬよう畏《おそ》れ敬《うやま》い、そして祭儀《さいぎ》と献納《けんのう》を欠かさない。

妖《あや》しげな神官や魔法使い、妖術師がネフィルから授かった〈理《メ》〉という秘儀《ひぎ》や、より下等な妖術を執《と》り行《おこ》ない、野や砂漠には、昔の人の奔放《ほんぽう》な空想の産物だと思ってた幻獣や悪霊がさまよう。

絶滅してなきゃならないはずの古生物や恐竜の子孫っぽいのまで細々生きてて、それを飼い慣らしている連中までいる。

そしてオレたちみたいな、他の時代、他の世界からわけもわからず迷い込んだ漂流者までが住み着いている世界。

こんな場所がオレたちの過去だなんて、どうにも釈然としない。どちらかといえば神話か映画の中の世界だ。昔の人が信じていた魔法だの怪物だの神さまだのなんてのは、ただの迷信だったはずじゃあないか？

まあ〝教授〟にいわせれば、「その認識もまた、〝迷信〟の一種だとわきまえるんだな、坊《マイサン》や」ときたもんだ。うーん、難しい。

なんにせよ、オレの常識をひっくり返す物事の数々も、土着の人々にとっては普段どおりの日常を構成するありふれた一ピースでしかない。いまはそっちのほうが〝現実〟だ。なら答えのない疑問はとりあえず忘れて、適応しなきゃならない。

とはいっても、〈国土〉に住む人々の風俗と生活は、現代文明の申し子たるオレからするど、やっぱひどく風変わりで戸惑うことも多い。

電化製品なんて期待してるわけじゃないけど、鉄器さえ（ほとんど）ないとか、中東なのに（ほとんど）馬もラクダもいないとか、いやそもそもオレが知ってる形の国家さえないとか。

知れば知るほどに、とんでもないとこに来ちまったとしみじみさせられる。

人と神秘が共存する魔法の国。

そんなロマンチックな表現も、できないわけじゃない。けど西洋の中世みたいな場所を想像してるなら、悪いけどそのイメージは窓から投げ捨ててくれ。

あんなに文化的な場所じゃない。ここは、もっとはるかに野蛮で、原始に近く、そして理不尽な死と破壊がすぐ身近にある。

それは夜陰に紛《まぎ》れて徘徊《はいかい》する食屍鬼《グール》の群れや幻獣であったり、北の山岳や南の砂漠から略奪《りゃくだつ》に押し寄せる野蛮人であったり、悪霊のもたらす伝染病であったり、あるいは天災、呪《のろ》いや妖術の類《たぐい》と、いろいろな形を取る。

カグシラの酒場に行けば、〈国土〉中から集まっている行商人が、ビール《カシュ》の杯《さかずき》を手にそんな不思議で奇怪な噂話《うわさばなし》を交換しあっている。

そうした有形無形の災いから身を守るために、人々は周壁で守られた都市国家を築いて寄り集まり、そこに創造主であるネフィルを守護神として戴《いただ》いている。

生ける神々《ネフィル》。

世界の〈理〉を定め操《あやつ》る、神秘的な先史の民。

果たして〝彼ら〟を神と呼ぶことが正しいのか。いまだオレにはわからない。

最初の人が粘土から作られるより古くから、〈国土〉は先住の存在である〝彼ら〟のものだったのだそうだ。

ネフィルは無慈悲な支配者だ。彼らの多くは人を家畜か奴隷《どれい》と見なしていて、どうなろうがほとんど気にも留めないという。

それでも人々は〈聖塔《ウニル》〉を築き、神官団は讃歌を詠唱し、絶え間ない捧《ささ》げ物《もの》と絶対の服従で守護神の意を迎えようとする。

それは生ける神の〈光輝《メラム》〉が〈聖塔〉に輝く限り、都市の繁栄と安全は約束されているからだ。

ネフィルが座す都は威光を背景に富み栄え、加護なき都市はその威に服することになる。けれどももし恩寵《おんちょう》を失うことがあれば――。

その実例は、探すまでもなくオレの眼前に無惨な姿をさらしている。

バビロンだ。神々に見捨てられ滅び去った都。

この〈国土〉最大のメトロポリスで崇拝《すうはい》されていた神々は、十年前に揃《そろ》って姿を消した。その直後、七日七夜の災厄に襲《おそ》われ、バビロンは現在の無惨な姿になった。〈国土〉の宝石と称えられた都の民は、思い上がりのために神々の怒りに触れて罰された。敬虔《けいけん》な人々はそう信じて、バビロンの名を口にすることさえ憚《はばか》っているそうだ。

破滅は非情にそして速やかにバビロンを覆《おお》った。

難を逃れた住人は、早めに都を離れた一握りしかいなかったという。大多数は、栄華を極めた巨大都市と運命を共にした。

かくて廃都バビロンは、持ち出される暇《ひま》もなかった莫大《ばくだい》な金銀貴石を抱えて眠ることになった。世界でもっとも豊かな土地の、もっとも栄えた都に、全世界から運び込まれた底知れない富と財宝だ。

それに目をつけた連中が、化け物どもの棲家《すみか》になった廃墟《はいきょ》に忍び込むようになるまで、そう時間はかからなかった。ほとんどが戻らなかったが、何人かは幸運にも一財産を築く。財宝の噂は、ネフィルの呪いも怪物の危険も顧《かえり》みない剛胆な命知らずどもを、〈国土〉の各地から誘い込むようになった。

オレたち遺跡《いせき》荒《あ》らしの最初のグループだ。

やがてバビロンの中心から遠く〈瘴気《ニ》〉の薄い新市街に〈輝ける道《カグシラ》〉が築かれ、本格的なサルベージが始まった。

もっとも、それにオレが首を突っ込んでるのには別の目的がある。バビロンに残された宝は、なにも金銀だけじゃない。

そう。〈星門《カムル》〉だ。オレの目標は単純にして明解。〈星門〉に辿《たど》り着《つ》き、野蛮で残酷な時代から属する本来の場所へ帰還すること。

望んで〈国土〉なんかに来たわけじゃない。こんな場所にはもういられない。

その妨げになる厄介事なんて本当なら真っ平ごめん。

そのはずだってのに。まったくもう。

2

「ガタガタやかましいわ、天城《あまぎ》ィ。もう決まったことじゃ」

もう何度目かわからない売られてゆく子牛の歌《ドナドナ》の熱唱を、甚《じん》さんに煩《わずら》わしげに一蹴《いっしゅう》された。ぐぬぬー。すべての元凶が何をいう。お前にいやがらせするためにやってるんだ。そう簡単にやめてやるもんか。

土器の大杯を飲み干したオッサンの頬《ほお》はニタついている。くそう。もう取《と》り繕《つくろ》おうとさえしてねーよ。このオヤジは。

はー。そういえば日本史のカッパ先生がいってたなあ。戦国時代の野武士って悪事だろうがおかまいなしの無頼者だったって。

時刻は宵《よい》の口だ。

行きつけの居酒屋である〈生命の泉《トゥルタ・ナムテイル》〉に、うちの隊《イルダム》の四人は久々に顔を揃えた。

壁龕《アルコーブ》や卓上に置かれたランプの黄色い薄明かりに照らされたホール内は、夕食に来たいろんな階層の人々で賑わっている。他のテーブルもほぼ満席だ。女将《おかみ》のアビさんの仕込んだスープを中心とする料理は評判がいい。

高級店からここのように家庭的な味自慢、色っぽいお姉さんがセットのいかがわしい店まで。カグシラには、定食屋とパブを足したようなこういう居酒屋が数え切れないほど軒を連ねてる。

よく共倒れで潰《つぶ》れねーなーと思うけど、どこも案外盛況だ。

なにせここには娯楽が少ない。仕事を終えて暇《ひま》を持て余した連中は、日が落ちるのを待ちかねたように居酒屋に集まり、賭《か》け事《ごと》や金や女の話に興じるのを日課にしてる。

そこで酒の肴《さかな》にされるゴシップなんて、普段なら心の底からどうでもいい。けど今宵《こよい》は別だ。ニュースの主役は間違いなくこのオレ。さすがに平静じゃいられない。

しかも悔しいことに、今夜ここに集まったのは、その犯人である卑劣な人非人《にんぴにん》を人民裁判にかけるためじゃない。

オレという生贄《いけにえ》を捧《ささ》げて得た果実を、いかにおいしくいただくかという、許せない相談のために集まっているのだ。

破壊してやる！　すべてを！　この憎しみの力で！

「ん。女神の警護《けいご》は名誉な役目だ」

スエンのやつはすまし顔だ。うるせー、この優等生め。

「あんなところで羞恥《しゅうち》プレイを強要されたオレの気持ちが、スエン！　お前にわかるか！　全米が泣いたよ！　汚《よご》されちゃったよ、オレは！」

テーブルにぐんにょりと突っ伏したまま当たり散らす。

一部、まったく翻訳不能と思われる部分があるが、あえて問題とはしない。今夜のオレはささくれ立った気分なのだ。

しかしスエンは、無表情なまま意に介した風がない。張り合いのないやつめ。

半袖シャツに厚手の布の長ズボンと、最近は服の趣味まで朱に交わってるこいつながら、やっぱり〈国士《キエンギ》〉の人間なんだろう。普段からやけにラクエルの肩を持つ。つまりいまは敵だ。

「ん。引き受けたなら諦《あきら》めるべきだ」

「……スエンのいうことももっともだ。不満があれば、断われば良かったのだ。アマギ。そろそろ観念するがいい。見苦しいぞ」

落ち着き払ったグウェンさんの声にも、若干の棘《とげ》がある。

長い銀髪の端麗な美貌《びぼう》のこの女性が、ケントのグウェンドリン。オレたちの隊《イルダム》の最後のひとりで、十字軍に出征したというイギリス出身の〈外の者《バー》〉だ。

正式に叙任を受けたわけではないそうだけど、素性を隠して遍歴《へんれき》の騎士として放浪――つまりは武者修行――していたこともあるって話で、とにかく強い。

まあ、変わった特技を備えていることが多い〈外の者〉の中でも、この人はとびきりのグループに入るので、普通の騎士が束になっても勝負にならなかったろう。

今夜は長袖の上品な上衣と十字架が刺繍《ししゅう》されたいつもの外套《がいとう》、下は腰までスリットの入ったロングスカートに、タイツ風のズボンのダブルボトムという街着をしている。

そのたたずまいは凛然《りんぜん》として、気品さえ感じるほど隙《すき》がない。いわゆる男装の麗人というやつ。年齢は二十代半ばってとこに見える。

くそう四面楚歌《しめんそか》か。

けど今度の一件で簡単に引き下がるわけにはいかないね！

「ううっ。けど許せない。オレが嫌だって知ってるくせに。いくらなんでもひどすぎる。納得いく説明がもらえなければ、今度という今度は、オレにも考えがあります。大マジですよ」

恨めしげなジト目で、濃い藍《あい》色の小袖を着た対面の髭面《ひげづら》を睨《ね》め上《あ》げる。

「面倒くさいやつじゃのう」舌打ちをしながら甚さんが頭を掻《か》いた。「大体、前もって話をしたら、雲隠れして一緒に来んかったじゃろうが」

「当ったり前です。いっときますが、いまからだってエスケープできますからね！」

「天城ィ。そんなんだから、わしが苦労する。新市街をなんとかせねば、みなおまんまの食い上げじゃ。おぬしも例外ではないぞ。このまま何ヶ月、何年と、化け物退治で日銭稼ぎを繰り返すのは、誰の得にもならん。いわばカグシラ全体の問題じゃ」

「そのくらいオレだってわかってます」

「状況を打開するには、女神さまに天《あま》の岩戸《いわと》からお出で願わねばならん。しかし無理強《むりじ》いは誰にもできん。そこで天城にウズメ役の白羽の矢が立ったというわけじゃ」

「おかげさまで、まさしく裸踊り級のはずかしめを受けましたよ」

「リウィル・シムティ殿から相談を受けて、わしは胸を叩いて請けおった。天城はあれで男気のあるやつ。この街のためならば、喜んで役目を引き受けてくれるはずだ。ましてや師とも兄とも仰ぐこのわしに頼まれて、嫌というはずがない。不肖村上甚五郎《むらかみじんごろう》にお任せあれ、と」

「あんたが酔っぱらってそんな安請け合いするから、オレがこんな目に遭うんでしょうがッ⁉　そもそも頼んでなんかないだろッ！　あれは卑怯《ひきょう》な騙《だま》し討《う》ちだッ！」

憤然と起き上がって、テーブルを両手で叩く。さすがに店中から視線が集まった。なのに親父はふてぶてしくも、小指で耳掃除してやがる。

くそう。これじゃ恥の上塗りだ。渋々ながら腰を降ろし、小声になりつつも糾弾を続ける。

「……ったく。この期に及んでんな綺麗事は聞きたくないっすよ。それだけなら、あんなとこでオレに赤ッ恥かかせる必要ないでしょ」

ぐいとまた杯を飲み干した甚さんが、頬に野太い笑みを浮かべた。

「まあ、そういうことじゃ。天城が女神さまと深い仲だというのを、ついでにちと他の連中に見せつけておこうという話になっての」

大方そんなとこだろうと思った。

「確かに、前もって断わりを入れなんだのは少々無体だったやもしれん。このとおりじゃ。許せ」

ワイルドに髷《まげ》を結った頭が下げられる。脱力の余り溜息《ためいき》が出た。

「……はぁ。ラク……じゃなくてあいつとオレは、〝深い仲〟なんかじゃない。ただの知人、友人、顔見知りッ！　手を握ったこともない清らかな関係ですッ」

激しく控えめな表現だが、この際自分に都合の悪い事実にはすべて目をつぶる。

「なぬ？　おぬしは何をやっとるんじゃ。奥手にもほどがあるぞ」

ぐッ！　黙れ野蛮人。目を丸くするな。信じられないという顔をするな。お前の粗雑な感性に、現代人のナイーブな葛藤《かっとう》がわかってたまるか。

「そんな勘ぐりが広まるから秘密にしてたのに。これでカグシラ中が勘違いしちまいますよ。そういう噂《うわさ》にはなりたくないって、何度も念を押したじゃないですか！」

「なら本当にしてしまえばええ。とっとと夜這《よば》いでもかけにいかんか。なに押し倒してしまえば……」

「コホン」

グウェンさんの咳払《せきばら》いが割って入った。

「ふむ。今回のムラカミ殿のなさりようには、私もいささか問題があると思う」

非難めいた冷たい一瞥《いちべつ》が甚さんに向けられた。なんて頼もしい応援！　さすがにグウェンさんは良識ある人だ。

「ううむ」さしもの理不尽大将軍も、この人の意見はむげにできない。

「だがなアマギ。お前があの少女に直接口が利ける間柄だという話は、とうにかなり広まっている。私が預かっている娘たちも知っていたし、真偽を訊《たず》ねられたことも一度や二度ではないぞ。スエンはどうだ」

黙々とちぎったパンをスープにひたしては口に運んでいたスエンが、手を休めた。小首を傾《かし》げて黙考した後で、短く応える。

「ん。五回以上は」

コミュニケーション不全のこいつにまで捜査の手が伸びていたとは……！

「狭い街の上に事実無根とはいえぬ噂だからな。なにか変わった素振りがあれば、さてはと目星をつける者がいても不思議ではない。思い当たる節はないか？」

「ない……こともないです」

ラクエルはあの調子のやつなので、人目をほとんど気にしない。いままでもいろいろ冷や汗かかされる場面はあった。

「昼の一件で明るみに出ずとも、知れ渡るのはいずれ時間の問題だったろう。ここでハッキリさせたのは、かえってよかったのかもしれないぞ」

「えー」

「噂話の害など、直接の利害に関わる連中に比べれば可愛《かわい》いものだ。旗幟《きし》を鮮明にせぬ立場は、かえって疑心暗鬼を煽《あお》る。よくよくの秘密があるのかと、無用の警戒心《けいかいしん》を抱かせるのが落ちだ。そういう輩《やから》は、お前を疎《うと》ましく思えば非常の手段に及ぶかもしれん。控え目でいれば相手も目こぼししてくれるなどというのは、甘すぎる見込みだ」

む……確かにそこまで噂になっちまってるなら、他人の目にはそっちのほうが安全に見えるのかもしれない。そ知らぬ顔でとおすのは無防備すぎるって理屈もわかる。

「けど、オレの気持ちの問題は……」

グウェンさんが小さく首を振って反駁《はんばく》を制した。白銀の髪《かみ》がさらさらと揺れる。

「いずれにせよ、引き受けてしまったのだ。今更なかったことにはできまい」

くそう。筋がとおってるだけに言い返しにくい。これ以上は駄々っ子と同じか。

「あとはアマギが言動を律していれば、いずれあるべき評価に落ち着く。特別な関係ではないというのなら、私はお前の言葉を信じよう」

「……え、えーと？」

「……アマギ？　なんだその胡乱《うろん》な顔は」

信じる？　う、うーん。改めてそういわれると困るなあ。

グウェンさんが呆れ半分、蔑《さげす》み半分の渋い表情で眉をひそめた。

「愚かしい。自業自得ということか」

スエンがぶどう水の入ったカップを手にコクコクと頷《うなず》いてやがる。

「いや、それは誤解なんですけ――」

「おうっ！　少年！」

バアン！　いきなり背中に、容赦ない力で平手が叩きつけられた。

「ぐはあッ！」

「聞いたぜ。ずいぶん派手にお披露目《ひろめ》したそうじゃねえか。隅に置けねえな」

快活な呵々大笑《かかたいしょう》に上半身を捻《ひね》って振り返ると、半袖の上衣に薄手のベストを羽織《はお》った涼しげないでたちの金髪さんがにやにやしていた。

「痛《いて》ぇなあ。ケニーさんじゃないすか。どうしてここに」

「どうもこうもねえだろ。おーう。みんな揃ってるじゃないか。遅れて悪《わり》ぃ悪ぃ」

どうやらオレ以外はケニーさんが来るのは先刻承知らしい。当然って顔してる。

「いやさあ。ラーシ・イルの回復がいまいち思わしくなくてな」

勝手に椅子《スツール》を持ってきて、ケニーさんはオレとグウェンさんの間に座った。

「昼の謁見《えっけん》にもいませんでしたね。療法士《アズー》にかかってないんですか？」

「癒しの〈理《メ》〉ってのは、患者の活力を引き出して身体の復元力を高めるって仕組みらしい。ラーシはいい年齢《トシ》だし、若い者のようにはいかないってさ。動けるようになるまでにはまだかかる。あたしも身体が空いちまってね」

「女神さまに天城を預けると、わしらは三人。ちと手が足りん。そこでケニー殿に加勢を頼んだわけじゃ」甚さんが顎鬚《あごひげ》を撫《な》でながら補足してくれた。

助っ人がほしい？　すると新市街掃討《そうとう》のとき、なにか狙いがあるってことか。

「そっちの隊はいいんですか？」

「こないだの遭難で欠員が多くてさ。おまけに頭目《ヌバンダ》が伏せってるのをいいことに、カブトゥ・イルのやつが勝手に得体の知れない連中を……」

そこでハッと思い出し顔で、またオレの背を平手で叩く。だから痛いって。

「あのいばり屋が、お前に顔を潰されたって真っ赤になってたぞ。よくやった！」

「あー。なんかすんません。迷惑かかりましたか？」

「お前の反応が当然だって。いけ好かない野郎だったろ？　頭目の前じゃご機嫌取《きげんと》りに必死なくせに、陰じゃふんぞり返ってやがる。ラーシの甥《おい》っ子《こ》でも人柄は似ても似つかねえ。得意なのは金勘定だけだ。みんな内心じゃうんざりしてる」

「ラーシ・イルも頭が痛いことじゃ。大所帯の乱れはお家騒動からと相場が決まっておるにのう。身内がしゃきっとせんと、まったく余計な手間をかけさせられるわ」

深刻ぶったツラで髭面が相槌《あいづち》を打ちやがった。

むかつく。ギロリと睨む。

「バカが器もわきまえずに仕切ろうとしやがって。頭に来たんで、ラーシが復帰するまで放っておくことにした。お前と女神の関係も黙ってた。そしたら今日はいきなり真っ青になって帰ってきやがって。イヒヒ。いい気味だ。おっと、そうそう。カブトゥから謝礼、受け取らなかったんだろ。代わりにこれやるよ」

差し出されたナイフを受け取ってハッとした。柄《つか》のこの手触りは……合成樹脂？　慌《あわ》てて革の鞘《さや》を払うと、使い込まれた刃《やいば》が姿を現わした。よく研がれた刃渡り二十センチ近いステンレス製のブレードが鈍く光る。

〈国土〉では決して手に入らない現代の製品だ。強度、切れ味共に抜群。

「いいんですか⁉」

声が上ずるのを抑えられない。一目で欲しくなってしまった。

「予備がもう一本あるからな。大事に使えよ」

「ありがとうございます！」

ケニーさんがこっちに来た際にたまたま身に着けていた品に違いない。これこそ〝金じゃ買えない〟代物ってやつだ。

「いいってこった。こないだのことを考えればこのぐらいはな」

ケニーさんといいグウェンさんといい、身近なお姉さんのなんと男前なことか！

「ではムラカミ殿、子細《しさい》の説明を求めたい。新市街の掃討でどんな狙いがあるのか」

「よかろう。今度の陣では、食屍鬼《グール》の首に評議会から賞金が出る。とはいえ、雑兵首《ぞうひょうくび》をいくら取っても二束三文にしかならん。狙うなら大将首ということじゃ。姫御の話では、グラーの首には三グの銀が出る」

三グ。キロ換算で約九十キロの銀。一財産じゃないか。大奮発だ。

「グラー」聞き覚えがある様子でスエンが呟いた。

「〝食屍王〟グラーか。見上げるような巨体の食屍鬼が新市街の西に巣食ったとは聞いていたが。得体の知れない妖術も使いこなすそうだな。実在したのか」

銀髪さんの問いに、金髪さんが頷いた。このふたりは親しい友人だ。

「幾つかの隊が消息を絶ってるのは、そいつの仕業ってもっぱらの噂だ。狡猾《こうかつ》なやつで、川向こうから食屍鬼どもを呼び寄せて根城を築いちまったらしい」

グラーの名前は、噂に疎いオレの耳にも入っていた。

知能の退化した食屍鬼も、大群となればバビロンで遭遇しうる最悪の危険のひとつになる。そういう群れには、大抵は中心となる〝頭〟がいる。人であった時分の知識や技術をほとんど失わず、むしろ〈畏《ニ》〉は数倍に増し、同類の屍人を束ねる厄介な個体。

探索が進んだ新市街にはもういなくなっていたはずだが、いつごろからか一匹の〝頭〟が西側の地区に陣取った。

そいつがグラーだ。噂は概《がい》して大げさなもんだけど、半分でも本当ならシリアスにヤバイやつだ。

「雑兵掃除は他の連中にやらせて、わしらは大将首をいただく。ま、戦場働きは要領良く立ち回らんとな」

無精髭をさすりながら、自称戦場往来のもののふは、ふてぶてしくうそぶいた。

「オレはどうすりゃいいんですか？」

「女神さまのご機嫌取《も》りに決まっておろうが」

「げっ。ずっとお守りかよ……」

別に危険が好きってわけじゃないけど、ひとりだけ蚊帳《かや》の外ってのは面白くない。

「こらあ天城ィ。今回のおぬしは大事な役目ぞ。一番槍ばかりが戦場の功名ではないわ。だが……まあ御用が済んだなら、後からでも合流するがええ」

そしてそういうことになった。

3

明け方。東の空がほのかに白み始めたばかりの時刻。

ひっそりと寝静まっている市内を走りながら、何度目かのあくびを嚙《か》み殺す。オレは日課の鍛錬《たんれん》のため、アンズー大門の門前広場へと急いでいた。

〈七頭大蛇《ムシュマフ》〉に無理をさせた反動は、まだ抜けきれてない。身体の芯に鉛《なまり》の棒みたいな疲れが残ってる。おかげで少し寝過ごしちまった。

やばい。オレのバカバカバカ！　ほんの八時間ほど前、今朝からトレーニング再開と念押しがあったばかりじゃねーか。

スエンには強がったものの、グウェンさんを怒らせるなんて、ハハ。まさかそんなご冗談を。考えただけで勝手に足の回転が上がる。

「うわ。やっぱオレが最後か。おはようございます」

こんな早朝から訓練なのは、主にグウェンさんの〝体質的〟な都合による。

まだ薄暗い広場は、いつものように閑散としていた。先に来ていたグウェンさんとスエン以外には、詰所で船をこいでいる門番たちの姿が見えるだけだ。

スエンは膝上《ひざうえ》までの上衣に帯を締め、サンダルを履《は》いただけの軽装をしている。グウェンさんは膝下まですっぽり隠すいつもの黒い外套を右肩で留め、頭にはフードを被《かぶ》った格好だ。まるでジェダイの騎士みたいに正体不明。外套に刺繍《ししゅう》された白い十字の意味なんて、〈外の者《バー》〉以外にはわからないだろうし。

「ん」スエンは毎度の調子だ。

「揃ったか。まずはアマギ。改めて確かめておきたいことがある」

挨拶《あいさつ》に軽く頷《うなず》き、グウェンさんがフードを落とすと外套を背後にはね上げた。いまはひっつめにまとめられている長い銀髪、そして前で合わせる形式の男物のベストがあらわになった。

「先日、蠍《さそり》の怪物と渡り合ったという話だ。昨夜の説明で歯切れ悪いのが気になっていたが、実際は話しぶりより相当深刻にやられていたそうだな」

奇怪な蠍《ギルタブルル》人に危うくミンチにされるとこだったのは、ほんの三日前の出来事だ。あまりにも無様だったんで少しだけオブラートにくるんで説明したけど……。

ううッ？　どうも雲行きが怪しいぞ……お説教モード？

「あっ、オスッ！　やられました。すいません……」

体育会系パブロフの犬でとりあえず謝ってしまう。

冷静沈着なこの人の口調には、簡単には口答えを許さない威厳《いげん》と迫力が備わっている。

グウェンさんは、オレとスエンにとっては兄貴分……いや姉貴分のような人だ。もう一年近くも指導役を引き受けてくれている。

既にオレたちは、この人にはなにをやっても勝てないことを骨身に調教されている。なんせふたりがかりで、いまだに有効打の一本さえ入れられていない。逆に叩きのめされて伸びちまったことは数知れず。手合わせとなると、本当に容赦がないんだ。

もっともその指導のおかげで、まがりなりにもまだこうして生きている。そういうわけだから、まったく頭が上がらない。

「謝るのはまだ早い。アマギがその怪物とやり合った一部始終を説明してみろ」

求められるまま、蠍人との遭遇について一から語る。

一通り聞き終えると、グウェンさんは溜息をついてから、

「己の未熟を恥じろ、馬鹿者。やはり思ったとおりだったな。お前が悪い」

と、あくまで淡々と雷を落とした。

「はいぃ。す、すんませんッ！」

反射的に直立不動。くそう。この人の先生力は高すぎる……。

「論より証拠だ。アマギ。いまから私が打ち込む。三本だ。それをこいつで受けてみせろ。お前が受けの構えを取れたなら、私は剣を止める。できなければ、そのまま打つ。なに骨の十本や二十本折れても、アマギなら問題あるまい」

げえッ！　悶絶《もんぜつ》二時間コース！

「お前の〈相《アスペクト》〉とやらに頼るのは禁じる。いっておくが、私の目は誤魔化《ごまか》せないぞ」

放り投げられた銅剣を受け取ったオレは、きっと絞首台への十三段を登ろうとしている死刑囚みたいな顔をしていたに違いない。銅剣は刃渡り六十センチほど。刃を模擬戦用に潰してある他は、標準的な一振りだ。

グウェンさんが布袋から引き出したのは、一メートル半近くもある細長い木剣だった。なんだ、木剣かと思ったよね。冗談じゃない。あれはオレとスエンの血と汗と涙を啜《すす》った非情の精神注入棒ですよ？　グウェンさんの異常なスイングに耐えられるように、特に身の締まった重い木材を素材として、鉛で重心のバランスを整えている。鍛錬用とはいっても、その気になれば人間の頭をかち割るくらい造作もない代物だ。

「問題ありますよ！　それでマジに打ち込まれたら、オレ死んじゃうかも！」

グウェンさんは、右足を半歩下げ、木剣を胴の高さで水平に引いた構えを取った。横《よこ》薙《な》ぎを振る直前の、脇構えに似た姿勢。ひりつく剣気が途端に肌を刺す。

「そのくらいは加減しよう。アマギにとって私は、他人に苦痛を与えて喜ぶ特殊な性癖《せいへき》の持ち主だそうだからな。ならば、ひと思いに楽にしてやるわけにもいかないだろう」

「スウウエェェエン！」

卑劣な密告者の名を叫ぶが、恨みの眼差しを向ける余裕はない。その瞬間に打ち込まれるのが目に見えてる。

「ん。なにを話したのか聞かれたから」

しまった。そういえばスエンは、この人の命令には絶対服従スエンロボになっちまうんだった……。

「お前が私のことをそういう目で見ていたとはな。ふふ」

凛々《りり》しい顔に、怒りを抑えた氷の微笑が浮かんでいる。怖い。蛇に睨《にら》まれた蛙《かえる》さんにシンパシーを感じる。

「ごご、誤解っす。きっとニュアンスがきちんと翻訳されてないんですよ。ちょっと厳しいくらいの意味で……」

「言い訳は後回しにしろ。さあっ」

慌《あわ》てて前傾姿勢を取り、身体の正面に剣を構える。打ち込みに合わせるだけなら、青眼の構えにも似たこの姿勢が一番いい。正中線への斬撃は、前に掲げた剣が予防してくれる。あとはおおまかに左右に気を配ればいい。

……理屈では。

「ヒュッ」

鋭い呼気とともにグウェンさんが動いた。

構えどおりの横薙ぎだ。

遠心力を乗せた剣先が電光石火の速度で疾《はし》り、大気を切り裂きながら弧を描く。

この人の斬撃は、目で追いきれる代物じゃない。体勢と軌道から狙いを読む。

膝ッ！

両手首を半回転捻《ひね》って、踏み出していた左脚の外に銅剣の刃を回す。

オレやスエンには、相手を問答無用でねじ伏せるパワーはない。だから実戦で、一撃で相手の息の根を止めるチャンスは少ない。まずは崩して抵抗力から削《そ》ぐのも大事なことだ。足への攻撃も、そのための有効な一手になる。かつてグウェンさんがオレたちにしてくれた指導だった。

読みに違《たが》わず、グウェンさんの木剣は正確にオレの膝頭を断ち割りに来た。

まずは正解。

すると受けに出された刃と交わることなく、木剣はありえない動きを見せる。

打ち込みと変わらぬ速度で即座に反転し、風を巻いてオレの頭上へと跳ね上がったのだ。

ゴムボールを全力で壁に叩きつけたらどうなるか想像してくれ。重い木剣の切っ先は、そういう勢いで切り返された。一体どれほどの膂力《りょりょく》とグリップの強さがあれば、あんな芸当が可能になるってんだ。

時代小説なら、飛燕《ひえん》のようにって形容されるだろう。相変わらず化け物じみてる。

けどその変化は予測の範囲内だ。

伊達《だて》に何度も気絶させられちゃいない！

容赦なく振り下ろされる前に、こっちも銅剣を頭上にかざす。切っ先を斜め下に向けた受け流しの型。

これで二撃しのいだ！

「ふん」

ちょこざいなとでもいわんばかりに鼻を鳴らし、銀髪の女騎士が左肩から間合いに踏み込んできた。

「うおッ……ぐッ」

一瞬で詰められ、軽いショルダーチャージを受けた胸に鈍痛が走る。身体を沈めたグウェンさんの頭と左肩が、ごりっとオレの胸板に押しつけられた。

そのまま重々しい圧力でじりじりと圧迫される。押し返そうにも、まるで壁を相手にしてるようにびくともしない。

オレより軽いはずなのに。かといって安直に退けばつけ込まれる。

つばぜり合いに似た状態。押し切られないよう、踏みこたえるので精一杯だ。オレからは動くに動けない。

しばしの均衡《きんこう》の後、開幕と同様に右の脇構えで背後に回されていた木剣が、握り直されたのがわかった。

来るのか。思うと同時に、グウェンさんの肩が抗《あらが》い難《がた》い剛力でかち上げられた。無理矢理上体を起こされたオレには、飛《と》び退《すさ》るほかに選択肢がない。

いいように動きを強制された。

左の胴を薙ぐのには、これ以上はないセットアップ。慌てて受けの姿勢を取ろうとした瞬間、違和感が走った。

実戦ならこの時点で勝負がついている。十分な体勢から放たれたこの人の斬撃は、受けの有無などに関わりなく、銅剣ごと無造作にオレの胴をへし折るだろう。

けどこれは、そういう勝負じゃねえ！

とっさの直感に従う。間違っていたら手遅れを覚悟で、グウェンさんの動作を見逃すまいと凝視する。

動いた。

——逆回転⁉

左足に重心を移すフェイントをかけた後、女騎士はおもむろに木剣を頭上に構え直した。そのまま旋風のような体さばきで回転し、巨木でも一刀両断にしそうな一振りを放ってきた。

オレの右から。

轟《ごう》と風を巻くスイングを、左手を刀身の腹に添え、全身の筋肉を突っ張って受け止めようとする。

だが衝撃《しょうげき》は来ない。背筋も凍る一撃は、銅剣に触れたところでぴたり静止していた。感触さえなかった。まるで手品だ。

「アマギにも、ようやく私の動きを見極めようとする余裕が出てきたか」

「や、やっぱフェイントかー。ちょっと難易度高すぎですよ」

木剣を引いたグウェンさんからお褒《ほ》めの言葉を賜《たまわ》った。

大きく安堵《あんど》の息を吐くと同時に、じわりと達成感が湧き上がる。

やった！　痛い目見ずにグウェンさんの攻めをしのげたのって初めてじゃねえか？

むろんこの人が本気だったら、いまの三回でオレは三回とも無様に転がってる。グウェンさんの大剣は受けごと相手を叩き潰す。そもそも、あの斬撃には捕まっちゃあいけない。

けど実戦には実戦の機微《きび》があるわけで、そうなりゃオレだってグウェンさんの間合いに素直に踏み込んだりしない。

なにがいいたいかといえば、どうやらオレも少しは成長しているらしいってこと。

「そんなに素直な手筋では、試しにならないだろう」

いいつつ背を向けて離れてゆくグウェンさん。何気ない足取りから不意に、ジャリッ、と砂を踏みにじる異音が上がった。

ハッと目線を上げると、鋭く風を切った木剣の先端がぴたりとオレの左首筋に据えられたところだった。

避ける暇《ひま》などあるわけがない。

バックハンドブローに似た片手打ち。三メートルも先に、柄《つか》の端を握った左手だけで、重い木剣を水平に支えている半身のグウェンさんがいた。

「ううっ。き、汚《きたね》え。ちゃんと三回止めたじゃないっすか！」

「素直にやったのでは試しにならんといった。それに数の内に入らないから、止めているだろう。いちいち女々しい文句をいうな」

顎《あご》を剣先で持ち上げられながらの抗議は一蹴《いっしゅう》される。いえ。オレは普通です。ノーマルピーポーです。あなたが男前すぎるだけです。

「それより自分の腕を見ろ？　わかるか。いまの不意打ちにも反応しているだろう」

「うぇ？」

確かに剣を握った右手は、胸元まで上がっていた。無意識のうちにも、反射的に身を守ろうとしたのだろう。

「その意味がわかるか」

多分、オレ超頭悪そうな表情をしていたと思う。グウェンさんの顔に、かわいそうな動物を見るような表情が浮かぶ。

「仮に私が実剣で振り抜いていたとしても、お前は致命傷だけは外しただろうということだ」

そうかな？　うーん、買いかぶられている気もするけど。無駄でも身をよじるくらいは間に合ったかもしれない。

「さて、素でそれだけ反応できるお前が、〈相〉を使っているのにどうして一撃で半死半生にされた。敵は私の剣より速かったのか？」

「ううッ？」

「スエン。普段どおりメニューをやっていろ。私はアマギにもう少し話がある」

終わったと思ったら本番はこれからだった！

こんな時代に来てまで、生徒指導室に呼び出され、教育的指導という名のパワハラを受ける気分を味わえるとは！

「はっ。将来の夢は自宅に永久就職できたりしないかなと思ってます」

「なんの話をしている」

「すみません。取り乱して妄言がダダ漏《も》れになってしまいました」

「そうか。まあ気を落とすな。私の故郷にも、実家で燻《くすぶ》り続ける次男坊、三男坊は多くいた」

「……へえ。そうなんすか」

空気を和ませる捨て身のギャグのつもりだったんですが……。

「名門になると、領地や財産の分与などで面倒事が多くてな。年老いるまで飼い殺しにしたほうが、家門の利益になる。身ひとつになる決意さえ、許されぬこともある」

「オレん家《ち》は血統書つきの庶民です」

「つまり穀潰《ごくつぶ》しということか」

「オレの時代では、も少しオブラートにくるんでニートといいます。N・E・E・T。ノット・イン・エンプロイメント、エデュケーション・オア・トレーニング」

「それはいかん。私の目の届く間は、その怠惰《たいだ》な性根が矯正《きょうせい》されるよう務めるとしよう」

マジレス気質にもほどがある。

本日二度目の死刑宣告が下ってしまった。しかもたっぷり苦しめてから殺すそうです。

「なにをクネクネしている。話の続きだ。戯《ざ》れ言《ごと》はよして聞け、アマギ。お前がのされた理由は簡単だ。油断したからだ」

「命のやり取りの最中に気が抜けるほど度胸はありません」

「必死な間はそうだろう。だがやられる直前には予断か、さもなくば戦いとは別の関心事があったのではないか」

「あ……確かに蠍人のダメージの度合いを見極めようとした覚えはあります。ほんの一瞬ですけど」

〈森の狩人《ギリム・スア》〉には、些細《ささい》な物事に意識を奪《うば》われる習性がある。あの瞬間も、それが影響していた可能性は否定できない。

「バビロンの怪物が人間とは比べものにならんほどタフなのを忘れたわけではあるまい。なのに間合いも外さず、悠長に観察する。それは勝ったのではないかという予断と期待が、お前の中にあったからだ。そうでなければ、せめて急所くらいは外せたはずだ」

予期された攻撃には修練でいかようにも対策できる。けれど意識の外からの不意打ちには、どんな達人も無力だ。そもそも達人とは隙を作らないものだ。

「〈森の狩人〉が起きると、どうしても気を取られやすくなるんすよね」

つまり致命的な弱点にもなる、ってことだ。

「ふむ……お前は自分のその体質を、まだ扱いあぐねているのだな」

グウェンさんの澄んだ青い瞳が、真っ向からオレの目を見据える。

「身の内にある得体の知れぬ力を用いることで、自分が自分でなくなってゆくのを恐れはばかる気持ちはわかる。他ならぬ私にも覚えがあるからな」

ただ頷く。人間離れした怪物の度合いでは、グウェンさんはオレのずっと上をゆく。

「だが追い詰められたら頼るなどというその場しのぎでは、いずれ逆に墓穴《ぼけつ》を掘ることになるぞ。今回のようにな。扱い慣れぬ力には、そういう陥穽《かんせい》がつきものだ」

「使うべき、慣れるべき……だと思いますか？」


不安と恐れがある。

〈精髄《エッセンス》〉は起こせば起こすほど、オレ自身に馴染んでゆく。扱いに慣れるのと歩調を同じくして、肉体に現われる〈相〉と変化は色濃くなり、〈精髄〉の本能と欲求もはっきりしてきてる。

オレの中のオレでないモノたちの声を、いつまで抑え込み続けられるのか。いつか元に戻れなくなる、取り返しのつかない一線を越えてしまうんじゃないか。その果てにあるのは土牢《つちろう》の記憶。おぞましい〝できそこない〟の姿だ。

グウェンさんのような覚悟と諦観《ていかん》は、まだオレには持てない。

「私の呪《のろ》いとアマギの痣《あざ》は別物だ。訓練や慣れで手なずけられるものかどうか、結局は、お前が判断するほかない。ネルトルナルトクのように、己の狂気に飲まれてしまうこともありえる」

クールなグウェンさんは、気休めはいわない。その姿勢は、突き放しているが同時に誠実でもある。

ネルトルナルトク。オレたちの隊《イルダム》の一員だった〈外の者〉。自分が氷の心臓《しんぞう》を持つ人《ひと》喰《く》いの悪霊に取《と》り憑《つ》かれていると信じ込んでいた陰気な巫術師《アンガコック》は、いつしか妄想の霊に乗っ取られていた。そしてオレたちを餌食《えじき》にしようと企み、逆に死んだ。あの狂気の姿は忘れられない。

「だがいざというときにだけ用いるにせよ、限度の見極めくらいはしておくがいい。さもなくば自滅するだけだ。先日のようにな」

「……ちょっと考えてみます」

蠍人の最後の一撃を、〈森の狩人〉を起こしていた〝から〟まともに食った、か。考えてもみなかった。

使っていなければ、あるいはもっと手なずけていれば、傷を浅くできたのだろうか。結果論だと思う一方で、さっきの試しを済ませた後では指摘に説得力を感じないわけにはいかない。

「そうするのだな。〈相〉は、どのていどの時間で目覚めさせられるようになった」

「どれを起こすかにもよります。ほとんどは十秒くらいでいけます。〈王貝《ムルグバ・サグ》〉みたいに十分以上かかるのもありますけど」

「いまだに、一度に扱えるのは一種類の能力だけか」

「どうかな。気持ち悪すぎるんで、ずっと試してないんですよ。けどふたつ起こしたら真っ直ぐ立っているのも難しいんで、実用には耐えないと思います」


〈相〉は融通《ゆうずう》の利く代物じゃない。

オレの中には十を超える〈精髄〉が眠ってる。けど一度に起こしておけるのはそのうちのひとつだけだ。さもないとこっちの神経が保たない。

起きてる〈精髄〉を眠らせて別の〈精髄〉を起こすのに要する時間は、スムーズにいった場合でも十秒。敵と睨みあってる最中に十秒も棒立ちになったら三回は死ねる。つまり〈相〉は、一度選べばそう簡単には切り替えられないってこと。

例外は、延命のために勝手に出てくる〈七頭大蛇〉くらいだ。けどその生存本能の強さが裏目に出ることだってある。

たとえ深手を負っていたとしても、まず逃げねば、抗わねばならない状況がある。そんなときに、生命維持のためなら体力とスタミナを極限まで絞《しぼ》り取《と》り、宿主《オレ》の意識さえ落とそうとする〈七頭大蛇〉に自由にさせれば、死が待つだけだ。

しょせん〈精髄〉の本能は動物的だ。状況判断なんてできないし、オレの意思を受けつけないことだってある厄介な居候《いそうろう》だ。

「やはり意のままに、とはいかんか。意図をもって施された術であれば、御するコツもありそうに思えるが。わからぬ以上は、騙《だま》し騙《だま》しつき合っていくしかあるまい」

「そのつもりっす」

「アマギが望んでそんな身体になったのではないことは承知している。だが身に降りかかる運命からは逃げ切れぬものだ。いかに理不尽でも、いまの自分を受け入れるしかないこともあると心得ておけ」

薄々自覚しながら、面と向かうのを先延ばしにしていた課題。ただ今回は、切迫感が違う。

扱いを知らない武器を振るえば、自分の身を傷つけることもある。ただの運任せといってても過言じゃない。修羅場で頼りにするには、あまりにも不安定だ。グウェンさんの指摘は痛いところを突いている。

どっちつかずは、いずれ致命傷になるかもしれない。

嫌悪感を押し殺し、ネルトルナルトクのようにおかしくなる危険を冒してでも〈相〉を使おうとするか、いっそ諦めて生身ひとつでバビロンの脅威《きょうい》に挑むのか。

覚悟の問題だ。けどそう簡単に決められれば、苦労しないよ。

「……ん？　待て。どこにいくつもりだ？」

「どこって……スエンと稽古《けいこ》を。あれ？　話は終わりじゃ？」

「なにをいう。まだ半分だ」

倒したはずのボスキャラがむくりと起き上がった。戦慄《せんりつ》がオレを襲《おそ》う。

「アマギ。土地の水に慣れたはいいが、近頃、少々羽を伸ばしすぎではないか。色気づいて浮かれていられる立場かどうか、我が身を振り返ってみろ」

なんてこった。正真正銘の生活指導が始まってしまった。

「そ、そりゃないっすよ。昨日のあれはオレが一方的に嵌《は》められただけだって、グウェンさんも聞いたじゃない……です……か……」

プライドを懸《か》けた反論《じゆうりん》は、いけない趣味に目覚めてしまいそうな氷点下のジロリひと睨みに、あっけなく蹂躙された。

「昨日だけの話ではあるまい。そもそも日頃からよほど親しい間柄でもなければ、ああいう話にはなるまいし、噂《うわさ》になることもなかろう」

「ううッ。そ、それはそうかもですが」

「青春だな」

「ちち、ちがうッ！　ちがうんですぅ！　本当につきまとわれて迷惑してるんです！」

クールに淡々と振るわれる鞭《むち》が痛い。なにが違うんだか自分でもわからないが、とにかく否定しないと自分の中の大事ななにかが崩れ去ってしまいそうだ！

「お前は気を張っていれば人を食った抜け目ない気性だが、地金には一度気を許すとなんとなく話を聞いて、なんとなく同情して、なんとなく丸め込まれてしまうお人好しなところがある」

クッ。憎いッ！　オレはこの事なかれ日本人の血が憎いッ！

「ムラカミ殿と同郷とは思えんな」

「あの外道とオレを一緒にしないでください」

こうしてグウェンさんの厳しい尋問を受けるのも、本《もと》を正せばあのオヤジとラクエルのせいなのだ。おのれ腹黒どもめ、覚えてろ。

「年頃ゆえ誘惑に揺れるのはやむをえんのかもしれん。しかしよく聞けアマギ、私の見るところ、あの少女の本質は悪だ」

「あ、悪……ッ！」

この悪党と欲ボケと酔っぱらいのはびこる街で〝悪〟とな……久しぶりに人間の言葉を聞いた気がする……。

「うむ。以前にも話したがネフィルとは、旧約聖書にいうネフィリムと同一と考えて間違いあるまい。堕天使《だてんし》と人の間に生まれた巨人たち。人の間に悪徳をはびこらせ、その罪に従って滅ぼされた種族だ。一見無害のように見えようとも、あの少女もその一員。簡単に気を許してはならない相手なのだ」

「あ、いや。そこまではちょっと。あいつはただ単にわがまま放題なだけで……」

グウェンさんは前からラクエルを厳しい目で見ている。話をしたこともないはずだけど、当人がどうこうというより宗教的見地からの警戒心《けいかいしん》らしい。

なにしろ十字軍戦士《クルセイダー》といえば、車も飛行機もない時代に、聖地奪還《だっかん》のためヨーロッパからはるばる中東まで殴り込みをかけたほどの剛の者どもだ。書いてあること鵜呑《うの》みにしすぎじゃ？　なんて正面きって疑おうものなら、ありがたいお説教タイムがさらに倍になってしまう。地雷は踏まない細心の注意が必要だ。

しかし。

オレもラクエルの大迷惑ぶりにはまったくもって同感だけど、諸悪の根源みたいな扱いは大げさすぎるといわざるをえない。

口論するとむくれて嫌がらせに走り、面倒になると始末を隣のオレに押しつけ、失敗は愛嬌《あいきょう》や逆ギレで誤魔化そうとする。喩《たと》えるならおやつのショートケーキをオレの分まで食っておきながら、証拠隠滅《いんめつ》のためヨウカンを二切れ置いていくレベルの、悪は悪でも大変にせせこましい悪なのだ。

眉根を寄せた厳《いか》めしい表情のまま、グウェンさんが首を振った。

あ……あれは誰からでも餌をもらってしまういやしい子豚ちゃんを、どうやって躾《しつ》けようかと思案している調教師の冷酷な眼差し！

「いかんな。なるほどすっかり籠絡《ろうらく》されてしまっているではないか。よしんばあの少女に悪意がないとしても、朱に交われば赤くなるという。縁を切れ、とまではいわんが、せめて少しは警戒心を持て。要はお前の心に隙がなければいいのだ。しかしその弛《たる》みようではな。よもや故郷に戻りたいという気持ちが鈍ったわけではあるまい？」

「いやいやいや。逆ですってば。そりゃ嫌でもここには慣れなきゃいけないし、知り合いも多少はできたから暮らしやすくはなりましたけど、それとこれとは話の次元が違うっすよ」

そうだ。孤独感は薄れた。

けど内側から胸をかきむしる郷愁が消えたことはない。

「それに今度の掃討《そうとう》がうまくいけば、旧市街へ行けるようになる。いわれてるとおりなら、ほとんど手つかずのエリアなんですよね？」

「ああ、そうだ。以前に遺跡荒《いせきあ》らしが探れたのは、ナキアの砦《ビルトウ》から先のごく狭い区画までに限られる。確かに〈星門《カムル》〉が発見される望みは出てくるだろう。しかしだ。私もこの廃墟《はいきょ》はそれなりに長いが、〈星門〉は機能しているものはおろか残骸《ざんがい》さえ滅多に見かけたことがない。簡単に運頼みで行き当たれるものではないぞ」

「もちっす。自分で探すのは当然として、他にも心当たりに手を打っとこうかと。善は急げっていうんで、今日の昼間にでも」

「ふむ。一応、考えてはいるようだな」

「当然っすよ。これからはオレもついてくだけじゃなく、死なないていどには頑張《がんば》るつもりなんすから」

爽《さわ》やかにやる気をアピールして締めくくろうとしたオレ。だが……ッ！

「そうか。ならば預かっている立場として、その決意が揺らがぬよう、手を貸してやるのが私の務めだな。お前はまだ若い。若者というのは、わかっていても目の前の陥穽に落ちてしまうものだ。身を律することの大事を、いま一度きっちりと教えておこう」

「ドＳ！」

「……いまなにかいったか？」

「い、いえ。その、なんでも……」

細面の美貌が和やかに微笑《ほほえ》んだ。ひぃ。笑みというのは、元々威嚇《いかく》の表情から発達したという説があるそうですよ？　反射的にその場に正座してしまう。

「よし。うなだれずに聞け。そもそもお前くらいの年齢の男女というものはな……」

かくしてグウェン先生の生活指導は延々と続き、オレは解放される夜明けを心待ちにするのであった。

4

「もう一本売ってほしい、だと⁉　お坊ちゃまには、つい一週間前にご注文の一振りをお渡ししたはずですがねえ。なにかご不満でも？」

われ鐘のようなダミ声と飛び散る唾《つば》が、三十センチの距離からオレに叩きつけられる。無数の刀痕《とうこん》でジグソーパズルまがいの強面《こわもて》をした革エプロンの小男が、ぎょろ目を剝いてオレを見上げ、容赦ない罵声《ばせい》をマシンガンのように浴びせてくる。

「バカも休み休みいえ。この能なしの犬っころが！　手前、ここで鉄を精錬《せいれん》して剣一本に打ち上げんのに、どんだけ手間かかるかわかってんのか！　ふざけやがって。気に入らねえ。まったく、気に入らねえな。おめえのような髭《ひげ》もロクに生えてねえ生《なま》っ白《ちろ》いガキに、俺が叩いたものを売るのは最初っから気に入らなかったんだよ！」

広くて薄暗い金属工房の中だ。

炉から上がる煙と熱のせいで、じっとしているだけで汗が滝のように噴き出る。

大勢の半裸の職人が、床に穴を掘って日干しレンガで囲った炉に吹き筒で空気を送り、冷えた鋳型《いがた》から斧頭《ふとう》を取り出し、青銅の刃を砥石《といし》で磨くといった具合に、それぞれせわしなく働いている。

関わり合いになりたくないんだろう。職人たちは彼らの親方に罵声を浴びせられているオレのほうに目を向けようともしない。

頑張《がんば》るつもりと大見得を切ったものの、こないだの大惨事のおかげでオレは探索用の装備一式を失くしちまってる。とっとと準備に取りかからないと間に合わない。なにせコンビニにいけばなんでも揃ってる現代と違って、こんな古代じゃロープ一本、布一枚から店を回って、自分で吟味して、ものによっては注文して仕上がりを待たなきゃいけないからだ。規格品ってすごい。離れてわかる文明のありがたみ。

そういうわけで、まずは手始めとして、オレはグリムキンという武具師の工房に回っていた。

煙の絶える間のない鋳物《いもの》小路にこの工房を所有するグリムキンは、粗野《そや》で横柄《おうへい》、がめつい守銭奴《しゆせんど》として悪名高い。小ぶりな丸岩から、短く太い四肢が生えているという印象のチビの親父で、背丈はオレの顎《あご》くらいまでしかない。

醜《みにく》い容姿、気難しい気性、横暴な言動。

他人に嫌われる要素を見事に取りそろえたグリムキンが、それでも金属職人や冶金工《やきんこう》、細工師が集まるこの鋳物小路で大きな顔をしていられるのにはわけがある。

「待ってくれよ。オレだって、失くしたくて失くしたわけじゃないって」

「どうだかわかったもんじゃねえな。ちょいとおっかねえ目見たくらいで、なにもかも投げ捨てて、小便ちびりながら逃げてきちまったんじゃねえのか？」

〈外の者《バーー》〉であるこの親父が、カグシラにおいて製鉄の秘密を知る稀少《きしょう》な人間だからだ。〈国士《キエンギ》〉で主に使われている金属は、銅の合金だ。鉄も〈天の鉄《アヌバー》〉という名で知られてはいるけど、その加工は初めから純度の高い隕鉄《いんてつ》を苦労して打ち伸ばすか、あるいはネフィルの〈理《メ》〉に頼るしかない。スエンが無造作に腰に帯びている〈天の鉄〉でできたサパラは、実はかなりのレアものなんだ。

「ヤバイ怪物に出くわしちまったんだよ。あの鉄剣でも通らないような甲殻《こうかく》のデカイ蠍《さそり》でさ……」

「ああ⁉　てめえの非力を道具のせいにするってのか！」

「いや、違う違う。それでもあんたの剣のおかげで追い払えたんだ。切れ味良すぎて、相手に食い込んだまま持ってかれちまったけど。オレの身代わりになったようなもんだって。仕方ないだろ」

「当たりめえだ！　ありゃあ我ながらぽちぽち良く仕上がった一本だった。騎士さまに免じて手前に回してやったのに、あっさり失くしてきちまうたあ……」

ふう。まあ、多少のおべんちゃらは必要経費だ。

売る気がないわけじゃない。ただ注文を受ける前に、たっぷり優位を楽しんで、恩に着せるのが、この商魂たくましいオヤジの暗〜い楽しみなんだ。このふざけた態度のせいで何度も殺されかかってるそうだが、悪口雑言《あっこうぞうごん》を改める気は毛頭ないらしい。

なのに美人にだけは卑屈なほど腰が低いのがなんとも切ない。荒稼ぎした金も、歓楽街の遊び女《カルキッド》たちに相当巻き上げられているって話だ。

こういう筋金入りの根性曲がりだってのに、武具師、鍛冶師《かじし》としての知識と腕はずば抜けてるのはどういう天のいたずらなのやら。

工具や炉、材料や燃料。なにからなにまで制限のある環境で、グリムキンの金鎚《かなづち》は他の誰にも真似《まね》できない武具を魔法のように打ち出す。

金銀や銅の扱いにかけても、他の細工師に引けを取らない。

たとえばグウェンさんの大剣やケニーさん愛用のクロスボウ。本来この時代にあるべきではない鋼で作られたあれらは、このグリムキンの作品だ。

「なあ、親方。もう他に鉄剣は残ってないのかい。あったら売ってくれないかな」

「ハッ。おめえにくれてやる分はねえな」

「そこをなんとか。命預けるもんだから、一番いいのが欲しいんだよ。あんた以上の職人はこのへんにはいないだろ」

むかつくが、半分ほどは本心だ。でなきゃこんな不愉快《ふゆかい》なオヤジに頭を下げにこない。

生命のやり取りの場に出るなら、少しでも信頼性の高い武器を使いたい。いつ折れるかとひやひやしながら扱ってちゃ、実力の何分の一も出せやしない。〈巨獣《ウマム・デイリグ》〉の〈精髄《エッセンス》〉を起こして振るうには、鋳型から作る青銅品では脆《もろ》すぎる。

あと一週間で新市街の掃討《そうとう》だ。そのときに手ぶらじゃ仕事にならない。ケニーさんに譲《ゆず》ってもらったナイフは奥の手として大事に温存するつもりだ。

「ケッ。当面は炉に火を入れてる暇《ひま》はねえ。その間腰が寂しいってんなら、当座の用に銅剣を見繕《みつくろ》っていきな。鉄芯を仕込んだやつを出してやる。そう捨てたもんじゃねえ」

「引き受けてくれるのか。助かったよ」

「勘違いするんじゃねえぞ！　小僧！　鉄に余分が出たら考えてやるってだけよ」

黄色い歯を剥いて卑《いや》しげにほくそ笑むグリムキンが、ずいと手の平を出してきた。手つけをふんだくられるのは覚悟の上だ。銀粒が入った巾着袋《きんちゃくぶくろ》をチビの親父に手渡す。

「ふん。これっぽっちじゃ炭代にもならねえな。倍持ってきな」

「足りないってのか？　こないだはこの額だったじゃないか」

チビ親父は鼻を鳴らし、獰猛《どうもう》に犬歯をむいた。

「ハッ。ガキが俺を甘く見るなよ。ずいぶんいい金づるを摑んだそうじゃねえか」

「ええッ⁉　金づる？」

「とぼけるなよ。聞いたぜ。おめえ、女神さまとねんごろなんだってな。俺にもちょいと、おこぼれに与《あず》からせてもらおうじゃねえか」

くっそー。なんてこった。早速このごうつくばりの耳にまで届いてるのかよ。

冷や汗をかきながら、自分にはなんの特権もないんだと言い訳するオレを冷たく睨《ね》めつけ、グリムキンはせせら笑った。

「おい色男さんよ。どうせおめえの枯れ枝みてえな腕じゃあ、バビロンでのたれ死ぬのも時間の問題だ。せいぜい女神さまのご機嫌《きげん》とって、飽きられる前にもらえるものをもらっとくのがお似合いだぜ。どうでえ。あんな女っ子みたいな女神でも、下の毛は生えてるのかい？」

下品。オヤジギャグとかではなく、ただただ下品。このキモチビがあああ！　いつまでも大人しくヘコヘコ下手に出てると思ってんじゃねえぞ！

プイと顔を背けて、ボソリと肺腑《はいふ》をえぐる言葉を呟く。

「……いっちゃおうかな。いまのセリフ、本人に告げ口しちゃおっかな……」

「な、なにぃ？」

「……いっちゃおうかな。グウェンさんやケニーさんにも。親方が普段どんな態度か」

「ま、待てよ。汚《きたね》えぞ。ちょっとした男同士の軽口じゃねえか、なあおい」

急に目に見えて狼狽《ろうばい》する親方。

悲しい。グリムキンには悲しい弱味がある。

男に対してはブレーキ壊れてるみたいに居丈高《いたけだか》に吠えまくるくせに、どういうコンプレックスか美人には奴隷《どれい》のように身を屈してご機嫌を取らずにはいられないのだ。

これが他の面では煮ても焼いても食えない偏屈者グリムキン、唯一の泣き所。

なんとか嫌われまい、気に入られようと懸命《けんめい》にいい顔を見せようとするが、その努力が報《むく》われたためしがない。いれあげる遊び女さえ決まって悪女。

かつてはブッ殺してやろうかと思うくらい不快な相手だったが、こういう面を知って少しは大目に見れるようになった。男って悲しい。

「ちッ。乳臭い犬ころの分際で俺を脅《おど》しやがって。わかった。わかった。これで手を打ってやる。だからいらねえことをご婦人方にさえずるんじゃねえぞ。いいな！」

「マジで⁉　いやあ助かるよグリムキン」

「ったく、すっかり可愛《かわい》げのねえガキになりやがったぜ」

「おかげさまでね。いつまでもあんたの剣幕にビビってもいられないだろ」

ま、実際のとこ、こっちを餌食にするつもりで来る食屍鬼《グール》や野獣と渡り合っちまうと、グリムキンの強面といえど本心から怯《ひる》むってことはなくなる。そういうもんだ。

カグシラには二、三百人にも及ぶ〈外の者〉が集まっている。

オレと同じように〈星門《カムル》〉を探してるのは一部だけで、住めば都とばかりに、純粋に財宝のためバビロンに繰り出すやつら、定住して商売に携《たずさ》わってる連中もいる。〈外の者〉がカグシラに多いのは、仲間意識からというわけじゃない。

そんな共感を抱くには、それぞれが生きていた地域と時代はバラバラすぎる。みんな歴史上のさまざまな時期、別々の場所、まったく違う文化から、なんの法則性もなくアトランダムに呼ばれたかのようだ。共通項といえるのは、あの極彩色に光る〝時間の怪物〟に出会ってしまい、ここに送り込まれたことくらい。

だからある漂流者が常識や世界観を共有できる相手を見つけるには、よっぽどの幸運に恵まれなきゃいけない。オレが同じ日本出身であるうちの大将に拾われたのは、はっきりいってめちゃくちゃラッキーだった。

〝現代人〟ってくくりでさえ、オレが知っているのはニューヨークの警官《けいかん》だったケニーさんと、シカゴの大学教授だったっていう〝教授〟だけだもんなあ。まあ、もう死んじまった人にはそれなりにいたみたいだけど。

だから〈外の者〉は基本的に孤独だ。ただひとり遠い国で暮らす異邦人のようなものだ。会話に不自由がなくとも、話や価値観は誰とも噛み合わない。

それでも〈外の者〉がここに集まるのは、同じ立場の者で身を寄せ合ったほうが、安全だし無用の詮索《せんさく》や迫害を受けずに済むからだ。その上で、目端の利く連中はそれぞれの技芸や知識を活《い》かして、うまく適応して生きてる。このグリムキンみたいに。

「しけてやがんぜ」

憎々しげに毒づきつつも、グリムキンはちゃっかり手つけを革エプロンのポケットに突っ込んだ。

「相変わらずがめついよな」

「ケッヒッヒ。物の価値がわからねえガキだ。本当ならこの〈国土〉じゃ、鉄の価値は十倍の黄金に等しいんだぜ。それを調達できるようにするまで、〈辺境《クル》〉に鉱山《ヤマ》を開いて、あっちとこっちを往復し、えらい手間がかかってるんだ」

「そうはいっても、評議員《エンシ》のウルエンキと組んでたんまり儲《もう》けてるんだろ」

「俺の儲けなんぞ、やつに比べたら雀の涙みてえなもんだ。まあ、大商人ウルエンキのツテと商隊がねえと鉱山は動かんし鉱石《イシ》も運べん。多少は仕方ねえ。それにガタガタいわれる筋合いはねえぞ。おめえの鉄剣はそのおこぼれで打ってやるんだからな」

「わかってる。わかってるって」

「ケッ！　用件が済んだらさっさと出て行きやがれ。いま注文殺到で見てのとおり大わらわなんだからな」

　確かに見回せば工房の中は、床に座り込んで一心不乱に働く職人たちで足の踏み場もないほどだ。ここまで混雑しているのは見覚えがない。

「職人総出じゃないか。どうしたんだい？」

「新市街に傭兵《ようへい》を差し向けるってんで、ウルエンキから大口の注文があってな。それにここらで一稼ぎしてえって遺跡荒《いせきあ》らしはおめえだけじゃねえんだ」

なるほど。掃討の話は、グリムキンだけじゃなくもうカグシラ中に知れ渡ってるってわけだ。ついでにオレの恥ずかしい秘密も一緒に。泣きたい。

「別にオレは一山当てたいわけじゃない。〈星門〉を見つけなきゃ帰れないからバビロンに出てるだけだよ。そういう親方は故郷に帰りたくないのかい」

「ないわけじゃねえ。ただ地獄の釜《かま》の底みたいな場所をはいずり回るより、ここでボチボチ商売繁盛してるほうがよっぽど賢いってだけだ。どうせ〈星門〉なんざ見つかるもんじゃねえ。その前に獣の餌になるのがオチだ。第一、本当に帰れるのかどうか、確かなことは誰もしらねえんだ。そんな夢物語を追いかけてるようなやつは、俺にいわせりゃ特上のアホウよ。俺らみてえなよそ者には、最後に頼りになるのは金だけだぜ」

口汚く嘲《あざけ》るようないつもの調子ながら、最後の一言にはこの根性曲がりな親方なりの真実が込められているように思えた。

「おめえもなにが得か一度よく考えてみるんだな。いい金づる摑んだら、よろしくやっておこぼれに与らねえのはツキを逃がすぜ。どうせ飽きて捨てられるまでのご贔屓《ひいき》なんだ。そうなったら泣きついてきてもいいんだぜ。俺んとこで使ってやらねえもんでもねえ」

「遠慮《えんりょ》しとくよ。死ぬほどこき使われそうだ」

顔のジグソーパズルを複雑に歪め、イシシと意地悪そうに笑うグリムキンに軽口を返して会話を切り上げると、オレは次の用件のため工房を後にした。

5

こまごまとした装具《そうぐ》を求めて方々巡り、一通り見繕《みつくろ》ったころにはおもいがけず正午を回っちまってた。

一番暑い時間帯を日陰で涼んでやり過ごした後、最後の訪問先、うらない横丁の老魔女エブラシェの小屋に向かう。

うらない横丁はカグシラの南西の一角、市を巡る周壁のそばにある。呪術師や魔女、うらない師、療法士《アズー》といった目には見えない世界に生きる連中の根城だ。

日干しレンガを積み上げただけの雑な仕上げの小屋や汚れた天幕が密集しているこの一帯は、カグシラの他の場所とは空気が違う。昼なお暗く感じさせる、不気味な妖気が漂っている。まるでバビロンの夜を切り取って運んできたかのようだ。

軒先の布の庇《ひさし》やガラクタの山、壁際に座り込んで動かない住民のせいで、ただでさえ狭い路地はひどく歩きにくく、絶望的なくらい入り組んでいる。

家屋の奥には見慣れぬ神々の小像が、無言で立ち並んでいる。壺《つぼ》の中で煮立っている得体の知れないスープや軟膏《なんこう》、ケシ汁や香木の甘い香りが渾然《こんぜん》一体となった独特の異臭が漂って、目眩《めまい》を誘う。

視線を感じて振り向けば、ひどい奇形の顔や触手めいたなにかがさっと暗い物陰に引っ込む姿が見えた気がして動揺させられる。

なにとはいえないが、ここではなにかが狂ってる。

そんな落ち着かなさがつきまとって離れない。

この横丁には評議員《エンシ》の手勢もひとりでは踏み込みたがらない。オレだって用がなけりゃあんまり近づきたくない。

けど盲目の老婆エブラシェの住処《すみか》は、その奥まった場所にあるんだ。

所々レンガが崩れかけたおんぼろ小屋で、いつ完全に潰れるかと訪れるたび気が気じゃない。天井からは鳥の羽や獣の牙や骨、陶片なんかでできた呪具が、たくさんのミノムシみたいに吊《つ》られてる。いかにも魔女の隠れ家って雰囲気《ふんいき》だ。

「そろそろ来るころだと思ってたよ。まあお座り」

茶色の巻衣で全身をすっぽりと覆《おお》っているしなびた老婆は、土間に敷いた毛布の上に、小さな置物のようにちょこんと座っていた。

「昨夜はカグシラ中の酒場が、お前さまの浮き名で持ちきりだったよ」

ヒューヒューとかすれた笑い声を上げながら揺れる魔女エブラシェ。

「今日はどこに顔を出してもその話題ですよ……」

げんなりしながら差し向かいの床にあぐらをかき、老婆の前に置かれた銅の皿に銀の小粒をひとつ落とす。

「お前さまはいつも気前がよいね。こんな婆《ばば》にお優しいことじゃ」

金属音に顔を上げたエブラシェは、また枯れ木を渡る冬の風に似た笑い声を上げ、手探りで皿から銀粒を拾い上げた。本来両目があるべき場所には、落ちくぼんだふたつの黒い穴が空いている。

「そういう約束っすから」

「約束だからと、値切りもせずに支払ってくれるのはお前さまくらいさ。この婆を丁寧《ていねい》に扱ってくれるのもね」

「オレの国だと、ご老人にはそうするもんだって躾《しつ》けられるんで」

エブラシェは魔女だという触れ込みだが、その呪力はすっかり衰えている。その代わりにこの老婆が商《あきな》うのは情報と占いだ。この廃屋寸前の小屋に居ながらにして、カグシラの酒場や路地裏で囁《ささや》かれる噂《うわさ》という噂を知り尽くしている。

チュッチュという小動物の鳴き声がした。

壁に開いた穴から小屋に入ってきたネズミが、一目散に老婆の膝元《ひざもと》に駆け寄る。

エブラシェは、よく聞こえるように片手を添えてネズミの鳴き声に耳を傾け、何度か大きく頷《うなず》いた。

「そうかい。ご苦労さま。またいっといで」

褒美《ほうび》のパンくずを受け取ったエブラシェのネズミは、じろりとオレを睨《にら》むと、入ってきた穴からさっと出ていった。ひどく理知を感じさせる動作だ。あの盲《めし》いた魔女の相棒たちには、陰影のいたずらで人間じみた表情を作っているように見える瞬間がある。薄気味悪くってしょうがない。

「相変わらず、わしの子らに〈星門《カムル》〉の新しい噂を聞きつけた子はおらんようだねえ。足しげく通ってもらってるのにいい報せがなくて、気を悪くせんでおくれよ」

なにか摑めたら教えてほしい。耳ざといこの老婆にはずっとそう依頼してる。

自力で発見できれば一番だけど、しょせん一人が探索のついでに見て回れる範囲なんて限られてる。他の連中が〈星門〉を見つけたときでも情報さえ入れば、金を積んで場所を聞き出したり、当たりをつけて探しにいったりできるかもしれない。

淡い期待だなんてわかってる。新市街にあった〈星門〉はもう発見し尽くされてしまった。それが〈外の者《バー》〉の間での共通認識だ。

「いえ。それはもう一縷《いちる》の望みっつーか、藁《わら》をも摑むっつーか。そんな感じですから。ただ今日は相談があるんすよ。旧市街のほうのことで」

「聞きたいことは見当がつくさ。お前さまの考えどおりだよ。旧市街には生きた〈星門〉が必ず残っている」

やっぱりそうか。予想はしてても、詳しい人に保証してもらえるとやっぱ違う。

闇夜《やみよ》の山道を足下だけ見ながら機械的に足を動かしていて、ふと視線を上げると白み始めた空を背景に、目指す峰《みね》がいつの間にかもうすぐそこにあったことに驚《おどろ》く。

そんな、〝現実に帰る〟って夢がいきなり実体を伴って目の前に現われたかのような感覚で胸が高鳴るのを抑えられない。

「旧市街で、〈星門〉がありそうな場所に目星はつくんですか？」

「任せておき。神々の門はどこにでも開かれるものじゃない。対岸に渡れるようになれば、心当たりを教えてあげられるよ」

「それなんですけどね。オレ個人で見て回るのにも限界あるんですよ。そこでちょっとエブラシェばあさんの力を拝借したいんですけど」

「ほう？　なにを考えているか説明してごらん」

盲目の小柄な老婆が、ややうつむき加減に土間に向けていた顔を上げた。ぽっかり空いた黒い眼窩《がんか》がオレを見返す。

「ばあさんのネズミたちって、どこにでも忍び込めるじゃないですか。スパイみたいに。あのネズミたちなら、バビロンでも目立たずに動き回れるんじゃないかと思うんですけど、手分けして探してもらうってのは無理な相談っすかね？」

「……お前たち。ご指名だよ。挨拶《あいさつ》をおし」

エブラシェがそう口にした途端、袋や土器の陰や藁束の中、壁の穴から、無数のネズミがチョロチョロと出てきて、ビーズ玉みたいな目で一斉にオレを凝視した。

ひいふうみい……あわわ、数え切れねえ！

な、何匹隠れてたんだよこいつら！　特殊部隊の隊員か！

「そういう思いつきかい。ふむ。できないことはない。この子たちは特別仕込みだからね。ただし。かなり危ない橋を渡らせるから、いただくものはいただくし、お前さまにも相応に手伝ってもらわにゃならないよ」

「そりゃもちろん！」

ついつい声に力がこもる。おお、これは……マジで期待できるかもしれないぞ……！

「あちらには古い聖域や神殿が多いし、ほとんど遺跡荒《いせきあ》らしが入ってない未踏地さ。有望だよ。ただその前に、新市街の掃討《そうとう》がうまくいかないとねえ。まあ畏れ多くも女神さまがお出ましあそばすそうだから、万が一にも不首尾ということはあるまいさ」

「あ、そ、そんなもんすかね……はは」

くそう。それって自分のためにもラクエルのご機嫌《きげん》取るべきだってことになるのか？　お前さ
「カグシラもずいぶん活気づいてる様子だ。このところずっと不景気だった分、お前さまの果報にあやかろうとね」

ネズミ軍団が揃ってチュチュと合唱した。どうやら嘲笑《あざわら》ってるらしい。不気味な
……つーかネズミにまでこの扱いのオレって一体……。

「おやめ。ラクエルさまのご不興を買いたいのかい」

その名を聞いた途端、ネズミたちは脱鼠《だっそ》となって物陰に逃げ込んだ。我が物顔はどこへやら、こわごわと鼻面だけを出してこっちを見ている。

思わずぽろり愚痴《ぐち》がこぼれた。

「はぁ～。果報なんて冗談じゃないっすよ。こっちは大迷惑。ラク……えーと、女神さまの気まぐれに巻き込まれただけなんですから」

だしぬけに、今度は老婆がヒューヒューと耳障りに笑い出した。

「なにが巻き込まれただけなものかい。エブラシェの盲いた目には、波乱の〈運命《ナム》〉が見えておるとも。そうともさ」

爪の長い痩《や》せた魔女の手が、蛇のように動いてオレの腕を摑んだ。

「〈王《ルガル》〉よ」

記憶の片隅に残る言葉だ。つい最近にもどっかで聞いたような……。

「お前さまは、このカグシラのルガルになられるかも知れぬお方」

「ルガルって……婆さん、その言葉どういう意味なんすか」

エブラシェが、またひとしきり擦《こす》れたしゃがれ笑いを漏らす。

「〈外の者〉とはいえ、お前さまはなにも知らぬのだねえ。女神さまから聞いてはいないのかい？　大きな人《ルガル》は〈王〉《ルガル》さ。神の寵愛を受け、直接仕えることを許された勇士。神に選ばれるってとこでは評議員《エンシ》や司祭長《エン》も似たようなもんだけどね。ルガルはネフィルの戦士。主の代理として戦い、奪《うば》い、殺し、滅ぼすのが役目さね」

支配者というニュアンスも含んでるみたいだ。要するに、ネフィルが王さま役をやらせるべく抜擢《ばってき》した者を、こういう称号で呼ぶんだろう。

「ラクエルさまは、いまだひとりのルガルも選ばれたことがないという話だ。どんなネフィルも、あえてカグシラの女主人《エレシュ》に挑もうとはしない。そういうお強いお方だしね。噂はあっても、結局どれも根も葉もなかった。みな、お前さまについてもそんな噂のひとつだと思ってる。みな、お前さま本人ではなく、お前さまの背後にある貴い女神のお姿のほうを見ている」

「あ、いや。それ当然だと思うんですけど……」

「けれどエブラシェの盲いた目には見えるよ。お前さまが偉大なルガルとなった恐ろしき姿が。〈外の者〉の〈運命〉は千々《ちぢ》に砕けて見通しにくい。けどその中に確かに見え

るとも」

マジでカグシラの連中は、人の話を聞かないにもほどがあると思います。スルー能力高すぎる。

そもそもそんな話ラクエルから聞いたことないし、まるで興味もない。

こんな世界で偉くなるより、オレは自分の家に帰りたい。

ニタリと小狡《こずる》げに唇《くちびる》を歪《ゆが》めたエブラシェが、素早くオレの手の甲にキスをしてから、伏し拝むような仕草をした。そしてふたつの黒い穴で見上げ囁く。

「〈王〉となることを選んだなら、お前さまに誰より早く拝跪《はいき》したのがこの婆であること、忘れておくれでないよ」

「その予定はありません」

やめてくれ！　実家に帰らせてもらいます！

「欲のないことさ。もしエブラシェが七十も若ければ、お前さまの寝床を毎夜温めて、熱い肌で奮い立たせ、女神さまが満足するようなひとかどの男に育ててあげるのにねえ。さあさあ。なにをもたもたしてるんだい？　早くお脱ぎ」

「ひッ！　い、いや。あの。その。け、結構です！　か、勘弁してください！」

「おや。今日は診《み》ないでいいのかい？　だいぶ、ざわついてるようだがね」

ば、ばかな。なにをビビってんだ。んなことがあるはずないじゃないか。はは……。

おぞましい妄想を振り払うと、上着を脱いでエブラシェに背を向けた。

背骨沿いに首筋から腰にかけてを、低く呪文を呟く老魔女のしなびた手が慣れた手つきでなでさする。

「どれどれ……〈七頭大蛇《ムシュマフ》〉がだいぶ昂《たか》ぶってるね。それにえらく疲れてるようだ」

「生きるか死ぬかだったんでやむなく……」

「こうなると眠らせるのはちょいと骨だ。冬越草を少し濃く煎《せん》じるとしよう。けれどあんまり繰り返すようだとエブラシェの秘薬の効き目もねぇ」

「あの……やっぱ眠らせないとまずいっすかね」

「おや。どういう風の吹き回しだい。気味悪いと嫌がってたのはお前さまだよ？」

そう。この老魔女のあばら屋には、身体に埋め込まれた〈精髄《エッセンス》〉をなんとかする手立てを訊《たず》ね歩いて辿り着いた。これが血呪という術の一種で、取り除くにはもう手遅れだと教わったのもここだ。ただ抑え込む方法はあった。そもそも目覚めさせず、覚醒《かくせい》したのは再び深い眠りに戻せばいい。

「難しい質問だね。まずいかもしれない。まずくないかもしれない。物事はなんでも心持ちひとつだ」

「またそんな禅問答《ぜんもんどう》みたいな」

「フェフェ。世界なんて元々そういう曖昧《あいまい》なところさね。わしらのような人種にはとりわけそうだ。この子たちは育てばお前さまの血と肉と魂《たましい》に同化していく。そのままにしとけば、影響が出ないはずがなかろうて」

「それってやっぱ、怪物まがいになっちまうってことですか」

このときオレの脳裏に浮かんでいたのは、〝できそこない〟どもやあの蠍《ギルタブルル》人の姿であり、またシザ～ス、シザ～スとかズ～カ～ッ、ズ～カ～ッとかネタに困って一線を踏み越えてしまったっぽい鳴き声を上げてる特撮怪人の姿だった。

「さあ、どうだろうね。お前さまの場合は生の血肉の割合が多い。術を施したやつはそういう風に造りかえるつもりはなかったはずだ。よほどのことがなけりゃ神々の眷属《けんぞく》のような姿になりはしない。鱗《うろこ》が出たり尻尾が生えたり、少々見栄えは悪くなるかもしれないけどね。生きる分には大したこっちゃないさ」

「すごく大問題です」

人はパンのみにて生きるにあらず。現実に戻っても、速攻で捕まって窓のない変な施設に連行されんじゃ意味がねえ！

「おかしなもんさ。起きるたび背が伸びてるくらいの年ごろだってのにね。フェフェ。けど若いころはそんな感じだったかねえ。毎日自分が変わってることにも気づかず、いまが永遠に続くようなつもりでいた。格好なんて、長生きしてるだけでこんなに変わっちまうのにねえ」

「それとこれとは話が別で……」

「ま、心配無用と太鼓判を押せるわけじゃない。そんなに沢山の生命をひとつの器に押し込めたのは、百年生きた婆も初めてお目にかかった。術が破れれば、いったいどうなっちまうやら。それが嫌で眠らせたいってんなら、いくらでも薬を調合してやろう。効き目が落ちてるから、副作用もそれなりに覚悟してもらわなきゃならないけどね」

目にツーンとくる軟膏を背に塗り込みながら、老魔女がおっかないことを告げた。

「副作用って……ど、どのくらいっすか？」

「そうさねえ。二、三日は死んだようになるかね。そのまま目覚めないかもしれないけど、そればっかりは運だねえ」

勘弁してくれ！　このばあさんの適当なさじ加減のおかげで、いくつの夜を脂汗《あぶらあせ》流しながら七転八倒したことか。そんなどんぶり勘定に命預けられねえって！

「元々無理のある話でね。生命は健《すこ》やかに育とうとするものだ。寝かせたり起こしたりを繰り返してれば、そのうちしっぺ返しを食らうよ」

「ムリに眠らされるのが嫌っぽいのはなんとなくわかります。こいつらにも機嫌つーか、気分みたいなのがあるっぽくて。いつも怯《おび》えてるっていうか、警戒《けいかい》してるっていうか」

「いい感じ方だ。お前さまと同じように、この子たちだってなにがどうなったかわかっちゃいまい。だからいってるだろう。坊や次第だって。お前さまが嫌えば、向こうも当然怖がりも身構えもするさ」

う。オ、オレは悪くない。そりゃ、こいつらも被害者なのかもしれないけどさ。オレにとっては迷惑な居候《いそうろう》だっての。

「坊やにかかってる血呪はそりゃあ見事なできばえだ。これほどの術を扱えるのはよほど名の知れた大魔術師に違いない。うらない横丁を探し回っても、同じ真似《まね》のできる者はひとりだっていやしないよ。本当に誰がやったのか、覚えてないのかえ？」

「…………」

暗い土牢《つちろう》に幽閉され、拷問《ごうもん》同然の責め苦を受けた記憶がよみがえる。こわばった筋肉からそれを読み取ったのか、老婆の詫《わ》びが聞こえた。

「フム。嫌なことを思い出させちまったかね。許しとくれ」

「あ、いや。ただ本当によく覚えてないんです。記憶があやふやで……ただ離れた場所でじっと見てた老人のことを、助手がアトラなんとか呼んでたような」

「〝最高賢者《アトラ・ハシース》〟……」

「――知ってるんですか？」

「い、いや……そんな恐い声で年寄りを脅《おど》かすもんじゃないよ。人を呪《のろ》わば穴ふたつだ。忘れておしまい。この老いぼれがいうんだから間違いないよ。とにかく。これはよほどの術さ。もう〝呪い〟といっていい。かけたやつの思惑から外れるのは難しい。良くも悪くもね。だからそう心配するこたあない。けどね……」

筋張った両手が、後ろから額に回される。

「ここにあるモノにだけは、けっして触れてはいけないよ」

そこ。眉間《みけん》の奥、眼球の間を抜けた頭蓋《ずがい》の中心あたりには、得体の知れないなにかがずっとわだかまっていた。〈精髄〉と似ているけどまた少し違う異物感が。

「これってなんですか。他のと違って生きてる感じがない。ただごろんとそこにある異物っつーかなんというか……」

「集中してごらん。なにが観えるね。心に浮かんだイメージを素直に教えとくれ」

エブラシェの指が両目を覆った。後頭部から低く呪文の呟きが聞こえる。

漠然とした不安を抑えて、闇《やみ》に意識を凝《こ》らす。その奥にかすかに見えるのは——。

「——火。ぼうっと暗闇に光る、弱々しい炭火……。なにかの拍子に赤黒い炎がちらっと瞬《またた》くような。けど気のせいかもしれない」

「もう十分だ。それ以上はおやめ」

目蓋《まぶた》から指が離れると、淡い観触は戻った五感の前に、真昼の夢のごとく消え去った。

「なんか妙に……嫌な感じがするんですが、別になにかあるってわけでもないし」

「はっきりとしたことはいえない。婆にもよくわからないからね。けど、それはとても不吉なものだ。よくないものだ」

「不吉――」

「ずっと昔、まだ婆が若い娘だった時分に師匠から教わった。神々から〈国土《キエンギ》〉を奪い取ろうと挑み、滅ぼされた者たちがいたってね。師匠はそれを竜と呼んでいた。人間が粘土から生まれるよりずっと前の話だ」

「竜⁉　地竜のことですか」

ドラゴン、ドレイク、ワーム、サーペント、レバイアサン、龍《りゅう》、竜、大蛇《おろち》。映画やゲームに登場するでかいトカゲ型のモンスターにはいろんな名と種類がある。〈国土〉の周辺にもその亜種に分類されそうな生き物はいる。

地竜は恐竜の子孫みたいな大トカゲだ。〈辺境《クル》〉で細々と生き残ってて、遺跡荒らしとしてバビロンに出ている獣匠がカグシラにも連れ込んでいる。〈瘴気《ニ》〉に狂ってそのまま遺跡に棲《す》み着《つ》いたのまでいるそうだけど、幸いオレはまだお目にかかったことはない。ユーフラテス《ブラヌン》川河口の葦《あし》が生い茂る広大な沼沢地《しょうたくち》には七頭大蛇が潜み棲む。下の海《ペルシア海》まで出れば、交易船を軽々と転覆《てんぷく》させる大海蛇の危険があるそうだ。

火を吐いたり空を飛んだりはしないけど、こいつらだってドラゴンといえばドラゴンと呼べるんじゃないだろうか。

「いいや。あんな図体ばかりのけだものじゃない。冷酷な神々でさえ面を背けるほど暴虐無比な、この世のものではない悪霊たちだ。竜と神々の戦《いくさ》はそりゃあひどいものだったそうな。凶暴な竜の力の前に、〈神々の会議《アヌンナク》〉は紛糾して、この地を捨てようとさえ議論された。それを救ったのが他でもない、我らが女神さまさ」

「はあぁ？　それってまさかラクエルのやつの――」

「〝七匹の大蛇を斃《たお》せし女神〟。そう呼ばれるのを耳にしていないかえ？　誰よりも強い女神として生み出されたあのお方は、竜たちと戦を繰り広げた。そして天地を引き裂く決戦の末に竜たちは滅ぼされた」

ボクは強いんだからっ、て無駄に自信ありげな普段の態度に、そんな根拠があったとは……ホントかよ？

「けれど神々は、ただ滅ぼしただけでは不安だった。だから竜の痕跡を〈国土〉から消し去ろうとした。お前さまの頭の中にあるのは、それを免れた名残《なごり》さ。おそらく亡骸《なきがら》の一部から取った霊気みたいなもの……大昔に滅びた竜の怨念の火花さね。わからないのは、なぜそんなものを仕込んだのかだ……」

いくら〈国土〉とはいえ話がぶっ飛びすぎてる。外国のニュースみたいに現実味がなくて、まるっきりピンとこない。だからとりあえず要点を訊ねた。

「そ、それで、これに触れるとどんなヤバいことになるんです？」

「さてねえ」

「え？　未来が見えるっていってたでしょ。こんなときこそ占ってくださいよ」

「バカおいいでない。そんな恐ろしいこと真っ平御免さ。自分の手に負えない物事に直接手を出す魔女は長生きできないからね」

「うげ！　自分じゃ危ないもんをオレに観させたのかよ！　そりゃないよばあさん！」

泡を食って振り向くと、老魔女が歯の欠けた口でニッと笑った。

「フェフェ。ま、安心おし。なにも起きないよ。多分ね。ただもしなにかあったら、お前さまは死ぬ」

「死ぬ！」

「あるいは死んだほうがよかったと後悔するか……。だからいまのままそっとしておき。そうすればなんの災いも起きない」

「はいはい。そうする。そうしますよ」

やれやれと溜息つきながら、差し出された銅皿に追加の銀粒を落とした。

また今日も雲を摑むような話で追加料金ですか。どうせぼったくられるなら、妖怪婆さんより可愛《かわい》い女の子の魔女に貢ぎたいんだけどなあ。

「世界のために――オレは何をすべきなんだろう」

「ボクと愛しあうこと……かな？」

第三章……〝黄昏の翼〟……

LUGAL GIGAM

The Heroic Legend of Lugal

1

ネフィル。

実体を伴ってこの世に在るが、人の秤《はかり》を超えた生ける神々。

彼らには力を使わず、言葉と意志だけで現実を操作する術がある。

〈理《メ》〉というものだ。

世界の根源的な諸力や法則を直接操る技術というか手段というか、要するに魔法みたいなもん、らしい。

炎や嵐《あらし》、天空や大地、太陽や月といった自然の現象や様相。愛情や喜び、怒りや憎しみといった心の働き。疫病や戦《いくさ》、繁栄や破滅といった事象、鍛冶《かじ》や書記術、演奏や数学といった技芸や学問。

〈国土《キエンギ》〉のあらゆる物事について、ネフィルは法則を定めた。それが〈理〉だ。

それを支配し、操り、ときには新たに定めることで、過程をすっとばして望む結果を起こすっていう、なんだかチートっぽいお話だ。

名の知れた魔術師や神々に仕える神官には、〈理〉の一部を学んだり、授かったり、あるいは盗み取った者もいるそうだ。書記や楽士、鍛冶師などの専門的な技師も、〈理〉

の一端に通じるとされる。

けどしょせん人間が使う〈理〉は神々の猿まねでしかない。

エブラシェは神々を太陽、人間を星に喩《たと》えていた。

無数の星が空にあっても、たったひとつの太陽が昇っただけで、その圧倒的な〈光輝《メラム》〉の前にすべて無きもののごとく消し去られてしまう。

それほどの比べものにならない差が、神秘の源となる世界に遍在する要素〈畏《ニ》〉の権《ごん》化《げ》であるネフィルと人の魔術師の間にはあるんだそうだ。

〈理〉の支配者である神々は、世界の法則さえ書き換えてしまう。

その力は人知をはるかに超えている。気象や天文の操作、新たな土地や生命の創造、果ては環境や運命への干渉まで。プログラムを利用するだけのユーザーと、そのものを修正してしまえるプログラマーの差……おおよそ、そういうことなんだと思う。

この〈国土〉の出来事であればネフィルの意志の及ばぬことはない。

まあ少なくとも、〈国土〉の人々はそう信じて疑っていない。

だから生ける神々に向けられる畏服の念は深い。自分たちが労役を担う存在として、神の血をこね合わせた粘土から造り出されたと信じている人々は、造り主への奉仕が人間にとって一番大切な義務だとわきまえ、日々の祭儀《さいぎ》を欠かさない。

けど〈国土〉に君臨している当の神々自身は、どうもその支配や管理にはほとんど熱意がないらしい。

不死の命を持ち〈理〉を定める神々に、人間が抱くような欲は薄い。物質的な富や権力なんて、世界の法則を従えるような連中になんの意味がある。

ぶっちゃけどうでもいいんだ。気まぐれに人間に争いを命じたとしても、それはほとんどの場合、ネフィルにとって単なる暇《ひま》つぶしや残酷なゲームでしかない。

神々は崇拝は受けても統治はしない。

意志さえ速やかに実現されればいい。さもなくば罰を下すだけ。絶対服従の奴隷《どれい》や家畜、道具に等しい存在でしかない人間の〝面倒を見る〟気なんてさらさらない。

ラクエルみたくなんにもしないのは相当マシ――カグシラの市民の言葉を借りるなら（大いに異論があるけど）〝慈《いつく》しみ深い〟ほう――で、恐ろしい神になると毎日の生贄《いけにえ》を求めるなんて気味悪い噂《うわさ》も聞く。

まあそういうわけで、後は勝手にするがよい、って感じの超絶放置プレイが基本らしいんだ。俗事は神官や権力者任せにして。

さて一週間は慌《あわ》ただしく過ぎ、いよいよ掃討《そうとう》の当日が来た。

まだ雨期には早い。〈国土〉の天は雲ひとつなく晴れ渡っている。

手はずどおりなら、第一陣であるリウィル・シムティ姫と隻眼《せきがん》のバルナムメテナの手勢本隊は、すでに夜明けとともに大石橋近くの要衝《ようしょう》ナキアの砦《ビルトウ》に向かって先発しているはずだ。日が高いうちに砦を制圧して、日没までに整備するためだ。

遺跡荒《いせきあ》らしや残りの兵士は、これから新市街に散り、手分けして食屍鬼《グール》どもの掃討に取りかかることになる。

ナキアの砦の確保と食屍鬼の一掃。このふたつが作戦の大きな狙《ねら》いだ。

もっとも、オレの役目はそのどっちでもない。掃討の邪魔になる〈瘴気《ニ》〉をなんとかするというラクエルのお供を仰せつかっちまったからだ。

だから出番はちょい先、夕方くらいからってことになるはずだけど……その前にやらなきゃいけないことがある。

というのもラクエルとはあれっきりふたりで話していない。オレはまだあいつの騙《だま》し討《う》ちを許してないし、とっちめてやらなきゃ気が済まないのだ。

その結果がどうなるか……わからない。敵は手強《てごわ》い。けど男の子にはやらねばならないときがあるのだ！

そんなわけで、ひんやりと心地よい早朝の空気の中、オレは〈エムルパ〉に向かっている。

街中は朝っぱらから、まるで戦争でも始まるみたいな活気だ。

資材と職人を満載した荷車が大きな原牛《オーロックス》にガタゴトと引かれる隣を、盾と槍《やり》で武装した兵士の小隊が駆け越してゆく。

居酒屋や料理屋は遠出前の腹ごしらえする人々で賑《にぎ》わっている。

街角のそこかしこに、装備を点検し、情報を交換している遺跡荒らしの姿がある。

途中、供と兵士を従えた行列に行き会った。

八人の屈強な男の肩に担がれた椅子《いす》には、黒髪《くろかみ》の美姫が悠然と座している。

リウィル・シムティ姫だ。

平素のたおやかなドレスじゃない。黒を基調とした上衣に長靴下《ながくつした》という男ものの軍装の上に、意匠の凝《こ》らされた銀の胸当てをつけ、黒髪をサークレットでまとめた勇ましげないでたちだ。

あんな格好ってことは、手勢だけじゃなく自分も新市街に出るつもりなのか。

気にせず先を急ごうとしたオレは、思いがけずシムティ姫の召使いに呼び止められた。

「アマギ・ソーヤ殿。主が少しお話をしたいと申しております」

なんだ？　けど相手が相手だ。スルーするわけにもいかない。

「いいところで会えたわ。ラクエルさまにお供する役目、大丈夫かしら」

「えっと、いまその打ち合わせにいくところです。大丈夫だと思います……多分」

高い椅子の上から威儀《いぎ》正《ただ》しく見下ろすシムティ姫に、やや心許《こころもと》なく答える。

いくらなんでも『ハッ！　これからあんにゃろをつるし上げてやるところですよ！』などと本当のことをいう度胸はない。

「そう。女神はことのほか楽しみにされているご様子。ご満足いただけるよう務めなさい。計画が首尾良く進むかどうかは、あなたにかかっているわ。さあ」

リウィル・シムティが合図すると、四人の剃髪《ていはつ》した奴隷が、姫のものよりやや簡素な輿《こし》を担いできてオレの前に降ろした。

「お乗りなさい。話は移動しながらでもできるわ」

「ええッ！　こ、こんな立派なのに乗る身分じゃ。勘弁してください！　下っ端！　下っ端ですから！」

全力でバックダッシュの勢いで尻込《しりご》みする。ああ、オレはエビになりたいです。

「このままで十分です。歩いて隣をついていきますんで！」

笑みか苛立《いらだ》ちか。曖昧《あいまい》な冷たい表情で姫がかすかに目を細めた。

やばっ、怒らせた？　ぎくりとしたとき、彼女は輿担ぎに合図して椅子を下げさせ、絹の滑《なめ》らかさですするり地に降り立った。

「では私が歩くとしましょう」

「は、はい……」

それ以上固辞《こじ》もできず、カグシラの中心に向かう白い敷石の大路を、シムティ姫のちょい後ろからおどおどとついてゆく。

浮いてる。行列の中でオレひとりが確実に浮いてる。逆に目立っちゃってる！　テレビカメラに映る犯罪者が顔を隠そうとする心理がわかりました。

「手で顔を覆《おお》うその仕草は祖国の作法かしら」

「えッ？　あ。ええと。ある意味ではそうともいえますが……すいません」

「なぜ謝るの。このカグシラにある限り、あなたがどのように振る舞おうと自由。ラクエルさまも、そうお望みでしょう。けれどなるべくなら堂々としていてほしいものね。あなたが受ける侮《あなど》りは、カグシラの女主人《エレシュ》の権威も傷つけます。それは許されぬことだし、誰よりあなたが許してはならぬこと」

「は、はあ……けどそんな偉そうにするわけにも」

ふふ、と。呆《あき》れたように、蔑《さげす》むように、哀れむように。相変わらず真意の読み取りにくい女性だ。どう反応していいのか。

大体において、この女狐《めぎつね》の姫さんもラクエルに協力してオレを公開処刑した憎っくき共犯者のひとりに違いないのだ。王族っぽいというか、姫さまっぽいというか、妙な威厳があって反論しにくいけど、素直に聞く気にはとてもなれない。

「そのような遠慮《えんりょ》は無用です。大事なのは女神にお喜びいただくこと。そのためなら、この街の人も、物も、富も、すべて思うように扱って構わないの。ウルエンキやバルナムメテナが邪魔をするなら、私が口添えしましょう。あなたがそう願うなら」

「いやいやいや。そんな大それたつもりは」

歩くうちに、大路の右手はずっと続く白い漆喰《しっくい》の塀に変わっていた。市の中心に位置するラクエルの神域を囲む境界だ。

「控え目すぎるのはよいことではないわね。ともあれ、よく考えておきなさい。悪いようにはしないわ」

塀の中央に設けられた門構えに着いた。リウィル・シムティはいい残すと再び輿に乗り、そのまま白大路をアンズー大門へと下っていった。

神門前に残されたオレは、途方に暮れるしかない。

困る。ただの高校生にそんな期待されてもどうしたらいいかわからないし、第一、オレの望みとは逆方向だ。評議員《エンシ》同士の権力争いに巻き込まれちゃ、わけもわからず翻弄《ほんろう》されるだけ。生命がいくつあっても足りないっての。

2

カグシラを東の一隅に抱く新市街は、その名が示すように手狭になったバビロンを拡張する目的で、後から整備された地区だ。

ユーフラテス《ブラヌン》川に隔てられ、大石橋で結ばれている旧市街と比べると、面積は十分の一にも満たないという。とはいえその新市街でさえ、カグシラの優に数十倍の規模がある。

物いわぬ砂色の廃墟《はいきょ》が見渡す限り続くバビロン。そのスケールの大きさは、現代の大都市と比べても引けを取らない。


生まれたての朝日から差し込む黄金の光が、〈エムルパ〉とその階段上部に腰掛けているオレとラクエルふたりの影を、遠くの民家の屋根にまで長々と投げかけている。

見晴らしのよいここからは、件《くだん》の新市街に向かうため、豆粒のような人影が続々とアンズー大門に吸い込まれていく様が遠望できる。

評議会の召集に応じ、新市街の掃討《そうとう》に出発する遺跡荒《いせきあ》らしたちだ。

バビロンじゃあ日の光に守られている時間は貴重だ。アンズー大門は、未明からずっとあんな調子で人通りが絶えない。

多くは徒歩だけど、獣匠に従う大トカゲめいた地竜や、物資を載せたオナガー《アジアノロバ》の列もうかがえる。運ばれてゆく資材はかなりおびただしい。

どうやら評議会は綿密に計画を練っていたらしい。

もくろみが外れて長引いた場合にも備えて、カグシラに留まっている豪商ウルエンキが大勢の職人と人夫を派遣し、地区ごとに避難所を準備させる手はずになってる。夜にはそこに立《た》て籠《こも》って〈瘴気《ニ》〉をやり過ごし、カグシラに戻ることなく済ませるためだ。

そのための建物の選定や物資の手配が、一朝一夕でできるはずがない。

ラクエルを乗り気にさせられなくとも、いずれ実行に移すつもりでいたんだろう。

「ソーヤのそういう意地悪ないいかた、ボクは嫌いだな！」

なにしろカグシラの女主人《エレシュ》は気分屋にてあらせられる。いつこういう風にヘソ曲げるか、わかったもんじゃないからだ。

もっとも今回の逆ギレは、シムティ姫の警告《けいこく》もかえりみず、ご機嫌取《きげんと》りの人身御供《ひとみごくう》に捧《ささ》げられた子豚ちゃんが往生際悪く立ち向かっているせいなわけですが。

「なにいってやがる。どう見たってお前もグル、いやお前からいいだしたんだろ！」

首を捻《ひね》って、数段上に腰掛けているあいつを尋問する。けどラクエル容疑者は柳眉《りゅうび》をひそめてつーんと横を向き、徹底抗戦の構えだ。

ええいキリキリ吐け！　カツ丼か？　カツ丼なのか⁉

「ソーヤも承知してるって聞いたんだもの！　頭目《スパンダ》ムラカミが確かめたって」

あのオヤジ！　やはりいっぺん闇討《やみう》ちに……ッ！

「ちったあ考えろよな。んな話、オレがＯＫするわけないだろ」

「考えたよ。ボクにお返しするっていってた。だからソーヤにしては感心感心ってちょっと見直したのに。ああん、もう。がっかりはこっちのほうだよ。ボクがわざとソーヤを困らせるわけないじゃない。それをわかるんだよ」

「わかるか。胸に手を当てて日ごろの言動を猛省しろ」

背景にゴゴゴと擬音が描かれそうなほど睨《にら》みあう。

どうやらもう話がついてる、とリウィル・シムティに吹き込まれてたらしい。くそう。そこまで嚙《か》んでいながらさっきはしれっとしてたのか、あの女狐め！

まあそれ自体は嘘《うそ》じゃないらしい。けど、こいつのことだ。オレがすんなり了解するはずないと薄々察しながら話を進めたと見るべきだろう。つまり限りなく黒に近い灰色！　証拠はないが、きっとそうに決まってる！

「ったく、せめて事前に相談しろってんだよ。おかげでとんだ赤っ恥じゃねえか」

「さすがにボクもまったく話が通ってなかったとは予想外。けどソーヤにも責任はあるよ。ボクをいつまでも日陰の女で放っておくから天罰が当たったんだよ」

「そういう誤解を招くいいかたやめろっての……大体さあ、リウィル・シムティって大丈夫なのか？」

「大丈夫って？」

きょとんとラクエルが目を丸くした。

「あの評議員《エンシ》は、お前のこと利用しているだけじゃないのか」

前々からの懸念《けねん》を言葉にする。オレとしても今回は取り返しのつかない被害を受けたわけで。このくらいのことを口にする権利はあるはずだ。断じて陰口じゃないぞ。

けどラクエルは、その疑いをクスッと笑い飛ばした。

「誰かさんと違って、シムティはボクを困らせたりはしないよ。一緒に暮らしてたことだってあるんだから」

「へえ。じゃ、お前をカグシラに呼んだのはあのお姫さまだって話、本当なのか」

「うん。〈エムルパ〉に腰を落ちつけるだけでいいって頼まれたから。『お姉さま、お姉さま』って懐いてきて、小さなころのシムティはとっても可愛《かわい》かったんだよ？」

「うそだろ！　想像できねえ……」

冷たい威厳をまとったいまの姿とのギャップがありすぎる。

「ボクが寝てる間に、故郷を離れて苦労したみたい。きっと強くならなきゃいけなかったんだよ。ソーヤと同じで」

少しばかりしんみりした呟《つぶや》きを聞いて、しばし言葉を失う。

〈国士《キエンギ》〉で生き抜くために、オレもシムティ姫のように変わってしまっているんだろうか。教室でバカ笑いしていたあのころの自分ではもうないいんだろうか。

「でもシムティはボクの味方だから。ソーヤの都合は、あんまり考えてないかもね。ううん。誰かさんがあんまりボクをないがしろにするから、シムティが怒ったのかも」

ふふんといわんばかりに見下す浅葱《あさぎ》色の瞳に、嗜虐的《しぎゃくてき》な感情がかいま見えた。売り言葉に買い言葉。おさまりかけてた腹の虫がまたイラッと頭をもたげる。

冗談じゃねえ。勘違いがあったにせよ、少しは責任感じろってんだよ。

「もうその話はいいよ。お前の出番は何時ごろなんだ。合わせてオレも準備する」

だがラクエルは、拗《す》ねた風にまたぷいっと目線を横に逸らした。

「どーしよっかなー。ボク傷ついちゃったなー」不満ありありの口調で言い捨てやがった。「疑われるなんてショックだったなー。こんな気分で行きたくないなー」

なにもかも投げ出してしまいたい。そんな苦々しい衝動《しょうどう》が胸に満ちて、つい非難めいた言葉が口を突く。

「みんなお前を当てにして動いてるんだぞ？　お前にだって守護神としての責任があるだろ。今更そんな勝手が通るのかよ」

「責任？　ソーヤはボクにこの街を守って欲しいの？」

なんか話が噛み合わない。

カグシラの住民や運命に〝守護神〟であるはずのラクエルが実はまるで無関心なことは、前から知ってた。

それを責められる立場じゃない。オレだってカグシラに暮らしながら、いずれ去る場所だからと周囲の出来事から極力目を背けてる。

さすがにそれは自覚してる。

多分。

ラクエルの勝手放題に無性に反発を覚える瞬間があるのは、自分自身のご都合主義を見せつけられているようでいたたまれないからだ。

わかってる。けどこのときは苛立《いらだ》ちのまま問わずにはいられなかった。

「オレは関係ないだろ。ここはオレの居場所じゃない。本当に帰る場所が別にある。けどお前は違う。カグシラはお前の街だろ」

「ううん」

遠くのものを眺めるように目を細め、ラクエルがカグシラを見渡した。諦観《ていかん》したシニカルな微笑を浮かべながら。

「ボクが居ていい場所なんて、本当はどこにもないんだよ」

謎《なぞ》めいた呟きは、髪《かみ》をなぶる早い風にたちまち吹きさらわれた。その物憂《ものう》げな表情に、強い言葉は途絶えてしまった。

大抵のことは望めば叶うやつだ。そんなの自分で決めればいいじゃないか。

〃うまくやる〃ことくらい苦もないはずだ。

けどそういう問題じゃないんだろうってことは、態度から伝わってきた。

何をいえばいいのかわからない。

沈黙の時間が長く続いた。


「でも約束は守らなきゃいけないだろ」

「うーん、約束を破るのはよくないね」

フフッと大人びた顔を引っ込め、ラクエルがうーんっと可愛く伸びをした。

「〈瘴気〉は宵《よい》の口に湧いてくるから、出発は夕方にしよっか」

「わかった。徹夜になりそうだし、準備済ませて一眠りしてくる」

立ち上がって階段を降りようとするオレの背に、すっかり普段どおりの声がかかる。

「えー。ボクの部屋で休んでいけばいいのに。いっしょにお昼寝しよう？」

「ばーか。これ以上誤解が深まるようなことしてどうすんだよ」

「ボクは誤解が誤解じゃなくなっても、全然構わないんだけどな」

すぐ後ろからした声に振り返ると、目前に少女の顔があった。段差を利用してふわりと抱きつかれ、慌《あわ》てて支えると、そのまま強引に唇《くちびる》を重ねられる。

「んっ……」

沈丁花《じんちょうげ》に似たどこか郷愁を誘う香りに包まれ、甘い唇の感触に心を奪《うば》われかける。艶《なま》めかしい息が、絹のようにきめ細かい女の子の肌の感触が、焦らすようにくすぐる。

バランスを崩すのが怖くて、華奢《きやしや》な身体《からだ》を押し退けられない。

カーッと頰《ほお》が火照《ほて》り、情けないくらい心臓《しんぞう》がバクバク動悸《どうき》を打ってる。どうしたらいいかわからなくて、されるがままだ。

けど助かったことに、思ったよりあっさりと唇は解放された。

「ソーヤの意気地なし。今日は、このくらいで許してあげる」

両手をオレの首に回して顔を覗き込んでいるラクエルの瞳には、慈《いつく》しみと優しい感情が満ちていた。

女の子が恋人にだけ見せるこんな眼差しを注がれたら、どんな男だってクラッと来るに決まってる。気恥ずかしさに耐えきれずに、視線を泳がせまくる。

「……な、な、な、なにすんだよ。こ、こういうのは心の準備があるんだから不意打ちやめろっていっただろ……」

赤らんだ顔を誤魔化《ごまか》すようにことさら渋面を作って弱々しく悪態をつく。終わって助かったような、もっと続いてほしかったような、なんだかもどかしい思い。

「じゃあ夕方にまたね」

オレの手中から抜け出たラクエルが、ふわりと飛んで上の段に着地した。

……そういや空中浮遊とかお手のものだったたな。なら落ちて痛い思いするのはオレだけだったか。

押し退けてもよかったんじゃねーか！

「大好きだよ。ソーヤ」

踝丈《くるぶしたけ》の薄い巻衣を風になびかせながら、颯爽《さっそう》とラクエルが背を向けた。細いうなじの白さが陽光に眩《まぶ》しい。

返事をすることなく、オレもそのまま階段を降りていった。

天城《あまぎ》颯也《そうや》には、カグシラの女主人ラクエルが理解できない。

あいつの好意を疑ってるわけじゃない。

けどオレにとって、ラクエルはいまだに謎めいた存在だ。

妖精《ようせい》のように軽やかで、意表を突く言動でオレを幻惑する。そんな天真爛漫《てんしんらんまん》で蠱惑的《こわくてき》な顔があいつの本質だと思えるなら、戸惑いも少ない。

けれど、あいつの中にはもうひとり醒《さ》めたあいつがいて、オレにも心の底を覗かせてはくれていない。

なぜラクエルは〝なるようになるさ《ケ・セラ・セラ》〟と何事にも飄々《ひょうひょう》とした態度を取るのか。

なのに、なぜオレにだけはまとわりついてくるのか。

その引っかかりの答えを、あの顔は知っているはずなのに。

オレはあいつのことを、本当はなにも知らないんじゃないか。

そう感じさせられて……なんだかひどくもどかしい。


「ソーヤって、そんなに食いしん坊さんだったっけ」

太陽が大分と西の空に傾いたころ。

シャカンの背に揺られ、数人の女官を従えてやって来たラクエルが、アンズー大門前の広場で待っていたオレを見るなり呆れ顔になった。

無理もない。門番詰め所から借りた丸卓の上には、何枚もの土皿と肉料理や魚の干物の食い残しが載っている。

胃袋は張り裂けそうなくらいパンパンで、気分が悪くなりそうだ。けどやむをえない。後から貧血になったら困るからな。

「一度引き受けたからには、オレもベストを尽くさなきゃだろ」

「どういうこと？」

「ちょい待っててくれるか」

そう断って目蓋《まぶた》を閉じる。今度探るのは、かなり腰に近い場所にいる〈精髄《エッセンス》〉だ。

「〈王　貝《ムルグバ・サグ》〉」

強い波に揺られるイメージを伴うこの〈精髄〉は、まだ数回しか目覚めさせたことがない。

じわりと、本当にゆっくりと、ひどく異質な本能が意識に浸透してくる。大半はあまりに刹那《せつな》的すぎてノイズとしか受け取れないが、ふたつの強烈な衝動《しょうどう》だけは理解できる。

とにかく水分が欲しくなって、ひどく自分が無防備に感じられるんだ。

用意しておいた革の水筒をガブリとあおり、おもむろに左腕に意識を集中する。身を守りたいという欲求に、方向性を与えてやる。

「このへんにしよう——な」

すると左腕の全面と右腕の前腕部に、黒々と複雑な〈相《アスペクト》〉が浮き上がってきた。その部位の肌が引きつるような痛みと共に硬質化してゆき、おろし金の歯のような突起物が無数に芽吹く。突起は目に見える速度で大きくなり、それぞれが房状の鱗《うろこ》に成長する。

そして五分を経ると、左手の前腕部は硬質の鱗に鎧《よろ》われて三倍以上の太さとなっていた。おおまかに流線形の籠手《こて》か盾でも装着したかのように見える。

その質感は、硬くなった肌や変形した骨というよりも、金属鱗《きんぞくりん》に近い。オレの意思に従って、力を入れれば緊縮《きんしゅく》して鉄壁に等しい装甲《そうこう》になり、抜けば毛皮の毛並みのように柔軟にもなる。

子供のころ、どこかの海にスケーリーフットとかいう金属の脚を備えた不思議な貝がいるってニュースを見た覚えがある。〈王貝〉は、その縁種から取られた〈精髄〉なのかもしれない。

「……ふう」

くらりと目眩《めまい》に襲《おそ》われるが、なんとか踏みとどまる。

体内の鉄分を思ったより持ってかれた。やっぱり使い慣れてないだけあって、加減が甘い。左手の動きが不自由になるほど大きくするつもりも、右上腕の皮膚《ひふ》まで硬質化させるつもりもなかったんだけどな。

けど、できばえは許容範囲内だ。この〈王貝〉の手甲《てっこう》なら、鉄剣でも切り裂けはしない。今夜は危ないからって逃げ出すわけにはいかない。相応の準備をしておかないと。

……ま、全部終わったら数日は栄養失調でフラフラだろうけどさ。

「うわ。ごっつくなっちゃった……平気？」

一部始終を興味津々で眺めていたラクエルが、ふらついたオレを見て気遣《きづか》わしげな表情を浮かべた。白獅子《しろじし》の背から跳んで、羽毛のように側《そば》に降り、変形した左腕を手に取る。

だから人目の多いとこでは、あんまり露骨に親しげなのは……。

「無理してない？　どこか変じゃない？」矢継ぎ早の詰問。

「〈王貝〉起こすの久々だったから、ちょっと感じ忘れてただけだ。気にすんなよ」

けどあいつは、険しい心配げな色を浮かべたままだ。

「ボクは……その子たちにあんまり頼るのは、ソーヤの身体によくないと思うんだ」

「わかってる。いざって時のために少しずつ慣らし始めてるけど、乱用なんかしない。無理する気はないって」

「約束だよ？　でもわざわざ今日練習することなんて……」

まてまてまて。なにいってんだお前。

「いや、いまがいざって時だろ。夜のバビロンは何が起こるかわかんないし、用心しとかないとな」

「えー。なんで？」

だがラクエルは心底心外という表情で気色《けしき》ばんだ。

「は？」

「今夜はボクが一緒なんだよ？　ソーヤを危ない目になんか遭わせないよ」

安心してよ、といわんばかりにない胸を張り、頼もしげに断言する女神さま。

「なあ。お前いま、オレがここにいる存在意義を容赦なく完全否定しなかったか？」

「……え？　う？」

「…………」

返答に詰まって視線を泳がせるあいつと呆れているオレの間を、しらけたすきま風が吹き抜ける。

「ソ……ソーヤの愛がボクを強くするんだよ！」

どこで覚えたんだ。そんな恥ずかしいアニメみたいなセリフ。

「がう」

脱力の漫才に業《ごう》を煮やしたのか。後ろに立っていたシャカンが、おもむろにぱくっとラクエルの襟《えり》を咥《くわ》えた。そのまま首を振って、ぽーんと上空に放り上げる。

「もうッ。シャカンったら！」中空で器用にとんぼを切ったラクエルが、口を尖《とが》らせながら大獅子の背に降り立つ。

「がう」

主人の癇癪《かんしやく》をスルーしながら、シャカンがオレを促すように一声唸る。相変わらず男の気持ちがわかる、ハードボイルドな大猫だ。オレは頷《うなず》き返《かえ》した。

「サンキュ。そろそろ出発していいのかな」

頃合いを見計らっていたのだろう。ウルエンキを先頭にした有力者の一団が、見送りの挨拶《あいさつ》のために近寄ってきた。ラクエルが礼拝《れいはい》を受けている間に、山刀と布袋を背負って身支度《みじたく》を点検する。

あと一時間ほどで街並みの向こうに日が沈み、古代の深い闇《やみ》が垂れ込める。

けれど今宵《こよい》は、夜明けまでこの大門が閉じられることはない。

バビロンに、長く騒々しい夜が訪れようとしていた。

3

半ば近くまで欠けた月が天高く輝き、北の空にはそびえ立つバベルの塔の威容《いよう》がぼうっと浮かび上がっている。

西日が消えると、空はたちまち蒼《あお》い夜の色に染まり、バビロンはねっとりとした暗闇《くらやみ》に包まれた。

レンガ造りの廃墟《はいきょ》の通りを進むオレたちの周囲には、ウルエンキがつけてくれた随行《ずいこう》の兵士が二十人ばかり、たいまつを手に散らばっている。赤黒い炎が描く一行の影が、レンガの壁にゆらゆらと不気味に揺れる。

すでにあたりには、煤《すす》に似た〈瘴気《ニ》〉が漂い始めている。多数の灯火のおかげで行く手や足下の様子はまだ見て取れるけど、これ以上〈瘴気〉が濃くなったら、それすらおぼつかなくなるかもしれない。

兵士たちは平静を装っているが、落ちつきのない身ごなしに極度の緊張が見て取れる。守護神の護衛についている重責のせいだけじゃない。夜になって凄味《すごみ》をいや増した、バビロンの鬼気に怯《おび》えているのだ。

肌にまとわりつく昼の名残《なごり》の熱気に汗を滲《にじ》ませながら、黙々と足を動かす。アンズー大門を出てかなりの時間が経《た》ち、少々の焦りを抱き始めたころ。ようやく一行は瓦礫《がれき》の散乱する〝大通り〟を外れ、目的地である開けた場所に出た。

「ここがそうなの？」

「うん。着いたぞ。南風市場《ウルマス》だ」

すぐ隣を歩く白獅子《しろじし》を見上げて答える。今日のシャカンは、なめした革と〈天の鉄《アヌバー》〉を組み合わせた獣甲と鞍《くら》を装着し、万一の戦いに備えている。

その背に横座りしたラクエルは、先ほどから退屈げな様子を隠そうとしていない。

南風市場跡には、うら寂しい沈黙が垂れ込めていた。黄色い月光が照らす、小学校の運動場をふたつみっつ繋《つな》げたくらいの広々とした空間には、どんよりと漂う〈瘴気〉と揺れる草むら以外に、動くものの姿はない。閑散たるものだ。

かつて南風市場は、新市街で一番賑わっていた広場だったそうだ。地面には朽ちた商品や土器、屋台や小屋の残骸《ざんがい》が、至る所に散乱している。広場のかなりの面積で草が青く生い茂っているのは、うち捨てられた穀物から芽吹いたものだろうか。

「けっこう歩いたよね。ソーヤとボクが相乗りして、シャカンに走ってもらえばすぐに着いたのに」

「早く着いても意味がないっていってたのはお前じゃないか」

「それはそうだけど。三時間もかかるなんて。お尻痛くなっちゃったよ」

そしてさも当然のように、こっちに向かって両手を差し伸べる。ええいっ。まったく。

「飛べるんだから、自分で降りられるだろ?」

押し殺した声で抗議《こうぎ》しながらも、滑り降りてきたあいつを両手で抱き止める。すげえ軽いのはいいが、西部劇のヒーローがやるようなムーブで、大変気恥ずかしい。

バビロンに戻ったら、兵士がオレの甲斐甲斐《かいがい》しい従者っぷりを面白おかしく噂《うわさ》にしてくれるだろう。

もっともバビロンの闇に怯え、必死で恐怖を押し殺している連中に、いまオレを笑う余裕はない。

彼らは遺跡荒《いせきあ》らしじゃない。肩から揃《そろ》いの黄色い剣帯を吊《つ》った、豪商ウルエンキが抱えている傭兵《ようへい》だ。バビロンの魔物と渡り合い慣れしてはいない。ましてや夜のバビロンに出た経験など皆無だろう。

あの硬くなった様子からすると、いざってときに当てにできそうなのは遺跡荒らし上がりの屈強な隊長とほか数名ぐらいってとこか。

「変なのに出会わずに済んでよかった。ここも大丈夫そうだな」

ざっと目を配ってから、市場の北側に目を向ける。

そこには抜きん出て高い五階建てくらいの建造物が、黒々とたたずんでいた。天文学者が星々の観測と占星術に用いていたという星見の塔だ。

新市街の中心に近くて、それなりに高い建物がある場所。それがラクエルから出された注文だった。

「んで、どうやって〈瘴気〉を追っ払うんだ？」

新市街中に充満している濃霧を消し去るようなもんだ。どう対処するのか想像もつかない。一体どんな魔法を使うつもりなんだ？

「それじゃ始めよっか。ソーヤは、シャカンやお供の人たちと一緒に、あっちの隅で待っててね」

星見の塔からかなり離れた広場の一隅を指し示された。さすがに首を振る。

「バカいうな。何があるかわかんないんだし、こんな場所でお前ひとりにできるわけないだろ。シャカンかオレが側にいないと」

「んふふー。ボクのこと心配なんだ？」

得意げにほくそ笑みながら、流し目でオレをからかうラクエル。

「へ、変ないいかたすんなよ。なにかあったらオレの立場がないだろ。甚《じん》さんだって面目丸つぶれになるし。仕方ないじゃないか」

「ソーヤはつれないよねえ。どうしよっかなあ」

嬉《うれ》しげにもったいぶりながら、ラクエルが思案するポーズを取った。

「――それとも危ないことやるのか？」ふと、かすかな懸念《けねん》が胸をよぎる。

「ううん。ボクは平気だよ。けどソーヤは、側にいると少し気分が悪くなっちゃうかも。それでも一緒にいてくれる？」

「少々なら慣れっこだ。いこう」

隊長にラクエルの指示を伝え、たいまつとランプを借り受けた。

取って返し、ラクエルと連れ立ってレンガを積み上げたどっしりとした塔へと向かう。最後に使われたのは十年も前のはずなのに、外観に目立った損傷はない。焼成レンガを用いて、民家とは比べものにならないほど頑丈に築かれているのは、ある種の公的な建造物だからなのだろう。

「中の階段も無事だといいけどな」

経験上の理解からすると、この手の建築は塔上まで登る階段もレンガで造られているはずだ。けどバビロン崩壊時にはかなりの規模の地震があったという。その際に瓦解《がかい》した建造物をいくつも見ている。内部構造が無事だという保証はない。

「とりあえず見てくるよ」

確認しなければ始まらないと、塔基部の真っ暗なアーチに進もうとしたとき、不意に背中から抱き止められた。

「おい。ふざけてる場合じゃないだろ。早くいかないと——うおッ⁉」

「こっちの方が早いよ。暴れない、暴れない。落としちゃうよ」

ふわりと足が地を離れ、中空に浮いた。そのままぐんぐんと地面が遠ざかる。

「えっ。うわわわッ、怖ッ！　オレはいいから！　降ろして！」

ラクエルが両脇に差し込んだ手でオレを持ち上げ、塔上目指して飛んでいた。

ファンタジーな飛行体験を楽しむ余裕なんかない。耳元で風を切る音が鳴る。暴れるどころか、本能的に足が竦《すく》む。

さして力を入れているとも思えない細い腕が、革の胸甲と武具を着て、諸々《もろもろ》の道具を持ったオレを持ち上げていることへの不安がよぎる。

けど案じるまでもなく、フライトは十秒ほどで終わった。塔上の硬いレンガを踏みしめる感触に、胸をなで下ろす。

「はい、到着。そんなに怖がらなくてもいいのに」

「ちょ、ちょっと驚《おどろ》いただけだ」

「ふうん。その割にはガチガチに硬くなってたけど？」

「……次にやる時は、せめて心の準備させてください。マジで心臓《しんぞう》止まるから」

鋸歯《のこぎりば》状の胸壁に囲まれた星見の塔の頂上は、十平方メートルほどの空間だった。使われていない間に風が運んだ砂が堆積《たいせき》している以外は、下階に続く落とし戸の蓋《ふた》が見えるくらいで、殺風景なもんだ。

「それにしても、よくオレのこと持ち上げられたな」

「〈理《メ》〉で軽くしたに決まってるじゃない。シャカンくらい大きいと、さすがに抱えて飛ぶのは大変だけど」むぅ。なるほど。

凸壁《とつへき》の上、壁が直角に交差する角にふわりと乗ったラクエルの姿は、まるで古い西洋建築の天使像だ。


ふと、その身体を囲む空気がぼんやりと燐光《りんこう》を帯びているのに気づいた。

静かに目蓋を閉じたラクエル。その周囲に生じた光が見る間に明度を増す。特に背後の光がぐんぐんと嵩《かさ》を増し、暗い天に伸びてゆく。

星空を背景に、陽炎《かげろう》のごとくゆらめく膨大《ぼうだい》な山吹色の霊気《オーラ》。

音もなく燃える実体なき炎は、まさに巨大な一対《いっつい》の翼そのものに見えた。

その色合いは、白から橙《だいだい》色、そして緋《ひ》色へと、夕焼けの空のように刻一刻と移り変わっている。

次々と翼からこぼれ落ちる火花のような光の粒が、かすかな夜風に舞いながら散って消えゆく様は、幻想的としかいいようがない。

「それは——」

「これがボクの〝黄昏《たそがれ》の翼〟。見覚えあるでしょ？」

世界の〈理〉の支配者たるネフィルがまとう圧倒的な〈畏《ニ》〉は、意識せずとも常に身近な現実を変化させ続けているのだという。

風の〈理〉を知る神の周囲の大気は吠え、炎の〈理〉を従える神はすべてを焦がす灼《しゃく》熱《ねつ》をまとい、豊穣《ほうじょう》の〈理〉を持つ神の身辺では緑が萌《も》え出《い》ずる。

強大すぎるその畏力は、神々の周囲を包む輝ける霊気として、人の目には映る。

それが〈光輝《メラム》〉。

宗教画なんかに描かれてる後光《ニンバス》に似ているといえば似ている。あるいは同質の霊気なのかもしれない。ただ圧倒的にスケールが違う。千倍か。あるいは万倍か。比べものにならない。

いささか壮大すぎる顕現《けんげん》した神の権能だ。

〈光輝〉の現われかたはそれぞれのネフィルが支配する〈理〉や気性によって違い、まるで署名《サイン》のようにふたつと同じものがないそうだ。

「ちょっと離れててね」

なぜかは知らないが、普段ラクエルはこの〈光輝〉を抑え込んでいる。神秘的な雰囲《ふんい》気《き》はともかく、霊気の輝きはぼんやりと垣間見せることさえしない。

けど今夜は〝ぼんやり〟どころの話じゃなかった。

いまの神々しく輝く姿を目の当たりにしてしまったら、〈国土《キエンギ》〉の人々がラクエルを女神と崇《あが》めるのをもう笑えない。

光と炎のスペクタクルを仰ぎながら、しばし呆《ほう》けたように目を奪《うば》われてしまう。

よく観察すれば、霊気はただ燃えているのではなく、虚空《こくう》に複雑な魔術的紋様を描いてはほどけるのを繰り返している。


「――す、すげえな。それで……どうするんだ？」

「ボクはね。周りから好きなだけ〈畏〉を集められるの。蓄えられた〈畏〉はこうして燃え上がり、ボクの力になる」

「へええ」

「バビロンを漂う〈瘴気《ニ》〉も、〈畏《ニ》〉のひとつの形だから。かき集めてしまえば、一晩くらいはすっきりするはず」

「集めるって……」塔上から広大な廃墟を見渡した。「まさか新市街全域からか？」

「その気になれば、バビロン全体からだって集められるよ。ううん。もっと広い範囲からでもね。――〝黄昏の翼〟は、世界を焼くためにあるんだから」

世界を——焼く？

想像もつかないスケールの話にどう反応すればいいのか戸惑っているうちに、胸壁の角で外側を向いたラクエルが、空気を迎え入れるようにゆったり両手を広げた。

「……じゃあ、始めるよ」

その瞬間、あたりの大気が震え、変質した。

まるで帯電した雲の中にいるような感覚だ。ぴりぴりとした刺激が肌を刺す。

そして大きななにかが動き出した。最初は気づかないほどゆっくりと。やがて徐々に勢いを増して。

風は凪《な》ぎ、塔の周囲は静まりかえっている。なのに圧倒的な力の流れが、ごうごうとラクエルに流れ込んでいるのが、皮膚と第六感で確かに感じられる。

不思議な感覚だ。

月光が翳《かげ》った。ふと見回すと、いつの間にか周囲に濃厚な〈瘴気〉が漂っていた。

「うおおおッ！　すげえ……」

星見の塔の端から外を眺めて、度肝を抜かれた。真っ暗だ。ほとんど地面が見えない。

〈瘴気〉が分厚く垂れ込めて、視界を遮っているんだ。

新市街中から〈瘴気〉が引き寄せられ、それが塔を目とした黒霧の大渦を描いている。

ここは暗黒の銀河の中心。壮大な眺めだ。

塔の頂上に向かって、逆巻く螺旋《らせん》となって吸い上げられている黒々とした雲海は、端からは小丘のように見えていることだろう。

〈瘴気〉はラクエルから六メートルほどで急速に薄れて消えている。大量の〈畏〉が流れ込み、それを底無しに蓄積していることを示すように、〝黄昏の翼〟は刻一刻と輝きと大きさを増している。

一体、どこまで大きくなるんだ。

「世界を焼くって、どういうことだ？」

最前の不穏な言葉が、妙に気にかかっていた。

「こんな風に〈国土〉中から〈畏〉を呼び寄せるって意味か？　そうするとどうなるんだ」

返答をためらうかのように、しばしの沈黙があった。

背を向けたラクエルの表情はうかがえない。なぜか、あの遠くを見るような目をしているのではないかと直感した。

「すべての神秘が去ってしまうんだよ。世界から」

「神秘？　〈理〉みたいな魔法のことか」

「あんっ。もうっ。シリアスな話なのに、ムードないなあ。ソーヤはこういうことには、滅法疎《めっぽううと》いよね」

呆れたといわんばかりの大げさな溜息《ためいき》。振り返ったラクエルは、口をへの字に曲げていたものの特に沈んだ様子はない。

話の腰を折られてご機嫌《きげん》斜めなだけっぽい。なんだかホッとした。

「〈畏〉は〈理〉を操る源になる力だけど、どこにでもあるし、誰にでも宿っているんだよ。それ抜きには、世界はいまの姿のまま留まることができないくらい、普遍的な要素なの」

多分、また超曖昧《あいまい》な顔をしていたと思う。ラクエルは、しょうがないなー、のび太《た》くんは、という風に呆れながらさらに説明を噛み砕いてくれた。

「たとえば太陽がなければ世界は闇に閉ざされる。月がなければ潮は止まり、暦《こよみ》がわからなくなる。水がなければすべてが乾いてしまうよね？」

「あー。つまり〈畏〉も、それと同じくらい大事で欠かせない要素だってのか」

「うん。ネフィルも人も獣も、身の内にある〈畏〉と共存し、生きるために利用してる。うまく物事を達成する方法として、無意識のうちに誰もが〈理〉に則《のっと》っているんだよ」

「へえ」そんな実感、全然ないけどなあ。

「それがある日急になくなってしまったら、どうなると思う？」

「いろいろ不自由になるんじゃないか。想像だけど」

彼女は小さく首を振り、淡々とした声音で途方もないことをいった。

「〈理〉はすべて消え、神秘は失われ、生きるために〈畏〉を必要としていた者たちの多くは、死に絶えてしまう。ネフィルも人も獣も、その定めからは逃れられない。この世界は、決定的に変わってしまうだろうね」

そしてラクエルは大事なことのようにつけ加えた。

「あっ。でもソーヤは大丈夫。〈外の者《バー》〉は〈畏〉にはほとんど依存《いぞん》してないみたいだから。〝黄昏の翼〟の側にいるのに、全然平気そうだもんね」

「なんだそりゃ！　まてまてまて」

思わず額に手を当てて、話を整理しようと試みる。

〈畏〉ってのは、〈国土〉がこの世界であるための根源的な要素。けどラクエルは〝黄昏の翼〟とかいう光で、世界から〈畏〉を焼き払うなんていってる。

すると――

「まさかお前、ボクが世界を滅ぼしますっていってるわけじゃないよな」

「うーん、いろいろ端折《はしょ》ってしまえば、そういうことになるかも？」

「……あー」

「なになに？」

そんなの柄じゃない。けど一応、意を決して聞いてみる。

「世界のために――オレは何をすべきなんだろう」

「ボクと愛しあうこと……かな？」

普段どおりの軽口で返すラクエル。けれどその目は真剣だった。冗談だよと、笑い飛ばして欲しかった。

「お、おい。滅びるって……マジでいってんのか」

「……だから、さ。ボクの居場所なんてどこにもないよね」

「え？」

あの達観した微笑が目前にあった。

「その日が来たら、なにもかも変えてしまうのにね。だからボクは〝黄昏の翼〟。この〈光輝〉が大地を覆《おお》うとき、ひとつの時代が、ネフィルの時代、〈理〉の時代、神秘の時代が終わるんだよ」

その背でまばゆく炎を噴く翼を、改めて見上げた。

会話の間も〈瘴気〉を浄化し続けていたそれは、いまやオレたちの居る塔より巨大に成長し、燦然《さんぜん》と夜空にきらめいている。もう視界に収まらない。おそらくカグシラからでも――いやバビロンのあらゆる場所から遠望できるはずだ。

大げさだ妄想だと一蹴《いっしゅう》したい現代人としての常識と、目前に示されている理解の秤を超えた神秘が、オレの中でせめぎ合っている。

そんなことが——ありえるのか？

神と崇められているとはいえ、たったひとりの力で〈国土〉全体をどうこうできるだって？　いくらなんでも荒唐無稽《こうとうむけい》すぎるだろ！

けど少なくともラクエルは、自分の言葉が真実で、自分にはそれを実現する力があると確信している。

オレのリアルがねじれる感覚。とっさにポケットの中の携帯を握りしめる。けれど硬質の手触りは、いまはどんな安心も与えてはくれなかった。

「未来から来たソーヤには、ちょっと信じられない話なのかな？」

返答に詰まる。図星だからだ。だから擦《かす》れた声で、わかることを聞いた。

「それでお前はいいのかよ」

「仕方ないよ。それが〈運命《ナム》〉なんだから。その役目を果たすのが、この〈光輝〉を持って生まれてきたボクの使命」

「おい冗談だろ⁉　運命って何だよ。バカなこといってんなよ！」

理解できない。そのもどかしさに駆られて、つい語気が荒くなる。その剣幕に、珍しくもちょっとたじろいだラクエルを問い詰める。

「お前がやりたくなきゃ、やらなきゃいいじゃないか！　それとも、そんな滅茶苦茶な真似《まね》がしたいのか⁉」

「べ、別にそんなわけじゃないけど……」

「だったら！」

「〈運命〉は、ソーヤが想像しているのより、もっとずっと確かなものなんだよ。未来は曖昧にしか決まっていないけれども、それでも〈天命の書板〉に刻みつけられ、決して変えられない宿命もある。ソーヤがボクとラブラブになる〈運命〉だってことみたいにね」

な、なんだって……ルールブックにそんなことまで決められちまってるのか⁉

「だからずーっとずーっと一途《いちず》に待ってたのに。全然自覚が足りない。ソーヤはもうちょっとボクに優しくするべきだと思うよ」

あいつは目線を外し、思わぬ非難を受けた者のむすっとした面持ちになった。

「それにね。どうせ世界の〈畏〉は、ずっと減り続けている。ボクらはいつかは、この場所をソーヤたちに明け渡さなきゃいけない。だから一度、きちんと区切りをつけなきゃいけないんだよ」

「オレたちに？」

「ソーヤの故郷には、〈理〉や〈畏〉はないんだよね？」

「あ、ああ。そうだな」

そういうこと……なのだろうか。筋は通るが、ひどく現実感に欠けた話だ。

「あ。それってつまり、生きている者が絶滅するとかいうわけじゃないって意味か？」

「もー。そんなことになったらソーヤはどこから生まれてくるの？　人間は、ネフィルの血を半分しか継いでいないからね。その分、それなりにうまく順応できるはずだよ。動物だってそう。シャカンみたいに強い〈畏〉を持ってる子は消えてゆくしかないだろうけど」

――なるほど。ちょっと飲み込めてきた。

「ネフィルや幻獣や魔霊みたいに〈畏〉から恩恵を受けていればいるほど、それがなくなると危ないって寸法か」

コクリと頷き、ラクエルは記憶を探るように目蓋を閉じた。

「ボクが生まれたとき、世界はいまよりずっと神秘に満ちていた。創造に、破壊に、いまよりはるかに強い〈理〉を紡ぐことができた。けど大きな災いを経て、世界は疲れて〈畏るべき力〉も枯れてしまった」

オレは、中学生のころに見た恐竜についての番組を思い出していた。

大型の恐竜が栄えた太古の白亜紀、地球の環境は現代とは違っていたらしい。空気中の酸素濃度は高く、気候は温暖で、それゆえに恐竜はあれほど大きな体躯《たいく》を持ち、維持できた。仮に巨大恐竜を、オレの生まれた現代に連れて来たらどうなるか。どうも、そのまま生き延びることは難しいようだ。番組ではそう結論していた。

　この説明が丸々正しくはないことを、オレは知っている。〈国土〉に細々と生き残っている地竜は、どっから見ても恐竜の末裔《まつえい》だ。

　けれど大筋においては、そういうことなのだろう。数パーセント酸素の濃度が変化しただけでも、環境はもう恐竜に繁栄を許さない。人々から〝神〟と崇められているネフィルといえど、環境の変化の前には抗《あらが》えないという話なのだ。

　消えゆく神々。種に訪れる黄昏、か。


「ボクたち《ネフィル》は、この世界の最初の支配者じゃなかったし、最後の支配者でもない。ただ、それだけのこと。だから多くのみんなは、新天地《ディルムン》に渡っていった。ボクの役目は最後の後始末ってわけ」

　つまりお前は、ユカタン半島に落ちて地球環境に激変をもたらし、恐竜の時代を終わらせた隕石《いんせき》と同じなのか。

　なんの感情もなく、ただ現象としてひとつの時代に終幕を告げる存在。

「その日ってのは……いつ来るんだ」

「それがボクにもわからないんだよね」

「は？　なんだそりゃ」

意外な返答に、シリアスに聞いてた分ずっこける。

「〈運命〉とかいうから、てっきり予言の期日とかあるのかと思ったぜ」

「そのへんは、割とボクの自由裁量に任されてるんだ。まあ、指針はあるけど」

いいのか、世界滅亡。そんなアバウトで。

「で……どんな感じなんだ」

「うん。まだ当分、いまのままでもいいいんじゃないかな」

つい安堵《あんど》の息が漏《も》れた。

まあよく考えりゃ、これはラクエルと〈国土〉の連中の問題のはずだ。本来オレには関わりがない。うろたえたってしょうがない話なんだよな。

「できれば、そのままずっと保留にしとくってのはどうなんだ。少しずつ〈畏〉が減っていくなら、自然に任せておけばいいじゃないか」

「そうするとソーヤが困るんじゃないかな。未来が変わってしまうかもしれないよ」

無関係じゃなかった。なんてこった。そういう可能性もあるのか。じゃあ簡単に止《や》めろなんて勧めることもできやしない。

「困ったもんだなあ」呟いて天を仰いだ。

いまや〝黄昏の翼〟は、南の方角に屹立《きつりつ》する台形の黒い聖塔〈エバドニグル〉に匹敵するほどのイルミネーションに成長していた。

圧倒される迫力の〈光輝〉が、無数の光の粒子を散らしながら音もなく揺れている。魂《たましい》を奪われそうなほど荘厳な光景だ。

「こんなに綺麗なのに……」

凝《こ》った言葉を知らなくて、月並みな感想しかいえないのがなんだか残念なくらいだ。

「ふーんだ。そんなお世辞《せじ》、いまさら遅いよ。ボクがこんなにソーヤのために気を配ってるのに、叱《しか》るみたいに問い詰めて。普段は冷たいくせに、失礼なお小言だけはいうんだから。勝手だよ」

挑戦的な眼差し。どうやらさっきの追及にカチンと来てたらしい。負けず嫌いめ。

「こんな大事《おおごと》聞かされりゃ、心配のひとつくらいするっての」

慌《あわ》てて早とちりした感はあるけど。

「それに勝手なのはそっちだって同じだろ。よく他人行儀だってプンスカする分際で。大体、好き放題やってるくせに、みんなはお前に遠慮《えんりょ》しまくっててなにもいわないだろ。オレくらい突っ込まなきゃ、誰が止めるんだよ」

だがその反撃を受けたラクエルは、予想外にもきょとんと目を丸くした。

「あ、えと。ん……そ、そう？　ソーヤにそういう自覚があるんなら、ま、ボクも少しはいうこと聞いてあげてもいいけど」

両手を後ろに回し、照れくさそうに視線を逸らして、なんつーか得意げににやつく。

「……は？」

「確かにボクたちは特別な関係なんだし。けどそんな回りくどいいいかたしなくてもいいのに」

「まて。なにいってんだ？」

「相変わらず素直じゃないよね。支配欲？　それとも独占欲かな？」

「はあああ？」

話が全速力で脇道にそれはじめたそのとき、おちゃらけた空気を吹き飛ばす大音声《だいおんじょう》が夜の静寂《しじま》を震わせた。

戦いの開幕を告げるシャカンの獅子吼《ししく》だった。

4

「シャカン⁉」「なんだっ！　シャカンが戦ってるのか！」

頬をひっぱたかれた気分で現実に引き戻された。弾かれたように凸壁《とつへき》に駆け寄り、声のした方角に目を凝《こ》らす。

けどダメだ。新市街中から引き寄せているだけに、〈瘴気《ニ》〉が濃すぎて遠くまでは見通せない。

ただ分厚い煤《すす》の向こうから、威嚇《いかく》するシャカンの咆吼《ほうこう》と兵士たちの悲鳴が伝わってくる。間違いない。非常事態だ。

「変だよ……大分気が立ってる。ちょっと見てくるね」

飛び上がろうとするラクエルの足首を捕らえて、慌《あわ》てて制止する。

「待った！　まだ〈瘴気〉の掃除が終わってないだろ。あとどのくらいかかる？」

「もう大方済んでるから、三十分もかからないけど」

「まずオレが様子見てくる。本気でヤバそうなら大声上げるから、そのときは任せる」

来るな逃げろっていっても、こいつの気性じゃ聞き分けやしないだろうし。万が一にも怪我《けが》させたくないんだが、この状況じゃやむなしだ。

塔に登ると聞いて準備しておいた青銅製のフックとロープをザックから引っ張り出す。遺跡荒《いせきあ》らしなんてやってると、この手の道具の扱いには嫌でも慣れる。凸壁にフックを固定して、大急ぎで滑り降りた。多少手の平を擦《す》りむいたけど無事着地。

背の青銅の山刀を抜き放ちながら、吠え声の方角に向かって、腰丈の穂をかき分けつつ地を蹴《け》る。

ラクエルやスエンのようにはいかないが、オレにもわかる。

あのシャカンが、目前の相手を〝敵〟と見なしてる。それだけ厄介な相手ってことだ。

数が多いのか？　なら急いで加勢してやらないと。

けど厚く〈瘴気〉がたなびく南風市場《ウルマス》の南端でオレを待っていたのは、予測を裏切る光景だった。

シャカンが相対していたのは孤影。

朧《おぼろ》な月光を受けて鈍く光る、見覚えある異形のシルエット。それを認めた瞬間、オレは悲鳴に近い呻《うめ》きを漏《も》らしていた。

「嘘《うそ》だろ！　あんときの蠍《ギルタ》人《ブルル》か⁉」


見忘れるはずがない。

全身を青黒い甲殻《こうかく》で鎧《よろ》った、縮尺の狂った大蠍《おおさそり》。滑らかな外骨格は金属以上の強度とカーボンに似た弾力を兼ね備え、頭上に反り返った尾の先端には、どんな注射器よりも恐ろしげな毒針が禍々《まがまが》しく揺れている。

装甲車輛《そうこうしゃりょう》並みの圧迫感がある不気味な巨軀を前にしては、シャカンでさえ迫力負けして見える。

だがこいつの一番おぞましいパーツは、顔のあるべき場所から生えた〈エバドニグル〉の神官とおぼしい男の上半身だ。その面《おもて》には狂気の笑みが張りついている。

複数の生物を掛け合わせた異形の合成獣《キメラ》。

剃髪《ていはつ》し、全身に入れ墨を施した蠍男は、間違いなくラーシ・イルの調査隊を半壊させ、オレを半殺しにしてくれたあいつだ。

神官の上半身にオレとケニーさんが刻んだ傷跡がまだ生々しい。

どうやったのか深くえぐれていた胸の致命傷には真新しい色艶《いろつや》の肌と肉が盛り上がってるが、周辺の肌は黒く焼けただれたままだ。吹き飛んだ右腕の先には、義手のように埋め込まれた金属の刃《やいば》が光っている。

――っておい、ふざけんな。ありゃ、持ってかれたオレの鉄剣じゃねえか！

「グルオオオォォッ！」

怒りの咆吼を上げながらシャカンが身をよじった。

様子がおかしい。よく見れば、足下には濃い〈瘴気〉が水たまりのようにわだかまっている。そこから何本もの瀝青《アスファルト》でできているような黒い触手が伸びて大獅子に絡みつき、動きを封じていた。

あたりの地面には動かない数人の兵士も転がっている。

この蠍人、やっぱ魔術も扱えるらしい。まずい。ありゃいまにも毒針をシャカンに走らせようって姿勢だ！

「おいッ、蠍野郎！　また会ったな！　こっち向きやがれ！」

ごちゃごちゃ考える暇《ひま》はない。作戦を練るより先に、とっさに駆け出した。注意を引きつけるため、わざと大声を上げつつ間合いに突っ込む。

もっとも、かえってそのほうがよかったのかもしれない。おかげで一度は殺されかけたやつ相手に、恐怖でビビっちまうことなく身体が動いた。

〈精髄《エッセンス》〉を起こしてる余裕はない！　〈森の狩人《ギリム・スア》〉抜きにやれるか？

グウェンさんの指摘を思い出す。やれるはずだ。やるんだ！　集中しろ！

節足をせわしなく波打たせ、やつは新手であるオレに向き直る。そして巨体を裏切る俊敏さで距離を詰め、大バサミを同時に叩きつけてきた。

「〈エバドニグル〉を冒瀆《ぼうとく》する者には死あるのみ」

なにも知らなければ、度肝を抜かれている間に仕留められかねない速度と動きだ。けど一回手痛い目を見せられているオレには、十分に予期できた。

「クッ」

跳ぶ。砕けそうなくらい奥歯を嚙みしめながら。

神経を集中して拍子を計り、大バサミが動く瞬間に、身体を横合いへ投げ出す。

その直後、唸りを上げるハサミがいままでオレが身構えていた空間を押し潰した。

よし！　起《お》こりのタイミングさえわかってれば生身でも外せる！

着地の鈍痛を無視して素早く立ち上がり、右手に蠍人を睨《にら》みながら回り込む。

ヒュッという風切り音。背筋が凍るが、必殺の毒針はこっちの動きよりかなり遅れて地面を穿《うが》った。

よし。あれはそんなに精度の高い武器じゃない。足を止めなきゃ当たりはしない。

「いくしかねえッ！」

ここだ。こないだと同じ。やつはわずかに退いて、攻撃姿勢を立て直そうとする。

本能的な動作に違いない。あのとき嚙みついてみせたってのに。コンビネーションのクセは変わってない。

その隙を見逃さず全力で疾《はし》る！

やつに無防備な背を向け、なりふりかまわずシャカンに向かって。

距離は――五十メートルくらいか！

「〝黒の城壁〟ザリンヌよ。黄泉路《よみじ》を見張る〝霊鎧《れいがい》〟よ。聖堂〈エバドニグル〉を侵さんとする冒瀆者の血で御身《おんみ》の祭壇《さいだん》を洗いましょう。御心の求めしままに……」

「くそおおッ！　怖《こえ》ぇえんだよッ！」

わずかに遅れて追ってきた不気味な詠唱と足音に震えあがる。刺すような殺気を注いでくる相手から目を離すのは、小便ちびりそうなくらい怖い。

けど振り返らない。

首筋の毛がチリチリする感覚に身を竦《すく》めながら、がむしゃらに両足を回転させる。

あと十メートル！

図体で勝るやつの方が断然速い。

節足が刻むリズムがぐんぐんと背に迫ってくる。

息が苦しい。大きくあえぎたい。

あと五メートル！

山刀を握り直す。ここまで来たら、背中から一撃貰《もら》おうがやり遂げるしかねえ！

その思い切りが、ほんの少ししかないリードを守らせた。

「斬れてくれええッ！」

白獅子に駆け寄ると、すれ違いざまに両手で握った山刀を黒々とした触手に叩きつける。

伸びきったゴムに似たものをブツンブツンと切断する手応え。

「これでどうだ！　逃げろ、シャカン！」

叫びながら、予測される大バサミの一撃を避《よ》けるために、地に身を投げ出して転がる。

けどそれは無用の心配だった。

間髪《かんはつ》容れず、オレの隣で耳をつんざく咆吼が轟《とどろ》いた。

「グオオォォ――――――ツッ！」

あらゆる生物を居竦ませずにはおかない、百獣の王の殺意みなぎる怒気。

そう。シャカンは激怒していた。

小山のような筋肉が身震いすると、残っていた触手が音を立ててちぎれ飛んだ。

怒気の塊《かたまり》が、砲弾のごとき勢いで地を蹴って跳ぶ。オレの背後に迫っていた蠍人に向かって頭から躍りかかったのだ。

「ギッ、グギャッ、ギャアアアァ！」

肉と肉、骨と骨がぶつかりあう凄《すさ》まじい激突音。

骨がベキベキとへし折れ、嚙み砕かれる凄絶《せいぜつ》な音と、生きながらにして餌食《えじき》にならんとしている獲物の絶望的な悲鳴が上がった。

手負いの獣の凶暴な本能に駆り立てられながらも、シャカンは正確に蠍人の弱点……むき出しの人間部分を狙っていた。

その牙は剃髪した男の右肩にぞぶりと食い込み、前足は柔らかい胸や脇腹の肉をかきむしり、残酷な爪痕《つめあと》を残している。サバンナのライオンが、自分より大柄な獲物を地面に引きずり倒そうと抱きつく姿勢そのままだ。

貧弱な人間の上半身は、シャカンの獰猛《どうもう》な力の前に為すすべがない。なんとかしようと大バサミを振り回しているが、内懐《うちぶところ》すぎてうまくいっていない。

た。

「すげえ……」

オレたちと戦ったときには一度も使わなかった魔術を用いて、やつはシャカンを封じた。

直接渡り合うのは避けたい強敵ってことだ。

単身オレが分《ぶ》の悪い勝負をやるよりも、シャカンを自由にする方が好手になるはず。

その読みは当たった。

一方的な猛攻だ。しかしそのままシャカンがねじ伏せて決着かと思われたとき、頭上で鋭い風切音が鳴った。

刹那、シャカンが身を翻して飛《と》び退《すさ》る。苛立たしげに唸りながら、嚙み切った右腕をぽとりと地面に落とした。

オレの鉄剣は、実にスプラッターな方法で取り戻された。

けどもう使い物になんねえだろうなあ、あれ……。

「そうか。あの毒針が邪魔なんだな」

確かにあんな物騒なの振り回されてちゃ、おちおちトドメを刺してもいられない。

上半身を血みどろにした魔人は、逃げるように大獅子から距離を取った。一週間前には不死身に思えたあの怪物が、初めて尻込みし、苦痛に悶《もだ》えている！

おかげで十秒どころじゃない猶予《ゆうよ》ができた。

ゆっくりと息を吐き、自分の内側を探る。背骨の下のほうにかすかに感じる熱塊に意識で触れて、小声で呟く。

「〈巨　獣《ウマム・ディイリグ》〉」

刺激を受けて、重々しい〈精髄〉がオレの中で身じろぎした。

異物を受け入れて乱れる意識に眉をひそめる。ぴりぴりとしたかゆみが肉に走り、全身の肌に黒い紋様が浮く。ただし、うっすらとだ。

――よし。練習の甲斐《かい》があったな。やってみるもんだ。

〈巨獣〉は、古代の恐竜やこの時代の地竜のような大型獣の〈精髄〉だ。筋肉と腱《けん》、骨格を補強して、意識のリミッターを外してくれる。オレでも、マッチョに負けないお手軽スーパーマンってわけ。

けど代償は重い。感覚が極端に鈍くなるんだ。痛覚、触覚あたりの体性感覚が。喩《たと》えるなら麻酔にかかったようなもんで、身体を動かす加減がわからなくなる。ひどいときには歩くだけでふらつく。そんな状態じゃあ、怪力もなんの意味も持たない。

それでも、これは使いこなせれば生き抜く助けになる〈相《アスペクト》〉だ。

〈巨獣〉を上手く半覚醒《はんかくせい》させられれば、感覚喪失をほどほどに留めておけるかもしれない。そう考えて実戦レベルの動きができるよう、少しずつ慣らしてきた。

気だるい痺《しび》れがじわりと四肢を走る。けど合格点だ。うまく半覚醒の状態にコントロールできた。これなら反応速度が鈍るほどじゃない。

「いよっし。オレがなんとかするから、それまでやつを忙しくさせといてくれ」

「カルルルル……」

シャカンが相棒なら勝ち目だってあるはずだ。

さっと蠍人《く》の左に回り込み、挟み撃ちの形を作った。

意図を汲んでくれたのか、シャカンは巧みに間合いを保ちながら、フェイントを交えつつ飛びかかる機を窺《うかが》っている。

うまい。痛手を負わされた蠍人の注意はあっちに釘《くぎ》づけだ。

こっちが狙われてるときには、十メートル離れててもやつの殺気が届いていた。ついさっきまで背中にブッ刺さり、オレの尻の穴をすぼませていたあの感覚だ。

けどそれはいま、跡形もなく消え失せている。拍子抜けするほど圧力を感じない。

変だ。いくらシャカンが強敵で、オレが取るに足らない相手に見えていようが、あまりに無警戒《むけいかい》すぎないか。

違和感の正体に思いをめぐらせたとき、閃《ひらめ》きが走った。

そうか。こいつは本当の意味で殺し合いの場数が少ないのか。

直感だ。確証はない。けどなぜだか間違いないように思えた。

装甲車じみた甲殻、岩をも砕く大バサミ、そして巨象でも瞬殺しそうな毒針。

恵まれた武器で、相対する獲物を仕留めてきたのだろう。けどそれはいわば狩りだ。

戦いの経験じゃない。

だからいざ互角の強敵と相対すると、そっちに完全に意識を奪《うば》われてしまう。ポーズや引っかけじゃない。本当にオレに気を配る余裕がないんだ。

違和感は最初からあった。あいつの攻めは素直すぎた。正気じゃないとはいえ、あまりにも本能任せだ。〈理《メ》〉を使う知恵は働くってのに。

さりとて手負いの獣の凶暴さがあるわけでもない。生命を脅《おびや》かす敵を前にして、殺気剝きだしに猛《たけ》り狂《くる》っているシャカンと、怯《ひる》みを隠せない蠍人。見比べれば歴然だ。

ちぐはぐなんだ、こいつは。大蠍の本能と人間の知恵が嚙み合ってない。

殺戮《さつりく》機械にも等しいあの身体を使いこなされていたら、もっと手に負えない怪物になっていたはずだ。


――なんだ。結局、本当にオレと似たものどうしだってオチか。

そう理解したとき、一気に平静を取り戻した自分を自覚した。

理解不能の存在が推し量れる生身の敵になると、恐怖はすうっと薄れた。

視界が急に広くなった気がする。

遠くで鳴っている虫の声、シャカンの唸り、廃材の陰で身を寄せ合っている怯えた兵士たちの気配、かすかな風にそよぐ草の葉擦《はず》れまでが聞こえる。

これならいける。

大胆に動く心の準備ができていた。

「さあて、だるまさんが……」

丈の高い草の中に背を屈め、足音を殺してジリジリと忍び寄る。

案の定、まるで気づいてない。

「ころんだッ！」

気合いとともに草むらから飛び出し、無防備すぎる背後から大蠍の尾を両腕に抱え込んだ。危険なようだが、蠍の毒針は自分の尾を刺せるほど器用じゃない。灯台もと暗しってやつだ。

もちろん蠍人は煩《わずら》わしげに下半身を振り、オレを振り払おうとする。あまりにサイズが違いすぎて、遊園地の絶叫アトラクションばりにブンブン翻弄《ほんろう》される。おまけにこいつの尾には、突き刺した大人を軽々と投げ飛ばすだけのパワーがある。

「どわわわわッ！」

けどそう簡単に離すかっての！　何のための〈巨獣〉だと思ってる。こっちも必死に怪力を振り絞り、尾をなんとかねじ伏せようと暴れまくる。

むろん体格差はバカバカしいほどだ。やつがオレに対処するのは実際にはたやすい。いまは、思わぬ奇襲《きしゅう》にやつが度を失っているに過ぎない。

それでも構わなかった。

こっちには頼もしい相棒がいるからな！

凄まじい獅子吼《しく》で夜気を震撼《しんかん》させ、シャカンがふたたび猛然と躍りかかった。今度は大バサミで迎え撃った蠍人だが、もうオレをどうにかする余裕なんてない。

「いいぞ、シャカン！」

左手で毒針に近い尾の先端部分を掴み、怪力で強引に引きずり下ろした。足で踏みつけ地面に固定すると、両手で握った山刀を節目に振り下ろす！

「こないだの礼だ！」

ブツッ！　半透明の乳白色をした体液が飛び散り、大蠍の尾は解放された。オレの足の下に三分の一と巨大な毒針を残して。

目覚ましい切れ味だ。グリムキン！　あんたはファッキンクソ野郎だが、腕前の方はファッキン最高だ！

「ヒュイイイイッッ！」

鋭い爪で禿頭《とくとう》を深々と引き裂かれた蠍人が、甲高《かんだか》い絶叫を上げた。大バサミと節足を振り回しながらめったやたらに暴れる。蟲《むし》が断末魔に見せる死のダンスだ。

こうなったら危ない橋を渡るまでもない。間合いを取って、冷静に相手の衰弱を待つオレとシャカン。

どうやら調査隊の連中の仇《かたき》を討つことになったな。後でケニーさんには嫌味いわれるかもしれないけど……。そんな思いがふと頭をよぎった。

けど勝ち誇るにはまだ早かったんだ。

「……き城壁……御身の……守り、命授け……え」

疲弊《ひへい》し、もはや力なく痙攣《けいれん》するばかりとなった蠍人が、うわごとを呟いている。

いや——この妙な抑揚《よくよう》は、なにかの呪文か？

するとその呟きに応えるかのように、周辺に漂う〈瘴気〉がぞわりとうねった。星見の塔へ向かう流れを外れ、幾条もの黒い筋になって蠍人に巻きついてゆく。

やつの足下の土からも、液状の〈瘴気〉が浸み出し、黒い水たまりとなって広がっている。

「ちょっときな臭い。もう止《とど》めを入れる！」

前傾姿勢でダッシュをかけ、五歩で蠍人の眼前に飛び込んだ。

右手に握った山刀を、左脇からバックハンドで斬り上げる。

狙いは首だ。防ごうにも、やつにはもう右腕がない。〈巨獣〉の強力で振り抜かれた斬撃《ざんげき》は、不自由な角度ながらもやつの首を薙《な》ぐ――はずだった。

グワン！　止めの一閃は、さながら鉄塊に打ち込んだ手応えとともに弾き返された。

予期しない腕の痺《しび》れに、思わず山刀を取り落とす。

蠍人の喉《のど》は――いや全身は、わずかな間に漆黒の膜で覆《おお》われていた。ヘドロを思わせる悪臭が鼻を刺す。油膜か布のように柔軟に波打っているが、硬度はいま身をもって知ったとおりだ。

「御心に従い……知らしめるべし……聖域を侵せし者どもに復讐《ふくしゅう》を……」

こいつはヤバイ！　山刀を拾う猶予なんてなかった。嫌な直感にうながされるまま、とっさに飛び退こうとするオレ。

「なに――ぐッ！」

だが間に合わなかった。体表面や足下の瘴気だまりから突き出た鋭い黒槍が、四、五本もオレの手足を貫く。

灼熱の痛みに呻きを漏らしながら、地面を無様に転がって距離を空ける。

危機一髪だ。〈王貝《ムルグバ・サグ》〉の盾で頭と胴だけでも庇《かば》わなかったら、いまごろ剣山に叩きつけられたゴキブリみたいになってたはずだ。

「グオオオッッ！」

「やめろッ！　シャカン！　噛むとやられるぞ！」

四肢の疼痛《とうつう》を堪《こら》えて無理矢理に跳ね起きる。急所には入ってない。いくらなんでも二度も同じヘマをしてたまるか！

くそッ。とはいうものの、どうする？


「ザリンヌの使徒よ。お前はまたソーヤを傷つけたんだね」

不意に頭上から、氷のような声が降ってきた。

同時にあたりは夕暮れの茜色に照らされている。

薄暗く霞《かすみ》をかけていた〈瘴気〉が瞬間的に蒸発し、視界が一気にクリアになった。

「ボクはすごくわがままだから、いまはとっても残酷な気分だよ」

ラクエルだ。燦然《さんぜん》ときらめく〝黄昏《たそがれ》の翼〟を静かにはためかせながら、上空に浮かんでいる。

天女や天使もかくやという、優雅なポーズだ。

けど蠍人を睥睨《へいげい》する眼差しは、見覚えがないほど冷酷で、硬かった。

「〈エバドニグル〉を冒瀆せし〝黄昏の翼〟。御身の僭越《せんえつ》を〝黒の城壁〟は許さず」

〈瘴気〉の幕を通して蠍人が呟く、ゴボゴボとくぐもった言葉が聞こえた。

「気をつけろ、ラクエル！」

オレの警告と同時に、蠍人の周囲にわだかまる瘴気だまりから、数え切れない闇色《やみ》の触手がラクエル目がけて跳ねた。

だが先を争って伸びた瘴気の穂先は、神々しいカグシラの女主人《エレシュ》に近づくことさえ許されなかった。はるか手前の空間で、微細な光の粒子に分解され、蒸発して消える。

ラクエルは眉ひとつ動かしてはいない。ただ、たたずんでいただけだ。

「まさかそんな雑な〈理〉で……ボクをどうにかするつもりだったのかな？」

一片の温かみもない憫笑《びんしょう》が、頬に浮かんでいた。

『どんなネフィルも、あえてカグシラの女主人に挑もうとはしない』

魔女エブラシェの言葉に秘められた意味を、オレはようやく理解した。

〈畏《ニ》〉を奪い去る〝黄昏の翼〟。その前では、あらゆる〈理〉が雲散霧消する。

神秘なき世界で、ただひとり神秘をほしいままにする。

それはあまりにも絶対的な〈光輝《メラム》〉なんじゃないか。

「キミの〈運命〉は定まった」

ラクエルが右手の人差し指を持ち上げ、ついと振り下ろした。

「潰せ、〈嘆きの碑《いしぶみ》〉」

蠍人の直上に、虚空から巨石の楔《くさび》が出現した。落下の衝撃《しょうげき》で大地が震える。十数トンにも及ぼうかという青みがかった岩塊の先端は、大蠍の胴を容赦なくその場に押し潰していた。

「グエ――――ッ！」

のたうち悲鳴を上げる蠍人に、ラクエルは無情に、頑《かたく》なにいい放つ。

「きっとソーヤはもっと痛かったよ」

そしてふたたび罰の宣告。

「穿《うが》て、〈ウトゥの瞬《また》き〉」

人差し指から閃光が弾けた。針に似た細い光条のシャワーが降り注ぎ、滅茶苦茶に蠍人を撃ち抜く。〈瘴気〉の鎧は光が当たると無力に溶け落ち、なんの役にも立っていない。やつの周囲の地面が指大の穴ぼこで埋め尽くされ、通り雨が叩いたときにそっくりの土埃《つちぼこり》が湧き立った。

肉の焦げる異臭とさらなる悲鳴。もうやつは抵抗できる状態じゃない。虫の息だ。

「きっとソーヤはもっと痛かったよ」

だが。一切容赦しないといわんばかりの無慈悲な声音に、思いがけない感情がこみ上げてきた。

　恐れだ。

　蠍人の苦悶《くもん》を見ても、ラクエルは氷のように冷淡な表情を動かさない。オレのために怒っている。それはわかってる。

　けれど頭をよぎってしまった。

　あいつは世界を終わらせるというそのときが来たら、あんな風に圧倒的な力を振るい、事務的に、徹底的にやって、なんの感慨《かんがい》も抱かないのだろうか。

　それが必要であるからという理由で十分なんだろうか。

　女神と敬われ、不思議な力を持っていることを知っても、オレはどこかであいつを、少し変わっているけど、普通に当たり前の感情を備えたやつだと思い込んでいた。

　人間じゃなくてネフィル？　なにが違うんだ？　あいつはあいつじゃないか。

　――けどその気持ちに、いまは確信が持てない。

　あんな話を聞いちまったからだ。

　荒れてて嫌われているが根は悪くないと信じてた悪友が、傷害事件を起こしたと聞いたときのような困惑。

　オレの思い違い、ということはありえるんだろうか……。

あそこにいるラクエルが、いまはじめて、ひどく遠い存在に思えていた。

「……お慈悲を……」

かすかな哀願が耳に届いた。とっさに踏み出していた。

「待ってくれ、ラクエル。もういい」

「えっ？」思わぬ制止だったのか、驚《おど》きの声が上がった。

一応は警戒しながら蠍人に歩み寄る。

杞憂《きゆう》だった。閃光が甲殻に穿った無数の穴からは白煙が上がり、上半身は連戦の傷跡からのとめどない出血で朱に染まっている。息があるのが不思議なほどの満身創痍《まんしんそうい》だ。

なかなか死ねないタフさってのも善し悪しだよな——なあ、おい。

閃光のシャワーの中でも奇跡的に無傷だった山刀を拾い上げる。

「お前がそれ以上、手を下す必要はないんだ。オレがやるよ」

怪訝《けげん》そうなラクエルを見上げて、安心させるように告げた。そして力なくうなだれている蠍人に向かい、山刀を振りかぶる。

ラーシ・イルの隊《イルダム》を殺戮し、何度もオレに死の恐怖を味わわせてくれた怪物。

正気ではない。どんな風に生き、どんな思いを抱き、なぜそのような姿になったのか。

オレはなにも知らない。

それでも、言葉が口を突いて出た。

「お前の主は、お前のことを誇りに思うだろうさ」

主が死んだ後も、聖域〈エバドニグル〉を守護しようとしたのだろうか。はっきりとした目的は定かじゃないが、口ぶりからして、自分のためにオレたちを襲ったわけじゃないだろう。

そしてこいつが単身よく戦った。それだけは、揺るがない事実だった。

無論、返事などあるはずもない。

ただぐらりとやつの身体が揺れ、打ち落としやすい位置に首がさらけ出された。

〈巨獣〉の力を込めて振り下ろす。山刀に頸骨《けいこつ》を断つ確かな手応えがあった。血しぶきが舞う。

禿頭が草の中に落ち、薄ら寒い、鈍い音を立てた。

達成感よりも、ただ心ある者を殺《あや》めたときの、いつもの嫌な感触が手に残った。

オレのため。それが理由ならば、こんな気分はオレが背負うべきだ。

けどあいつに、命を絶つ不快さに身震いする感覚が――あるんだろうか。

見上げると、ラクエルと視線が合った。〝黄昏の翼〟を背負い、羽衣《はごろも》のように輝きをまとうその姿は、あまりにも超然として、あまりにも眩しすぎる。

「ソーヤ、怪我は大丈夫？」

やや硬い表情で問いかけてきた。

「ああ。なんとか急所は外れた。お前はゴツイとかいってたけど、役に立っただろ」

努めて平静を装い、左腕の〈王貝〉の手甲を掲げた。鱗状《うろこじょう》の表面が砕けているのは、〈瘴気〉の槍に貫かれた跡だ。

「見た目は派手にやられたけどさ。〈七頭大蛇《ムシュマフ》〉でなんとかなる」

いまは心中に生じた距離感を、知られたくなかった。

ラクエルの飄然《ひょうぜん》とした孤高のワケを知りたいと思っていた。なのにそれを知って、オレにはかえってあいつがわからなくなってしまった。

けどあんな話を聞いて急に態度を変えるのは、なんだか裏切りのようなやましさがある。

気持ちを整理する時間が欲しかった。

だけど、うまくいかないもんだ。

あいつの薄緑色の瞳にも、戸惑いの翳《かげ》りが揺れていた。こういう変化ってのは、割とあっさり悟られてしまうんだってことを、オレは思い知った。

『お前とぼけるの、ホントに下手な』ケニーさんのからかいが耳に甦《よみがえ》る。

……ポーカーフェイスの練習でも、しておけばよかったのかな。

LUGAL GIGAM

The Heroic Legend of Lugal

第四章……〈王《ルガル》〉……

「仕留めたのはお前だ、アマギ。皆に見せてやれ。お前の勝利を」

1

夜の新市街は、普段とはまるで違う顔をしていた。

砂塵《さじん》に霞《かす》む半月のぼんやりとした月光が、廃墟《はいきょ》の街路まで直《じか》に届いている。いつもは厚く垂れ込めて、廃屋の間をゆったりと流れている〈瘴気《ニ》〉が、今夜に限ってはほとんど認められない。


カグシラに戻るラクエル一行と南風《ウルマス》市場で別れ、オレはひとりで新市街の西側へと向かっている。同行する代わりにと、あらかじめ話をつけていたとおりの行動だ。

それにラクエルの帰路に危険はない。万一があったとしても、シャカンがいれば安心だ。兵士たちはかわいそうなほど震え上がってたから、カカシの役にしか立たないだろうけど。ま、それでも別にかまいやしない。

どうせ護衛なんていてもいなくても同じ。賑《にぎ》やかしのお飾りみたいなものだ。

カグシラの女主人《エレシュ》は、強く、偉大な女神。そんな話を何度も聞かされた。

けどあれほどスケールの違う力とは思ってもみなかった。

あの〝黄昏《たそがれ》の翼〟を見てしまえば、その気になったあいつを傷つけられる相手なんて、想像がつかない。もし——仮にそんなやつがいたとしたら、オレどころかシャカンだって、何の助けにもならないだろう。予想じゃない。これは確信だ。

『別にオレがいなくても大丈夫だろ』

『そうでもないんだけどなあ。ボクはソーヤを頼りにしちゃいけないのかな？』

別れ際のさりげない問いかけ。オレは言葉に詰まってしまった。いつものように冗談めかした軽口で返せない。

少しは生きる知恵をつけて、自分の身くらいは守れるようになったけどさ。

オレは自分の故郷に帰りたいだけの、ただの高校生なんだよ。生きてる世界が違う。頼りにされても、お前の役になんか立つわけないじゃないか。


そんな煮え切らない言い訳をもてあそびながら、黙々と暗い廃墟をゆく。

自信満々だっただけあって、ラクエルは本当に新市街から〈瘴気〉を一掃していた。最悪夜明けを待ってからみんなとの合流に向かうつもりだったんだけど、これなら用心すれば先を急げる。軽く刷毛《はけ》で撫《な》でたようにかすかな黒い霞が漂ってはいるものの、人体に影響があるほどじゃない。

掲げたたいまつの灯に浮かび上がるレンガ造りの街並みは、夜のカグシラとあまり変わらない印象だ。

もちろんそれは夜目と炎が見せる錯覚《さっかく》にすぎない。足を止めて観察すれば、崩落した家屋や砂塵が堆積《たいせき》した街路など、十年も住民がいない古代都市の風化と荒廃は著《いちじる》しい。けど〈瘴気〉が充満し、どこから危険が襲《おそ》ってくるかわからない本来のバビロンの夜を知っていれば、オレがそんな平和な印象を抱いてしまうのも、まあ無理ならんと納得してもらえるだろう。

なにしろ今夜の新市街には、人通りまであるんだ。

西に向かって、比較的に安全な〝大通り〟を急いでいると、何度か同じようにともしびを掲げ、夜の廃墟で行動している集団と行き違った。新市街の掃討《そうとう》に参加している評議会の傭兵《ようへい》や遺跡荒《いせきあ》らしの隊《イルダム》だ。

数個のかがり火が明々《あかあか》と燃やされ、窓から光が漏《も》れている家屋さえあった。入り口では、槍を持った数名の兵士がたむろしている。

あれが評議会が区画ごとに整備した避難所だな。

「そこを行くのは何者だ！」

オレのたいまつの灯を認めた兵士が、誰何《すいか》をかけてきた。

「怪しい者じゃない。頭目《ヌバンダ》ムラカミの隊の一員で、アマギ・ソーヤっていいます。そっちの名前は？　近づいてもいいか？」

詰め所の責任者らしき、たくましい初老の戦士が前に出て、闇《やみ》を見透かすように目をを細めた。

赤銅色《しやくどう》の肌をして、青銅の小札で覆《おお》われた胴鎧《どうよろい》をまとっている。顎《あご》全体を覆う長い髭《ひげ》と髪《かみ》はかなり白くなっているが、まだまだ現役の古強者《ふるつわもの》という風格だ。

「こちらはバルナムメテナさまの家人だ。ジムビルの出で、名をハシュルク」

ちなみにお互いに名乗るのは、魔物除けの風習だ。

バビロンをうろつく悪霊には、殺した相手の皮を被り、姿と声を盗み取るやつがいる。ただ、カワハギと呼ばれるこの正体不明の妖物は、なぜか名乗ることができない。だから確認のため、バビロンでよく知らない相手に出会ったら、お互いに最初に名を訊《たず》ねるのが慣わしになっている。名乗れるやつは、一応人間だろうってことだ。

「ほほう？　小僧ひとりか。夜のバビロンを単身うろつくとは。子供みたいな顔をしておるくせにいい度胸だ。しかし少々やんちゃがすぎるのではないか」

「〝大通り〟しか使ってませんから」

大通りといっても、言葉どおりのメイン・ストリートって意味じゃない。

崩壊の際の地震や建物の倒壊、いまも続く奇怪な現象のせいで、かつて何本も新市街を走っていた本物の大通りは寸断されてしまっている。

だからいまオレたちが〝大通り〟と呼んでいるのは、遺跡荒らしなら誰でも知ってる、旧大通りを利用しつつ難所は迂回《うかい》できる、時間の浪費が少ないルートのことだ。

迷宮のようなバビロンを移動するのに、こうした道順を辿《たど》るのと辿らないのでは、安全面でも速度の面でも大きな差ができる。ここのような詰め所も、基本的にはこの〝大通り〟に沿って設営されているはずだ。

「いまなら妖物の類《たぐい》は出ないでしょうし、この辺は昼のうちに掃討が済んだって聞いたんで。それとも、まだ危ないんですか？」

「女神さまのご加護で〈瘴気〉が晴れてからは、静かなものよ。それで、こんな夜更《よふ》けになにを急いでいるのだ」

「仲間に合流するつもりです。とりあえず野狐街《カーア》の詰め所まで出たいんですけど、どういう状況かわかりますか？」

そこまで出れば、甚《じん》さんからの伝言が残されてるって手はずだ。無理を押して行かなくても、あの人たちなら多分問題ない。そうは思うが、今夜は普段と状況が違う。食屍鬼《グール》の大群を相手にでもするなら、人手が多いに越したことはない。それに最近なかった稼ぎのチャンスでもある。できればおこぼれに与《あずか》りたいという皮算用もあった。

それに……エブラシェはああいったけど、〈星門《カムル》〉に行き当たる可能性だってゼロじゃない。野狐街より奥は、新市街でもそう簡単には踏み込めない地区だ。

「ほっ。ガキに見えても報償目当ての腕自慢というわけか。その腕の盾もなかなか面白い。なにか術でも使うようだな」

「……まあ、そんなとこっす」

　老戦士は顎鬚をなでて豪快に笑った。気さくな人柄みたいだ。

「だが野狐街はまだ物騒極まりないぞ。どうやら土の下に食屍鬼どものトンネルが張り巡らされておって、地区全体が立体の迷路になっておるそうだ。おかげで討伐《とうばつ》にかなり手を焼かされておる」

「食屍鬼の根城ができたって噂《うわさ》は聞いてましたけど……」

「おうよ。一番厄介な巣窟《そうくつ》になってるのが、どうやらあの一帯らしい。手が足りないようで、夕方ごろずいぶん増援が向かったぞ。なにしろ日が出てる間だけで十人ばかりもやられたそうだ」

「十人⁉」今日動いてるのは素人《しろうと》じゃないんだぞ。

「野狐街の詰め所まで行けば稼ぎのチャンスであろうが、ひとりで向かうのは感心せんな。たとえ小僧がどこぞの妖術師の弟子でもな。少々〈理《メ》〉を扱えようが、食屍王に出くわしたくはあるまい？」

「食屍王が野狐街に？」

「どうやらな。詰め所がひとつ丸々やられた。ウルエンキの傭兵が十人ほど警備《けいび》していたが、やつめ、あっけなく全員を捻《ひね》り殺《ころ》して、悠々と巣穴に姿を眩《くら》ませた。どの死体も心臓《しんぞう》がえぐり取られておったというから、グラーの仕業に間違いあるまい」

のだそうだ」

「初耳か。やつめの好物なのか、死体を持ち帰らぬときも心臓だけはえぐり出してゆく

「心臓って……」

その話を聞いて、記憶の奥底から浮かび上がった光景があった。

骸骨《がいこつ》のごとく痩《や》せさらばえた男が、脂《あぶら》ぎったざんばら髪を振り乱しながら、温かい死体にナイフを突き立てた。

肉が裂かれる湿った音。赤黒い心臓がえぐり出される。まだ脈打ち、湯気を上げているそれを握りながら、男は引きつった不気味な哄笑《こうしょう》を上げる……。

怖気《おぞけ》が走った。顔見知りがおかしくなっていくのを見届けるのはトラウマになる。けどネルトルナルトクはもう死んでる。それは確かなことだ。

心臓って臓器には、人喰いの化け物にとって特別の意味でもあるんだろうか。

ともかく、十人をあっさり血祭りってのがマジなら、あの蠍《ギルタブルル》人クラスの怪物って見るべきだろう。評議会が銀を奮発するわけだ。

「悪いことはいわん。せめて誰か道連れが来るまで、ここで休んでゆけ。なんなら日の

出まででも構わんぞ。明日になれば、わしらは殿と合流し食屍王を討伐する。それが済むまでは、用心に越したことはない」

まだグラーが野放しってことは、うちのみんなはまだ探してるか、詰め所に戻って休《きゅう》憩《けい》してるかのどっちかだな。甚さんとグウェンさんが不覚を取るとは思えないけど、十人丸かじりの化け物が相手となるとちょっと心配だ。

それに明朝、バルナムメテナの部隊が動くなら時間の猶《ゆう》予《よ》はあまりない。

「ありがとうございます、ハシュルク隊長。けど仲間に伝えねばならない話がありますので、先を急ぎます」

両手を胸の前で組み、親切な老戦士に感謝の気持ちを示してから夜道へと戻った。すると背後で兵士が、オレの素性をハシュルクに耳打ちしたらしい。

「ほっほう！　女神のお気に入りってのはあの小僧のことか。こりゃたまげたわ！」

無遠慮《ぶえんりょ》な大声に続いて呵々大笑《かかたいしょう》が背を叩き、オレは逃げるように歩みを早めた。

くっそー！　ラクエルのやつ！

お前がニコニコしながら乗せた十字架重すぎんだよ！

野狐街の詰め所までは、徒歩でまだ一時間ほどかかる。

早く辿り着こうと急ぐつもりが、また十分ほどで足を止めることになった。

〝大通り〟から少し脇道に入った所に集まっている、武装した一団を見かけたからだ。ものものしい空気に無視もできず、覗《のぞ》いてみる。

するとと先方もオレの姿を認め、大きな鎚《つち》を担いで迫ってきた。

「待った！　人間！　オレは人間！　頭目ムラカミんとこのアマギといいます！」

「ああん？　なんだガキか。いまうろついてると、食屍鬼と間違えてブチ殺しちまうぞ。しばらくそのへんで大人しくしてろ！」

皮の外套《がいとう》を羽織《はお》った柄の悪い頭目は、エギルと名乗った。こういう山賊まがいの遺跡荒らしもカグシラには多い。

聞けば、巣穴に逃げ込んだ食屍鬼を燻《いぶ》し出《だ》しているところだという。

頭目の背後には廃屋の戸口がある。内部には、土間にあぐらをかいた呪術師と、その前に口を開けている黒い穴が見えた。穴は人間が潜り込めるぐらいの大きさで、地の底に向かって伸びている様子だ。

「真に偉大なる神エンリル。大気の主よ。遥《はる》かなる高みより、古《いにしえ》の風を我が味方として戻したまえ……」

剃髪《ていはつ》した呪術師は、遠い昔に〈国土《キエンギ》〉を去ったという古い神への祈りを小さく呟き、〈理〉を紡いでいる。

彼の目前にある大穴の縁には、緑の草が載せられた焚《た》き火《び》がパチパチと音を立てている。立ち上る濃い白煙には、甘さと辛さが混ざり合う独特の強い香りがあった。

魔女エブラシェも使ってた、葬送や霊を慰《なぐさ》める儀式に使う香草だ。確か。〈理〉の働きだろう。屋内には衣服がはためくほどの気流が巻いている。魔術の風によって、白煙は吹き散らされないまま、白蛇のようにうねって暗い穴の中に送り込まれ続けている。

「この草の煙は食屍鬼の大の苦手だ。やつらは〈冥府《クルヌギ》〉に行くのを拒んで身体《からだ》にしがみついてる死霊だからな。こうして巣穴を清めの煙で満たしてやれば、苦しまぎれにどこかの出口から飛び出てくるって算段よ」

なんだか猟で使うような手だな。けどなるほど、こりゃいい。

巣穴の中は食屍鬼どものフィールドだ。踏み込めば、ロクに身動きできない狭苦しい場所で、やつらの爪や牙と渡り合わなきゃいけない。青白く痩せ細った姿をしているけど、餓《う》えた食屍鬼は二人力、三人力の怪力で襲ってくる。

こっちの土俵に上げられるなら、そのほうがいいに決まってる。

「あたりの出口は全部固めたはずだが、トンネルが遠くまで通じてると厄介……」

「出た――――！」

会話の途中で、五十メートルほど離れた路地から大声が上がった。切迫した掛け声と争いの騒音、そして悲鳴が夜の街路に響く。

頭目が鎚を構えて駆け出した。スルーすべきだったかな、と後悔が頭をよぎる。こりゃ加勢せずには済まされない。山刀を肩口から引き抜いて後に続く。

けど案じるまでもなかった。駆けつけたときには、短い闘争は終わっていた。


細い路地裏にぽっこりと開いた穴から、薄く白煙が立ち上っている。

周囲は手槍や斧を手にした戦士たちが固めていて、その足下には人間に似た病的に生《なま》っ白《ちろ》い死体が二体転がっている。

——食屍鬼だ。

「これだけか。怪我をしたやつはいるか?」

「グラフが指を噛みちぎられたようで。女みてえに泣きやがる」

交わされる会話をよそに、凄絶な形相を浮かべ硬直している亡骸《なきがら》に目を落とした。

真っ白に脱色され毛の抜け落ちた肌と、末端部が腐り落ちたおぞましい容貌《ようぼう》。異常な形に成長し、肉を破って飛び出ている骨。痩せ細って異形と化しつつある肉体。

何度目にしても、こんな骨と皮だけの干からびた肉体が、敏捷《びんしょう》に飛び跳ねる様子には目を疑っちまう。

まさにゾンビ映画の世界だ。傷口から感染して食屍鬼取りが食屍鬼に、なんてお約束こそないが、不潔な爪や牙は危険な雑菌を運び、疫病で命を奪う。

バビロンの食屍鬼は、元々は崩壊のときに取り残された住民だったんだそうだ。逃げ場を失ったまま飢えに苦しめられ、〈瘴気〉に正気を奪われた彼らは、やむなく死者の肉を口にし、やがてタブーが薄らぐと、隣人を襲って空腹を満たした。

完全に常軌を逸した彼らは、脱出を阻む〈瘴気〉の雲が消えてもバビロンに留まった。当然、次々と餓死《がし》してゆく。

けど呪《のろ》われた屍人たちは、心臓が止まっても解放されなかった。〈瘴気〉の力で死体に魂《たましい》を囚われたまま、生前と同じ飢餓感に突き動かされている。

死ぬことも満たされることもなく、廃墟となったバビロンを徘徊《はいかい》する食屍鬼は、カグシラの遺跡荒らしにとって一番なじみ深い脅威《きょうい》だ。

個体差はあるものの生前の知識をそれなりに残していて、悪知恵を働かせ、徒党を組んで行動する。かつて新市街に橋頭堡《きょうとうほ》として築かれたナキアの砦《ビルトウ》は、むせるほど〈瘴気〉が深い夜に、人肉を求めて押し寄せる食屍鬼の軍団に蹂躙《じゅうりん》されてしまった。

評議会が〝食屍王〟グラーの駆逐《くちく》を最優先の目的にしてるのは、そういう組織だった食屍鬼を新市街から追い払っておかなきゃ、いずれ勢力を盛り返す危険が大きいからだ。

だからといってなにもオレたちがボス退治を、と思わないでもない。

けど甚さんは無駄に目立ちたがりなんだよなあ。かぶき者ってやつ？　その片棒担がされて、こっちは毎度無用の苦労をさせられる。

まったく、やれやれだ。ラクエルといい、甚さんといい、スエンといい。どうしてオレの身近には、目立たず穏便に生きられない性の人間が集まってくるのやら。

2

ひいいいいいああああああ

ひいいいいいああああああ

闇《やみ》を透かして切れ切れに聞こえてきた不気味な声に、思わずドキリとさせられたのは、行程も半分は越えたな、なんて考えていたころだった。

とっさに廃屋の陰に飛び込み、山刀を抜き放つ。

やばい。見つかったのか⁉

群れで来られたら、必死に逃げるしかないぞ⁉

けどすぐに自分の勘違いに気づいた。声は一向に近寄ってくる気配がない。

ゾクッとさせられる薄気味悪い泣き声は、南の方角から細々と届いてくる。

迷う。

何も聞かなかったことにして、詰め所に向かうべき状況だ。ひとりじゃ何もできないし、どんな妖物の仕業かも知れない。無駄なリスクをしょい込むなんて馬鹿げてる。好奇心は猫を殺す。

けどあれがもし、誰かの救助を求める声だったら？　今夜はたくさんの遺跡荒《いせきあ》らしがバビロンに出ている。知人である可能性もゼロじゃない。

「〈森の狩人《ギリム・スア》〉」

結局、妥協することにした。何があっても手は出さない。ただし状況は確認する。オレが生きて詰め所に伝えられれば、どうにかなるかも知れないしな。

馬鹿なことをしていると思いつつも、このときのオレは、信条を曲げてもそうしたかった。ラクエルに非難がましい感情を抱いてしまった反動……だったのかもしれない。たいまつを砂に突っ込んで消し、声の源を追って南の廃墟《はいきょ》へと忍び込む。

視力は問題ない。〈森の狩人〉は夜目も鋭くしてくれる。月明かりが増幅され、あたりは日中のようだ。

鋭敏になるのは聴覚もおなじだ。はっきりと聞き取れるようになった泣き声を辿って、砂塵《さじん》が覆《おお》う寂《さび》れた街路を音もなく走る。まるで忍者にでもなった気分だ。

〈森の狩人〉は、自分では一番馴染《なじ》んでいるし、性にも合ってると思っていた〈相《アスペクト》〉

だ。それだけにグウェンさんの指摘はショックだった。

けどオレは、他のマッチョな遺跡荒らしに比べれば子供みたいなもんだ。〈巨獣《ウマム・デイリグ》〉で少々腕力を底上げしてみても、〈王貝《ムルグバ・サグ》〉で守りを固めてみても、根本からウェイトの違うバビロンの怪物相手には焼け石に水。

オレに少しでも通用しそうな武器があるとすれば、スピードと身ごなしだけだ。〈森の狩人〉は、できれば使いこなしたい。


泣き声に導かれた先は、中央に井戸がある小さな広場だった。

声の主はどうやらひとりじゃない。遠間の物陰に身を屈《かが》め、闇を見透かす。

「うッ」

月光の下で蠢《うごめ》く生っ白い塊《かたまり》に、思わずたじろいだ。

最初、それは細長い虫かなにかのように見えた。二メートルほど空中に浮かび、闇の中をくねくねと泳いでいる大きな白い芋虫。

けど違った。

その虫には首と頭があった。目がある。口がある。人だ。人間の頭だ。

「……うそだろ」

芋虫に見えていたのは、両手両足を落とされ、胴を鋭い杭《くい》で串刺《くしざ》しにされた人だった。

崩れかけた井戸をぐるりと囲むように、四人がおぞましい晒《さら》しものにされている。

ひいい、おおう、と暗夜に恨めしげにおめいていたものの正体を知り、冷たい恐怖がオレの心臓《しんぞう》をわしづかみにした。

いや――いや。落ちつけ。あれは生きた人間じゃない。食屍鬼《グール》だ。

生身の人間はあんな病的に白い肌をしてないし、干からびちゃいない。第一、あの状態で生きていられるわけがない。

それにしても悪夢みたいな光景だ。さすがに胸くそが悪い。

誰の仕業か知らないが、どう見てもまともな神経でできる真似《まね》じゃないぞ。

ここは一旦退くか？

迷いながら腰を上げかけたとき、緊張で研ぎすまされた直感が冷たい感触を拾った。

……見られてる？　誰だッ？

肌を逆なでする嫌な風が、不自然に足下の砂をかき乱した。気圧の急変でキーンと耳が遠くなる。

おかしい！　考えるより先に、そのままレンガの壁を突いて後方に跳ぶ。

轟《ごう》ッ！　間一髪の差で、強烈な竜巻がオレのいた場所にピンポイントで渦巻いた。大蛇のような大気の柱が、巻き上がった砂塵によって姿を現わす。舞う板きれやボロ布が、透明な手に捻《ねじ》られたかのようにズタズタに引き裂かれた。もし〈森の狩人〉を起こしていなかったら、間違いなくオレも巻き込まれてたろう。

「なんだッ」

いきなりの竜巻がのたくっていたのはほんの数秒だった。見る間に形がほどけ、跡形もなく崩れ去る。

「口ほどにもないな。メス・イムマン。自慢の〈理《メ》〉とやらはそのていどか」

嘲《あざけ》りを含んだ、重々しい声が斜め上から降ってきた。〈国士《キエンギ》〉の言葉じゃない。かといって日本語でも英語でもない。

身構えながら見上げると、数軒先の屋根に、大弓を携《たずさ》えた異様な人影があった。大男だ。猛牛を連想させる筋肉で節くれ立った肉体に、ボロ布同然になった黒いローブを、鎧《よろい》代わりの革や布の帯、鎖を巻いて固定している。

顔立ちはまったくわからない。目の粗い布袋に穴を開けただけの覆面《ふくめん》を被《かぶ》っているからだ。ただ覗き穴から、見開かれた血走った目がオレを睨《ね》めつけている。

「黙りなさい、コシチェイ。獲物と思ったら子ネズミだったので、とっさに手加減をしたまでです」

串刺し広場の反対側にある廃屋から、新たなふたつの人影がのそりと姿を見せた。三人もいたのか！　我ながらなんつーうかつさだ。

いやに丁寧《ていねい》な物言いで屋根の怪人に切り返したのは、すらりと目鼻立ちの通った、冷たい美貌の男だった。

鮮やかな藍色に染められ、縁が金の房で飾られた立派な巻衣をまとい、さらにもう一枚、美々しいショールを左肩から右脇を通して吊っている。右手で先端に鳥の金細工がついた杖を突き、左手には野球のボールよりちょっと大きいくらいの黄金の多面体を握っている。こんな場所にそぐわない、儀礼的ないでたちだ。

神官か、魔術師か。さっきの暴風の〈理〉を唱えたのはこいつだな。

「……あんたら、いきなりどういうつもりだ！」

警戒《けいかい》を解くわけにはいかない。あそこの晒しものの犯人はこいつらだろう。いまだって、殺傷力のある術を警告《けいこく》もなく仕掛けてきた。

「これは失礼しました。食屍鬼狩りの罠《わな》を張っていたら、明かりも持たずに様子を窺《うかが》っている影があったものでつい」

露骨《ろこつ》に口先だけの謝罪だ。涼やかな微笑《ほほえ》みを浮かべたままで、やましげな色はつゆほどもない。

「私は魔術師メス・イムマン。屋根の上の〈外の者《バー》〉は〝死なずの〟コシチェイ。そしてこちらの肌の黒い男がキブブです」

闇の中で、無言のまま白い歯が笑った。

身長が二メートルはあろうかという長身痩軀《そうく》の黒人。衣服といえば腰巻きひとつで、肌は焦がしたかのように黒く、短く縮れた髪《かみ》は対照的に白髪だ。

キブブは一見してわかる、不釣り合いな体軀《たいく》の持ち主だった。右腕だけが剛毛に覆われていて、異様に太く、長い。ほとんど拳《こぶし》が地に触れそうだ。右肩のあたりで本来の腕を切り落とし、巨猿の腕を接着した。そんな風に見える。

血の臭いがする、奇怪な三人組だった。

「……多分、あんたらと同業のアマギだ。なにを考えて、そんな——気味の悪い真似をしてるんだ」

むごい、という言葉は危うく引っ込めた。

食屍鬼は殲滅《せんめつ》する必要がある。やつらは人喰いの怪物だ。その手段に善し悪しなどないといわれれば反論はできない。嫌悪感を禁じえないが、なにかやむをえない事情があるのかもしれない。

「申し上げませんでしたか？　あの愚鈍《ぐどん》な獣どもにも、わずかながら仲間意識のようなものがあるようでね。ああしておくと、探さずとも向こうから寄ってくるのですよ。ほら、あのように」

魔術師が杖で示した広場の外れには、白いボールが小山になっていた。

くそッ。違うぞ。ボールなんかじゃない。あれは生首だ。食屍鬼の首塚だ。

三十？　いや四十？　三人であの数を仕留めたっていうのか。

「胴は井戸に捨てたのですが、賞金のために耳は必要ですから。幸い、ああいう仕事はキブブが大好きなもので」

「大好き？」

「子供のころ、生きた虫の手足をちぎって遊んだことは？　キブブはいまだにそういう遊びが楽しくて仕方ないのですよ」

オレがバカだった。復讐心《ふくしゅうしん》とか。怒りとか。そんな真っ当な動機じゃない。オレのために仕返しをしようとしたラクエルとはまったく違う。

あのおぞましい真似を、楽しみ半分でやってやがる。そしておそらく相手が人間でも平気で同じことをやる。こいつらのまとう荒《すさ》んだ気配が、それを雄弁に物語っていた。

そうとわかれば長居は無用。頭のネジが飛んだ連中の相手なんて、真っ平御免だ。

「どうやらあんたらとは趣味が合わないみたいだ。通りがかっただけだし、オレはもういかせてもらうよ」

「動くな……」

陸屋根《ろくやね》に立つ覆面の怪人コシチェィがオレに向けて強弓《こわゆみ》を引き絞った。

「この子供……このまま帰すのか？」

「困りましたね。私の術を破ったなどと吹聴《ふいちょう》されては面白くない。こんな場所と時刻ですし、見間違いで残念な事故のひとつやふたつ、起きても仕方ないかもしれませんね」

左手に黄金の多面体をもてあそびつつ、メスがこともなげにうそぶく。他のふたりから、酷薄な忍び笑いが漏《も》れた。

マジか！　こいつらまさか、そんな些細《ささい》な理由でオレを殺す気なのか？

「……誰にも喋《しゃべ》りやしないよ」

身構えつつ、じりじりと退がる。冗談に聞こえない空気。得体の知れない連中だ。どんな芸を持ってるかわかったもんじゃない。逃げ切れるか？

「……な、なんだこれは。お前たちなにを睨みあっているのだ！」

そのとき予想もしない方向——オレが来た街路から、慌《あわ》てふためく大声が上がった。

退路を断たれた？

ギョッとして首を巡らせると、高価な小　札　鎧《ラメラーアーマー》がいかにも不似合いな小太りの男が、血相を変えてヒイヒイ走ってくる。

ん……？　見覚えがあるぞ……？

ああ！　あの陰険なカブトゥ・イルだ。頭目《ヌバンダ》ラーシ・イルの甥《おい》で代理の。

意外だ。どう見ても夜のバビロンに出るタイプじゃないんだけど。

もっともおデブちゃんの周囲は、最初に会った際にもいた鈍そうな巨漢の従者をはじめ、数名の遺跡荒らしがたいまつを手に固めている。

カブトゥ・イルはオレと三人組の間に割ってはいると、こっちに一瞥《いちべつ》を走らせてから苦々しげな表情を隠すように視線を逸らした。

「お前たち！　ここは〈辺境《クル》〉じゃないんだ。同じ気分でやられてはわしが困るじゃないか！　傭《やと》い入《い》れてやったのは騒動を起こさせるためじゃないぞ！」

そして三人組の凶人に向かい、制止するように大げさに両手を振る。

「そこにいる〈外の者〉……ではなく、アマギ・ソーヤ殿は、カグシラの女神の愛人だ。うかつに手を出すと、お前らタダでは済まんぞ」

全力で突っ込みたい！　訂正したい！　でもこの状況じゃ！

内心悶《もだ》えているオレをよそに、メス・イムマンが薄笑いを消して細い眉をひそめた。

「その地味な少年が？　何の〈畏《ニ》〉も〈光輝《メラム》〉も感じませんが」

冴えない小僧で悪かったな。釣り合わないのはわかってんだよ。

「カグシラでは知らん者のない話だ。よそもののお前らが、まだ知らんだけだ。いったいなんで睨み合ってたか知らんが、わしの立場を悪くする真似はよしてくれ！」

しばし思案顔で黄金細工を手の平に遊ばせていた魔術師が、きゅっと唇《くちびる》を吊り上げた。

「そうですか。待ち伏せを邪魔された腹いせに少々脅《おど》かしてみたのですが、逆にこちらが脅かされてしまいましたね。夜道の一人歩きは危ないですから、お気をつけて」

あくまで慇懃《いんぎん》な態度を保ったまま、メス・イムマンが背を向けて広場に戻っていった。

魔術師がリーダーなのか、残るふたりも押し黙ったままそれにならった。

すげえ不本意ななりゆきではあるものの、この場は助かった。

あいつら、ラーシ・イルの隊《イルダム》の傭兵か。あんなヤバげな連中を使いこなせる器量には、こいつとても見えないんだけど……。

「オ、オホン。こ、困りますなあアマギ殿。一体なぜあのようなことに」

「こっちが聞きたいです。通りがかっただけで殺されるとこでした」

愛想笑いをひきつらせながら、カブトゥは弁明する。

「〈辺境〉から流れ着いたばかりの連中です。腕は立つのですが、どうにも未開の蛮土のやり方が抜けきらぬようで。わ、私がやらせたわけでは……る、ルガルよ」

「ええと。いや……オレはそういうのじゃないんですけど……」

内心イヤイヤそうなのに、哀れなほど狼狽《ろうばい》しながら取《と》り繕《つくろ》おうとするカブトゥ・イルに居たたまれなくなったオレは、早々にその場を退散した。

「ヒ――――ッ！　な、なんだあ！　こ、この生首の山は！」

背後で情けない悲鳴が上がるのを聞きながら。

そうして〝大通り〟に戻り、無駄な寄り道をしちまったと野狐街《カーア》へと向かう足取りを速めて四半時ほどが経過したころだった。

おかしい。何か変だ。もうそろそろ着いてもいいはずだけど。

周囲を見回す……あれ？　ここはどこだ？

愕然《がくぜん》とした。

左右の漆喰《しっくい》が剝《は》がれ落《お》ちかけた壁に手が触れられるほど狭い裏路地に、いつの間にか迷い込んでいた。

密集した粗末な廃墟の間を縫《ぬ》う細い道だ。黒々とした戸口がいくつか見えるが、中は当然荒廃していて動くものはなにひとつない。

死の街だ。

ずっと〝大通り〟に沿って進んでいるつもりだったのに！　こんな裏路地知らないぞ。

周囲の建物の並びもまるで見覚えがない。

そんなバカな！　〈瘴気《ニ》〉に巻かれてるんならともかく！

物思いに沈んでいたわけでもない。歩きながら夢でも見てたってのか。それとも妖物の術にでもかけられたか？

視線を感じた気がして、闇に神経を尖《とが》らせる。けど異変は感じられない。真夜中の廃墟はどこまでも静まりかえっている。

気のせいか？　とにかく、現在位置を把握しなきゃどうにもならない。

覚悟を決めて、見晴らしのよさそうな一軒家の屋根にフックを投げ上げ、ロッククライミングの要領で壁を登り始める。

そして首尾よく屋上の柵《さく》に手が届きそうになったとき、オレの背を槍で突かれたかのような鋭い痛みと強烈な衝撃《しょうげき》が襲《おそ》った。

「ぐッ、ハッ！」

完全な不意打ち。たまらず縄から手が滑り、三メートル以上を落下したオレは、無様に土に叩きつけられた。息を詰まらせ身をよじりながら、傷の具合を確かめるべく背に手を回す。指に血と固い棒状のものが触れた。

矢か⁉　理解した瞬間、無理矢理身体を引き起こす。間髪《かんはつ》容れず、いままで横たわっていた地面に、深々と新たな黒羽の矢が突き立った。

狙われてる！　追撃を避けるべく、遮蔽《しゃへい》の取れる廃屋の中に飛び込んだ。

何故《なぜ》⁉　誰が⁉　さっきの三人組のひとり、大弓を携えていた覆面の怪人の姿が脳裏に浮かぶ。あいつか？

「く————ッ！　ッ痛え！　ハァハァ……」

暗がりの中で、左の肩胛骨《けんこうこつ》の下に突き刺さった矢を引き抜く。幸いにしてザックと革胴衣の上からで傷は浅く、かつ急所は外れてる。出血は〈七頭大蛇《ムシュマフ》〉が数秒で止めてくれたけど、死ぬほど痛い。

尾《つ》けられてたことにも、狙われてたことにも、まるで気づけなかった。するとこんな方角に迷い込んだのも、そう仕向けられたのか？　なんのために？

わからないことだらけだけど、とりあえずこの場を切り抜けるのが先決。

送り狼《おおかみ》が何匹かは知らないが、オレがまだピンピンしてるとは思ってないと期待したいとこだ。

飛び道具で仕掛けてくれたのは、ラッキーだったかもしれない。こんな廃墟だ。身をひそめて回復を待つ場所はいくらでもある。

まずは相手の正体を確かめてから、隙を見て逃げきる手だてをひねり出さないと。

〈七頭大蛇〉が一仕事終えるのを待って立ち上がろうとしたとき、いきなり視界がぐらりと揺れた。

「えっ？」

脚がガクガクと笑っている。目の前が暗くなり、堪《こら》えきれずへなへなと土間に手と膝をついた。四肢に力が入らない。

な、なんだってんだ？　普通の立《た》ち眩《くら》みじゃないぞ。

震える手で、背から抜き取った矢を拾い上げる。よく見ると、青銅の鋭利なやじりには焦げ茶色の粘《ねば》つく物質が付着していた。

ざっと血の気が引く音が聞こえた気がした。

「毒矢か⁉」

まずい。敵は隠れる場所があることなんて百も承知だ。毒が回ってこっちが抵抗できなくなるまで、最初っからじっと待つつもりだったのか。

こみ上げる強い嘔吐感《おうとかん》に、胃の内容物をすべて吐き出した。こんな速度で身体に回るなんて。一体どういう毒なんだか。

ざわり。一度は眠りに戻ろうとしていた〈七頭大蛇〉の鱗《うろこ》に似た〈相〉が、全身にくっきりと浮き出した。オレの意思に関わりなく勝手に。〈七頭大蛇〉が生命に関わる危機だと判断したって意味だ。

「よせ。いまはまだだめだ。くそッ」

最悪だ。このままだと〈七頭大蛇〉は、解毒《げどく》に専念しようとオレを眠りに落とす。けどそれじゃあ寝首を掻《か》かれて終わりだ。かといって毒を放っておけば……。

猛烈にだるく、そして眠い。

こんなところで死ねるか！　家に帰らず、殺されてたまるか！

頬肉をちぎれるほど噛みしめて、朦朧《もうろう》とする意識を繋《つな》ぎ止《と》める。

「どこかに身を隠さないと……」

けど、どこに！

熱病にかかったような悪寒に全身を激しく震わせながら、壁に手を突いて廃屋を出る。もうこの足じゃあ、走るどころか歩くのさえ大仕事だ。

敵はいまもオレを見張っているはずだ。こんな状態になっているのを確認しても、仕掛けてこない。嫌になるほど慎重な狩人《かりゅうど》だ。余力を残して倒れ込み、刺し違えを狙うなんて陳腐《ちんぷ》な手は通用しそうにない。

暗い視界の中、鉛《なまり》のような足を引きずって進む。ほんの十メートル歩いただけで、精も根も尽きかけている。

どっちを見ても、変わり映えのしない廃墟がひたすら続いているだけだ。

ダメもとで待ち伏せをかけるしかない。楽をできる甘い囁《ささや》きに心が折れかけたとき。

ある廃屋の中に〝それ〟が見えた。

思いついてしまった。

マジか。マジかよ。正気の沙汰《さた》じゃない。自殺するようなもんだ。やっぱりここで、やつを待ち受けた方がいいんじゃないか？

だが悪魔は狡猾《こうかつ》だ。確実に訪れる安らかな死と、百分の一あるかないかの生還の可能性。両方を差し出して選ばせる。人間が悪あがきをして、勝手に長く苦しみながら悲惨の坂を転げ落ちていく生き物だと承知してるからだ。

もう脚が痙攣《けいれん》して、立っていられない。四つんばいになって、えずきながら廃屋の中に這いずり込む。

くそっ。あの覆面野郎。もし——もし生きて戻れたら、絶対に思い知らせてやる！

そしてオレは身を投げ出した。

廃屋の土間に黒々と口を開ける、食屍鬼の巣穴に。


滑り落ちつつ気を失う瞬間。

憂《うれ》いを含んで遠くを眺めるラクエルの横顔が闇の中に浮かんだ。

『ソーヤはもうちょっとボクに優しくするべきだと思うよ』

どうせここで死ぬなら、いうとおりにしておけばよかったな。

最後に思った。

3

「ネルトルナルトク……。あ、あんた、なにをしてるんだ……ッ」

うずくまっていたミイラ同然に痩《や》せ細《ほそ》った男が、ゆらりと振り返った。縄文土器の表面に似た民族的な模様の入れ墨が彫られた顔。

その足下には銛《もり》が突き立ったままの凶漢の死体が、その手にはえぐり出されたばかりの脈打ちそうなほど新鮮な心臓《しんぞう》が載っている。

「……寒いのさ」

その生のままの肉塊をネルトルナルトクは口に運んだ。

ぐちゃり。ぐちゃり。

咀嚼《そしゃく》。嚥下《えんか》。

「こうしないと心臓が凍っちまう」

「こんなに暑いだろ！　そ、それに、ひ、人じゃないか！」

「こうしろと囁《ささや》くんだ。それともアマギ。お前がくれるのか？」

イヌイットの巫術師《アンガコック》がまじまじとオレを見る。正気と狂気の狭間《はざま》で揺れている開いた瞳孔。

絶句していると、ネルトルナルトクは死体に直って再びナイフを振るいはじめた。

「囁くって……だれが」

「ウェンディゴ」

この巫術師に取《と》り憑《つ》いているという悪霊の名だった。

アメリカ大陸の北部や極北の地に住む人々の間で、人間を人喰いの怪物に変えてしまうと恐れられている存在だ。

「この地には精霊の声は届かない。歪《ゆが》みの魔物に出会ったとき、魂《たましい》だけが死の国へと連れてこられたからだ。逃げられれはしない。誰ひとりとして。彼は正しかった。だからこれも正しい」

「や、やめてくれよ。助けてもらったけど、あんた、なんか……どうしちまったんだ」

膝《ひざ》をついた姿勢のまま、ネルトルナルトクが左手を振った。ガシッと、血に塗《まみ》れた五指がオレの顔をわしづかみにした。そのまま容赦ない乱暴さで引き寄せられる。

目前に死人のように落ちくぼんだ目と朱に染まった口元があった。

「知りたいか。お前も彼の声を聞くか？　楽になりたいか」

「ヒッ！」

殺されると思った。けど巫術師はしばらくオレの目を覗きこんでから、ただニヤアと不気味に歯を剥いた。

「その必要はないと彼がいっている。お前には、もうお前の悪霊がいる」

それは、まだ彼が本当に常軌を逸してしまう前の、ある夜のことだった。

限りなく破れかぶれに近い心境だった。

もし付近の巣穴が昼のうちに発見されていて、もし既に食屍鬼《グール》が追い払われていて、もし追っ手が地の底の巣窟《そうくつ》に踏み込むリスクを嫌い、もしオレがしぶとい特異体質だと知らなかったなら……。

もし、もし、もし、もし。

それはおそろしく分《ぶ》の悪い賭けだった。

4

「ネルトルナルトク……どういう……」

もがいた拍子にズルッと身体が滑り落ち、その感触で覚醒《かくせい》がはじまった。

「……あ、うう……」

漆黒《しっこく》の闇《やみ》の中で、呻《うめ》きながら身じろぎする。

唐突にカグシラの路地裏から別の場所に飛ばされた意識が戸惑う。

あれ？　ここはどこだ。

……あ。

意識にかかっていた深い霧《きり》が、さっと晴れる。

鼻をつままれてもわからない闇の中で身を起こした。オレは頭を下にした変な格好で、傾斜のあるトンネルの途中にぶっ倒れていたらしい。

ネルトルナルトクは……夢か。

周囲の暗闇はしんと静まりかえっていて、自分以外の気配は感じられない。

「生きてる……？」

腕も脚もある。服がぐっしょり嫌な汗に濡れているけど、五体無事だ。


あたりの闇は泳ぐように深く、ひやりと冷たい。ほとんど状況がわからない。

火をおこす音や、明かりで無駄に注意を惹《ひ》きたくはないな。

ちょっと思案してから、胸元から首に提げたお守りを引き出した。

紐《ひも》の先端に結わえられた、楔形《くさびがた》文字が刻まれた陶片細工は、前にスエンから譲《ゆず》られた厄除けだ。あいつの家族のお手製って話で、どういう理屈かいつもかすかな燐光《りんこう》を帯びている。いまも、載せた手の平の上だけが、乳白色にぼうっと明るくなっている。

「〈森の狩人《ギリム・スア》〉」

裸眼では何の助けにもならない光量でも、この〈相《アスペクト》〉なら十分だ。

落ち着きのない意識がオレの中で拡散していくにつれ、あたりの物の形がじんわりと浮き上がってくる。

やっぱりここは、食屍鬼が地上と行き来するために掘ったトンネルの途中だったようだ。粘土の壁面には、くっきりと爪痕《つめあと》が刻まれている。

耐え難い喉《のど》の渇きに、腰から革の水筒をもぎ取って、ぬるい水をゴクゴクとラッパ飲みした。

助かった。水筒を飲み干して、大きく安堵《あんど》の息をつく。自分が渡った危うい橋のことを思い返して、二、三度、身震いが走った。〈七頭大蛇《ムシュマフ》〉が解毒している間、本当によく無事だったもんだ。いったい何時間倒れていたんだか。

まずは地上に戻ろう。まだ少し痺《しび》れが残る四肢を動かし、トンネルの斜面を這い登る。

しかし。

「げっ。マジかよッ……！」

廃屋に通じていたはずの穴は、上から流れ込んだ大量のレンガと土砂で完全に塞《ふさ》がれていた。廃屋そのものを潰して埋めたんだろうと察しがついた。

証拠隠滅《いんめつ》のつもりか。念入りにやってくれたもんだ。

レンガを取り除けば地上に出られるか？

いや……だめそうだ。崩れたレンガに押し潰されるか、下手をするとトンネル自体が崩落しそうな気配がある。生き埋めはごめんだ。

「やれやれ。別の出口を探すしかないか」

食屍鬼はプレーリードッグさながらに、地上との連絡口を多く作る。運がよければ、すぐに見つけられるさ。どうせここで、じっとしてるわけにはいかないんだ。

けど狭い連絡路を慎重に滑り降りたオレは、いきなり当惑することになった。

「広いな……」

トンネルが、驚《おどろ》くほど太い地下道に通じていたからだ。自動車が通行できそうなほど横幅がある……高さは三メートルくらいか。

「食屍鬼ども、これを全部爪で掘ったのか」

かすかな陶片の燐光では〈森の狩人〉の夜目をもってしても遠くまでは見えない。途中で曲がってもいるようで、どのくらい長いのか見当もつかない。

そういや詰め所の隊長がいってたな。食屍鬼どもが地下を迷路みたいにしてるって。

じゃあ、こんな地下道が野狐街《カーア》の下に縦横に張り巡らされてるってことだろうか。

それにしても不思議だ。なぜこんなに道幅が必要なんだ。オレの聞いている限りじゃ、食屍鬼の巣穴はもっと狭くて動きにくいもののはずだけど。

「…………」

なんだ⁉　いまなにか聞こえた。

「…………」

ん。まただ。聞き間違いじゃない。こんな地の底で誰かの話し声がする。

耳をすます。けど反響のせいか、どっちから聞こえるのか確信が持てない。

やむなく青銅の山刀を抜き放ち、意を決して右手の方向に歩き出した。会話の主は間違っても友好的な相手じゃないだろうが、まだ付近に食屍鬼がいるなら、もたもたしてもいられない。

せっかく拾った生命だ。一刻も早く別の出入り口を見つけて、地上に脱出しないと。

だけど今夜のオレは、とことん厄介事に巻き込まれる星の巡りだった。


緩《ゆる》やかに曲がる地下道を忍び足で進む。

すると前方に、ぼうっと明かりが見えた。暗いトンネルの中で、白熱灯が灯っている周囲だけが明るい。そういう感じで、その一帯だけが闇の中に浮き上がって見える。

あれは……炎の揺らめきだ。妙に弱々しいものの、なにか照明があるらしい。どうやら声の源もあのあたりみたいだ。

食屍鬼の巣穴にともしびと話し声ってのは、違和感のありすぎる組み合わせだった。

もしかしてこの一帯はとっくに掃討《そうとう》されてて、誰かが調査に降りてきてるのか？

行くか、戻るか。

躊躇《ちゅうちょ》した後で、オレは足をそろそろと前に運んでいた。

一晩の間にとんでもないことばかり起こりすぎて、神経が麻痺《まひ》してたのか。

追い詰められた心境で、一瞬でも早く安心したかったのか。

はたまた、好奇心旺盛《おうせい》な〈森の狩人〉がまた悪さをしたのか。

多分、その全部が少しずつ作用していたんだと思う。


気配を殺して、明かりが灯す地点に忍び寄る。

するとそのあたりでは、地下道の左手の壁がなくなっていた。どうやら地下室みたいに広がってるらしい。ちらつく弱々しい明かりは、その空間から差し込んでいた。

そうっと角から先の様子をうかがい……そしてオレは恐怖に凍りついた。


「……ッ！」

必死で声を飲み込む。

眼前にあったのは、絶望の光景だった。

そこは広々とした地下ホールになっていた。壁には数メートル置きにたいまつが掛けられていて、土壁を赤黒い炎の色で染めている。天井もかなり高い。

そして白い肌をした食屍鬼の巨人が、その中央にいた。恐るべきその巨体。身の丈は優に四メートルを超えるんじゃないか。

一目でわかった。あれが〝食屍王〟グラーに違いない。

なんてこった。オレひとりで本丸に迷い込んじまったのか。

詰め所の隊長の言葉に誇張《こちょう》はなかった。とんでもないデカブツだ。こいつなら十人だろうが二十人だろうが造作もなく蹴散《けち》らすだろう。

だが。さらに目を疑う事実があった。

グラーは平伏していた。

地面に口づけする、絶対的な服従の姿勢。

やつに比べればはるかにちっぽけな、目前の人間に向かって。

くそッ。違うだろ。あれが人間のはずがあるか。

歯の根も合わないほど震えてしまっている。グラーじゃなくて、〝あいつ〟を見た瞬間にこうなっちまった。

吹きつけてくる凍える霊気《オーラ》が、全身を痺れさせる。物陰にいても関係ない。目に見えない霰《あられ》に打たれているようだ。面と向かえないほど〝痛い〟。サーチライトを直視しているかのようでもある。耐え難いほど〝眩しい〟。

畏怖を抱かざるをえない、ほとんど物理的な圧迫をともなう〈畏《ニ》〉。オレはこの感覚を、感触を知っていた。

似てる……〈光輝《メラム》〉をあらわにしたラクエルの存在感に。

正体不明の人影は、足下から螺旋状《らせんじょう》に〈瘴気《ニ》〉を立ち上らせながら、怪物の拝礼を受けている。

古風なだぶついた黒い長衣で頭からすっぽりと全身を覆《おお》っているため、容貌はまるでうかがい知れない。

ただ肩幅も胸板も異様に厚い釣り鐘じみたフォルムで、所々が鋭く盛り上がっている長衣の様子から、下には甲冑《かっちゅう》めいたものを着込んでいるんだろうと想像できた。

グラーの前にいるから目立たないが、身長も二メートル以上ある。普通なら大男と呼んでもいい威圧的な体軀だ。

「……そなたの苦境と忠誠はよくわかった」

男性的な重々しい呟きは、空気を介さず、直接頭の中に鳴り響くように聞こえた。

「歓喜せよ。そなたが献納《けんのう》した犠牲《ぎせい》を受け取り、余はその祈願を聞き届けよう」

白い巨人と黒い人影の隣には、人間の死体がぎっしりと詰められた網状の大袋が置かれている。老若男女《ろうにゃくなんにょ》、二十人分はありそうだ。

あれが〃犠牲〃か。人身御供《ひとみごくう》じゃないか！

薄く〈瘴気〉が漂う中、這いつくばったままの巨人が、甲高い叫びを上げた。バベルの塔の力をもってしても意味ある言葉には翻訳されない原初の歓喜。

「我が戦士グラー。面《おもて》を上げよ。これよりそなたに授けるは我が〈光輝〉のかけら。余の代権者たる栄光を証立てる〈王畏〉だ」

黒い人影は腕を伸ばすと、ぞぶりと抜き手をグラーの額に突き刺した。袖口から流れ出た液体のように濃い闇が、腕を伝ってグラーの頭に流れ込んでゆく。

苦痛に短く吠えたグラーの巨体が、びくびくと痙攣《けいれん》する。

「……これでそなたは、我が眷属《けんぞく》の列に加わった。許した我が暗影の〈理《メ》〉、見事使いこなしてみせよ」

一分ほどの時が過ぎ、人影がゆっくりと腕を引き抜くと、グラーの額には黒曜石のように輝く一本の漆黒の角が残されていた。

「さあ、立つのだ。〝食屍王〟グラー。新たなるバビロンのルガルよ。そなたはこのザリンヌの帰還の先触れだ。思うままに〈王畏〉を振るえ。許しなく我が封土《ほうど》に居座った者どもの城壁を打ち崩し、食らい尽くすがいい」

ザリンヌだって⁉　そりゃ〈エバドニグル〉の神の名じゃないか。確かラクエルは死んだって言い切ってたのに。けど、この息詰まる圧迫感は……。

「グッ、グッ、グッ」

喉を鳴らしながら、グラーがのっそりと身を起こした。えらく猫背で、手足が異様に長いせいか、人間を大きくしただけなのに、ひどく怪物じみた印象だ。

こわごわと己の角に触れる白い巨人に、ザリンヌと称した人影が、子供に教え諭《さと》すように告げた。

「授けた〈光輝〉は、いまだ生のままの〈畏〉にすぎぬ。それがどのように形作られるかは、そなたの心がけ次第。素質があれば、〃黒の城壁〃はそなたの求めに応えて、不朽不壊《ふえ》の力となるだろう。まずは心の赴《おもむ》くままに試してみるがよい……あそこで盗み見ておる、不埒者《ふらちもの》を使ってな」

ザリンヌの指は、真っ直ぐ土壁の陰に隠れたオレを指していた。

血が凍る。気づかれてたのかよ！

グラーが弾かれたような勢いでこっちを振り向いた。指サックの先に目と大きな口を描いたような扁平《へんぺい》な異相が、憤怒に醜《みにく》く歪《ゆが》んでいる。

「余人を近づけるな、と申しつけてあったな。覚えておくがいい。そなたの神は、命《めい》を守れぬ眷属には厳しいぞ。償《つぐな》いとして、あの者を血祭りに上げ、最初の贄《にえ》として我が祭《さい》壇《だん》に捧《ささ》げよ。そして休むことなく、〃黄昏の翼〃のしもべを狩り尽くせ」

「オオオオォォォォォ――――ンッ！」

両手を広げ天を仰いだグラーが、耳をつんざく血に飢えた雄叫《おたけ》びを上げた。地下ホールが共鳴でビリビリと震える。

「……期待しているぞ、我がルガルよ」

満足げに呟いたザリンヌが、くるりと踵《きびす》を返し闇の奥に消えてゆく。

ふざけんな！　生贄になんかされてたまるか。まずい、まずいぞ！

「うわわッ」

狼狽《ろうばい》の極みといった声を漏《も》らしながら、来た地下道を脱兎のごとく逃げ戻る。

みっともないとか関係ない。グラーが咆吼《ほうこう》した瞬間に、わかってしまった。

やつはあの蠍《ギルタブルル》人より凶暴で強い。

逃げなきゃ。頭から丸かじりにされるだけだ。

だがすぐに、オレは自分のしくじりを思い知らされた。

闇。わかってたはずなのに。

逃げ込んだ先は、伸ばした手の先も定かでないほどの暗闇だ。

胸元の陶片が放つ頼りない光では、走る足下もロクに見えない。

十数歩もゆかないうちに、地面の突起に思い切りつんのめった。〈森の狩人〉の平衡感覚のおかげで、かろうじて両手両足を突いて着地する。

ぞくりと、首筋を死の予感が走り抜けた。

カンを頼りに横に転がる。闇の中からぬうっと伸びてきたタイヤほどもある大きな手が、すんでの所でいまいた場所の空気を握りつぶした。

「くうッ!」

「グッ、グッ、グッ」

嘲《あざけ》ってやがる。

ぺたり、ぺたり。足音を伴い、弱々しい光の圏内に、四つんばいになった〝食屍王〟グラーが踏み込んできた。

見れば見るほど怪異な巨人だ。

いや。果たしてこいつを巨〝人〟と形容するのは本当に正しいのか。確かに両足で直立することもできるが、しかし普段は獣のように両手をついて行動しているのだろう。でないと、地下道の天井の高さの説明がつかない。

蜘蛛《くも》のように長く、人の肩幅くらいの太さがある両手両足は、壁に追い詰められたオレの逃げ道を塞ぐように広げられている。

肌は脱色したように白い。質感はゴムのようだ。

地下道の天井すれすれから、満面に邪悪な笑みを湛《たた》えて見下ろしている異常にでかい顔は、口が半分を占めるくらい大きく、腐り落ちた鼻はただの空気穴で、眼窩《がんか》は左右に広く離れている。元は人に似た顔だったのかもしれないが、他の食屍鬼同様に、その容貌は変形してしまっている。

「怖いか? 怖いか? 怖いか?」

グラーの大口が、オレの怯えを煽《あお》るかのようにゆっくりと開かれた。ヨダレがぽたぽたと滴《したた》る。鮫《さめ》にそっくりな鋸歯《のこぎりば》がびっしりと並んだ口中から、生ゴミに似た悪臭が吹きつけてくる。——胸の悪くなる人喰いの臭いだ。

オレはこの夜最高の恐怖に襲われ、ほとんど硬直状態にあった。

けど、それは追い詰められたからじゃない。

ありえるはずのないものを、そこに認めてしまったからだ。

全体が膨張《ぼうちょう》したためか以前ほどくっきりしてはいないが、その縄文土器の表面の模様に似た民族的な入れ墨に、オレは嫌というほど見覚えがあった。

「ネッ、ネルトルナルトク……なのか……？」

「グッ？」

意表を突かれた様子でグラーが頭を引いた。首を傾げて記憶の奥底を探っている目でオレを観察する。やがて発音しにくそうに、オレの名を呼んだ。

「……ア・マ・ギ？」

なんて因縁だ。

なんて姿になっちまったんだ、あんた。

「あ……ああ。そうだよ。天城颯也《あまぎそうや》。あんた……生きてたのか」

錯乱《さくらん》したネルトルナルトクは、オレたちと争った瀕死《ひんし》の身をひきずってバビロンの夜に姿を消した。あの状態で生きながらえてたこと自体が信じがたい。

けど、もっと衝撃的《しょうげきてき》なのはいまの姿だった。一年にも満たない月日のうちに、巫術師《アンガコツク》はおぞましい巨体の怪物に変身を遂げていた。

凄まじい変異だ。ただその容貌には、入れ墨の他にもかつての彼の面影がわずかながらうかがえる。

「死んだ。お前たちが殺した。だがそれで終わってはくれなかった。なぜ、俺をバラバラにしてくれなかった。だから彼が来て俺になってしまった」

「その姿がウェンディゴ……か」

「いったろう。誰も逃げられないと。たとえ死んでも、ここからどこにもいけない。俺たちは残らず呪《のろ》われている。無惨な末路を迎える運命。そう偉大な精霊もいった」

半ば自分自身に語りかけているネルトルナルトク……いや、グラーのこぼれ落ちそうなほど見開かれた目は狂気に濁っている。

オレの安全は、グラーにかすかに残った人としての理性にかかってた。いまにも混濁《こんだく》に呑まれ、消えそうな弱々しい光だ。

　その瞬間を思うと震えが走る。なにか手はないかと必死で考えながら、ただ先延ばしにするために問いを発する。

「偉大な精霊？　あのとんでもない〈畏〉を出してた黒いやつのことか。あいつは何者なんだ」

「死の都の大いなる精霊だ。〝黒の城壁《バド・メス》〟は俺を選んだ。彼の言葉を伝える者として。〈王《ルガル》〉として。彼の力が、彼の意志が、俺の中を流れている。素晴らしい。素晴らしい霊力だ。彼は望んでいる。カグシラの城門を押し破り、女神の神殿を打ち砕けと。俺は従おう。みんな平らげてしまおう」

「〈王〉⁉　じゃあさっきのやつはやっぱりネフィルなんだな。〈エバドニグル〉の祭神がラクエルに戦いを挑むってことなのか⁉」

「グッグッ。それがいい。平らげてしまおう。まずはお前からだ。アマギ。そういえば前は食い損なった。身近な者のほうが、なぜかおいしい」

　もはやグラーの耳にオレの言葉は届いていなかった。くわあぁっとガマ口が開き、唾液が雨粒のようにしたたり落ちる。

「怯えているな。さあ泣き叫べ。肉の味がよくなる」

ダメだ。もう話の通じる相手じゃない。そう覚悟した。

「ああ。恐ろしいよ。オレの知ってるネルトルナルトクは確かにもう死んだ。少なくとも昔のあんたは、自分の業《ごう》を恐れてた。いまのあんたはウェンディゴだ。北の森をさまよう本物の人喰いの悪霊だ」

そうだ。自分より強いやつに脅《おびや》かされるのは、誰だって怖い。

けど殴られる前に、痛みの恐怖に負けるのはごめんだ。

殺される前に、死の恐怖に負けるのはごめんだ。

勇敢なんじゃない。オレは人一倍臆病《おくびょう》で、人一倍死にたくない。だからだ。

あんたのことは怖いよ。ずっと怖かった。

けど恐怖じゃ人は死なない。人を殺すのは諦《あきら》めだ。

この野蛮な〈国士《キエンギ》〉で諦めるってことは、生き残るチャンスを投げ捨てるってことだ。

土牢《つちろう》の中で膝《ひざ》を抱えるのは、もう嫌だ。

「けど食われるのはお断わりだ。あんたに捕まるほどうすのろじゃない」

奥歯で震えを噛み殺しながら言い返す。

「ンン～？」

身ごなしでわかる。グラーはあの蠍人とは違う。人間を狩り慣れてる。まともに渡り合ったんじゃ簡単に料理されちまうだろう。

どこか。どこかに穴はないのか。古傷とか、油断とか、ウィークポイントとか！

……そのとき、絶望的な焦燥の中で、オレはグラーの額をつうっと、膿《うみ》に似た黄色い体液が伝ったのを見た。

「それに忘れたのかい。あんたのことは前に一度殺してるんだ。お望みとあれば、今度こそしっかりと仕留めてやる！」

膿の出元は、やつの額に屹立《きつりつ》する黒い角の根本だった。ご主人さまにもらったインプラントが、まだ馴染《なじ》んでないのか……。

傷口を更に抉《えぐ》られるのは、いくらこの怪物でも効くはずだ。

「グッ、グッ、グッ」

命知らずの啖呵《たんか》を聞いたグラーはおかしげに喉を鳴らしてから、生意気なオレをひと齧《かじ》りにすべく、蛇のような動きで首を伸ばしてきた。広げられた巨大な口腔《こうくう》が、電光石火の速度でオレの頭に迫る。

乗ってきた！

オレの目には、やつの鋸歯の一本一本までがはっきりと見えていた。〈森の狩人〉のおかげだ。

眼前まで引きつけてから、ぎりぎりで身体を躱《かわ》す。

バリリッ！　やつの顎が、硬質の物体を嚙み砕く音とともに閉じた。

見切りを少ししくじった。左腕の〈王貝〉《ムルグバ・サグ》の手甲を、ガラス細工ばりに食いちぎられた。これだけ動体視力を高めてるってのに甚《じん》さんみたいにはいかない。けど安いお代だ！　注文どおりだからな！

目と鼻の先、手の届く位置に、オレの腕ほどの黒い一角があった。右手に振りかぶった青銅の殺意をためらわず叩きつける。

ガキッ！

やっぱ硬い。感触は骨か柔らかめの石。刃は食い込んだものの、切断までには至らない。

ちッ。左手ひっかけられた分、手打ちになっちまった。

「アアア――――――ッ!!」

だが反撃の効果は、こっちが驚くほど絶大だった。両手で顔面を押さえ、苦悶《くもん》しながら、グラーは豪快に地下道の床でのたうっている。

それを横目に見ながら、すかさず走った。

ともしびの方向。広々とした地下ホール、グラーの玉座の間に。

さっきの黒いネフィルが戻っているようなことはなく、ホールは静まりかえっていた。

全速力で駆け込み、壁掛けのたいまつを左手でもぎ取った。

なにか身を守るのに使えるものはないかと、必死で部屋を見回す。

八本の太い土柱で支えられた薄暗い地下室。一方の壁の前には土を盛り上げた小山があって、その上に粘土の大椅子《おおいす》が据えられている。その〝玉座〟を飾っているのは、人間や見知らぬ動物の白骨だ。土壁にはたいまつの他に、長いボロ布が垂れ幕のように掛けられている。

……ダメだ。なんにもねえ。

他には〝犠牲〟が詰め込まれた網袋が転がってるだけ。殺風景なもんだ。

一瞬だけ迷う。いくつかある地下道への出口から、当てずっぽうでも逃げるべきか？

「グッ、グッ、グッ」

いや。もう遅い。王の帰還だ。

ともしびの下に踏み込んできたグラーは、悪鬼の形相でオレを睨《にら》みつけた。その目に先刻までの理性の光はない。苦痛に狂った殺意の塊《かたまり》だ。

ここだ。最初の腹づもりどおり、ここでやるしかない。妙案なんてない。けど闇の中じゃあ、こっちが圧倒的に不利だ。ここで活路を見出すしかない。

「身体がデカくなった分、頭の巡りは悪くなっちまったのかい。ネルトルナルトク」

さあてどうするよ、天城颯也。

逃げ場はない。もう奇手は通じないだろうし、体力はさっきからガス欠寸前だ。ここが今夜の土壇場《どたんば》ってやつか。

たとえば、この八本の支柱を倒せば、土天井は崩落するだろうか?

わからない。けどそのドサクサにまぎれるくらいしか活路を思いつかない。

うまくいっても十中八九オレは生き埋めだろうけど、グラーを道連れくらいにはできるかもしれないな。

グラーは剣のような鉤爪《かぎづめ》の両手を広げて、無言でずしんずしんと迫ってくる。もう楽しくお喋《しゃべ》りって気分じゃないらしい。いい気味だ。

さりげなく支柱を盾に取り、オレも山刀とたいまつを構える。極度の緊張のせいだろう。耳鳴りが始まった。

キュオォォ――――――――ン。

遠くから、はるか遠くから響く、清んだ遠吠えに似た幻聴だ。

なぜ怯える。戦え。倒せ。なぜかそういっているように聞こえた。

「さあグズ野郎。捕まえてみろ! もう一度無様に吠え面かかせてやる!」

「アァァ――――――ッ!」

元々わずかしかなかった理知をかなぐり捨てたグラーが、激怒に身を任せ突進してきた。

5

　その攻防がどのくらい続いたのか、生き残るために全身全霊を振り絞っていたオレにはわからない。

　ものすごく長い時間だったような気がするけど、これまでの戦いと同じように、現実には数分にも満たない出来事だったのかもしれない。

　柱をなるべく盾に使い、次々と繰り出されるやつの握撃《あくげき》を躱《かわ》し続《つづ》ける。捕まったら一発で終わりだ。口から内臓がポンッと飛び出る勢いで握り潰されちまう。

　退路を確保するように退きつつ、わずかな隙を見て太い指に斬りつける。ゴムのような表皮のせいで、効果は薄い。それでも我慢《がまん》くらべのように、薄皮を一枚ずつ切り裂くように、同じ反撃を愚直《ぐちょく》に繰り返す。

　たいまつの炎が揺れる地下室で、必死の鬼ごっこは続いた。

　悪夢の中で、不死身の相手と渡り合ってる錯覚《さっかく》に陥《おちい》る。

　ぜいぜいと喉《のど》が鳴っている。やつの体力は底無しだ。オレの方は、もう完全に息が上がってるってのに。

それでも逃げ切れているのは、グラーが武器をひとつ鞘《さや》に収めているからだ。我を忘れるほど狂乱していても、山刀が届く距離までは決して頭を下げてこない。さっきの一撃が、よほど効いたらしい。

不徹底な攻めのおかげでやつをこっちのペースに乗せ、支柱を三本まで崩させている。けど果たして、この戦術で本当によかったのか？　積み重なった疲労で全身が重い。このまま逃げに徹していても、じきに捕まっちまいそうだ。

「えッ」

トッと。なにかに足を取られた。グラーが〝生贄《いけにえ》〟を詰め込んだ網袋の側を通り抜けようとした際だ。網の目から突き出た女の手が、オレの脚にひっかかった。

ささいな、しかし致命的なつまずき。

仰向けに尻もちをついてしまった。グラーの形相が、邪悪な歓喜に歪《ゆが》んだ。やつの長い右手が伸びてくるのが、スローモーションで見える。立ち上がる暇《ひま》なんてない。

終わった。そう観念した瞬間だった。

眼前に迫っていたグラーの右手が、肘《ひじ》から切断され、床に叩きつけられていた。絶叫を上げた食屍王《しょくしおう》が、黒い血がほとばしる傷口を押さえながらよろめき退く。

な、なんだ。何がどうした？

「なにを呆けているアマギ！　立って離れろ！」

凛《りん》とした女性の叱咤《しった》が、驚天動地《きょうてんどうち》の光景に啞然《あぜん》としているオレの耳朶《じだ》を打った。

グウェンさん⁉

丸太のように転がるグラーの腕の隣に、白く輝く大剣を軽々と引っさげた女騎士の姿があった。青銅製の小札鎧《ラメラーアーマー》をまとい、長い銀髪は銅兜《どうかぶと》の中に隠し込んでいる。

「はあああああ！　た、助かったあぁぁぁ！」

そのまま天国に旅立てそうな安堵《あんど》がオレを包む。あのグラーの腕を一刀両断の頼もしさ。さすがこの騎士さまは格が違った。

後ろから左脇に差し込まれた手が、ぐいとオレを引き起こす。

「ん。無事だな」

「スエンもか！　どうしてここに」

スエンはいつものようにオレとお揃いの革の胸甲を着て、右手には愛用のサパラを携《たずさ》えていた。もっとも、ボロ雑巾《ぞうきん》のようなこっちと違って小綺麗なもんだ。普段どおりの無表情のまま、オレの胸に淡く光っている陶片を指さす。

「愚か者。それは私のセリフだ。まったく度《ど》し難《がた》い！　抜け駆けなどするから危ない目に遭う。誰にいいところを見せようと思ったか知らないが！」

「ち、違いますぅ！」

男の子の尊厳を守るための弁明を口走りかけて我に返った。そ、そうだ。んなことい
ってる場合じゃねえ！

「ネ、ネルトルナルトクです！」

「なに？　どうした。頭でも……」

「本当です！　ネルトルナルトクが死に損なって、〝食屍王〟グラーだったんです！」

「まさか」

端折《はしょ》るにもほどがある説明だったが、グラーを見据える表情がハッとしかめられたの
が見えた。

「腕ッ！　よくもッ！　アー――！　グゥエンドリィィィ――――――ン！」

グラーが、玉座の間を揺るがす憤怒の雄叫びを上げた。右腕を失ってなお衰えない戦
意は、さすが〝食屍王〟と呼ばれるだけはある。

だが面を向けるのもためらわれるほどの殺意を叩きつけられながら、グウェンさんは
凄みのある微笑を浮かべていた。

「なるほど。己の悪霊に取って代わられたか。何十人、いや何百人も貪《むさぼ》ったと見える。

なかなかの怪物になったものだ。確かにアマギでは、まだいささか荷が重いか」

革の籠手《こて》にくるんだ両手で、グウェンさんが得物を肩に担いだ。

刃渡り一メートル四十センチ、柄《つか》が三十センチもある鋼鉄の大剣。グリムキンが、心血注いで打ちあげたっていう業物《わざもの》だ。使い手の身長にも匹敵する全長に比べると、両刃の刀身は幅五センチほどと細めだが、それでも全体の重量は十キロは下らない。オレなんか一振りしただけでつんのめってしまう。

「かねがねいっていたように、死んでも自由にはなれなかったか。哀れな男だ。お前の相手には、同類である私がふさわしかろう」

迫るグラーを正面切って迎え撃った女騎士が、十字軍戦士《クルセイダー》の鬨《とき》の声と同時に大剣を真っ向から振り下ろした。

「神《デウス》、それを望み給《ヴルト》うッ」

白い鋼鉄の塊が、重々しい唸りを上げて地下ホールの空気を切り裂いた。

距離はまだ三メートル以上あったはずだ。だが食屍王は苦鳴とともに、数歩後退した。左の前腕に裂傷が走っている。オレがつけた傷じゃない。

グラーはたじろいでいる。いくら長物とはいえ、剣先が届く距離じゃないからな。グウェンさんの斬撃には、切っ先の工夫がある。人間離れした剣速とスナップが巻き起こす刃風が、鞭《むち》のように伸び、空気の刃《やいば》で肉を断つ。

「グッ、グッ」

「どうしたネルトルナルトク。来ないなら、こちらからゆくぞ」

恐れげもなく間合いを詰めたグウェンさんの大剣が、飛燕《ひえん》の速度で翻《ひるがえ》った。

一閃。二閃。三閃。

電流に触れたかのように退く食屍王。だが女騎士は逃さず迫る。

銀光の乱舞。

今度は一息で五連撃だ。剣速がさらに上がっている。エンジンかかってきたな。グラーの胴にも足にも、見る間に切り傷が増えてゆく。

「グロロ――――ッ！」

浅く切り刻まれる苦痛に焦《じ》れたか、ひときわ高く怒号を上げたグラーが、風刃をものともせずグウェンさんに摑みかかった。

完全に頭に血が昇ってやがる。知ってるはずなのに。

轟《ごう》。

巨大な握撃を迎撃したのは、無慈悲な鋼鉄の嵐。

一瞬たりとも止まることのない斬撃は、もはや〈森の狩人《ギリム・スア》〉の動体視力をもってしても追い切れない。あの〝剣陣〟は、半径三メートル以内に生命の存在を許さない死の暴風だ。踏み込んだ者は、切断され、粉砕され、磨《す》り潰《つぶ》される運命。

「アアア――――ッ!!」

食屍王の左手が、瞬間的に十以上の細片となって四散していた。素手を鋭い刃がついた扇風機の中に突っ込んだようなもんだ。そりゃそうなるだろう。

けどそれでもグラーは退かなかった。

あの重心は……

「足ッ！　狙ってます！」

間に合わない。四メートルの巨体が放つ渾身《こんしん》のローキックが、横合いからグウェンさんを直撃する。鎧《よろい》がひしゃげ、銅兜が飛び、鋭い鉤爪が肉を抉《えぐ》る不快な音が響いた。

敵もさるものとはこのことだ。ネルトルナルトクは侮《あなど》っちゃいなかった。肉を斬らせて骨を断つ。

けど少し同情するよ。

グウェンさんは、その上をゆく怪物なんだ。

「グロッ……」

女騎士は、仁王立《におうだ》ちのまま、右腕一本でその蹴《け》りを受け止めていた。

さすがに土には足を踏ん張った轍《わだち》のような跡が刻まれ、爪に貫かれた小札鎧の穴からは白い肌に穿《うが》たれた赤黒い傷跡が覗いている。だがグウェンさんは毅然《きぜん》として立ち、確かに意識を保ったままだ。

体重差は優に十倍以上。人間があんな狂暴な一撃を受けたなら、本来はサッカーボールのように土壁に叩きつけられ、内臓破裂で即死しているはずなのだ。

はじめてグラーが恐怖を面《おもて》に浮かべ、後ずさった。

「貴様のように慈悲を知らぬ怪物を討ち果たすためと思えばこそ、このような呪われた身にも意義を見出すことができる」

その声を耳にした瞬間、本能的に鳥肌が立った。

普段は青くすんだ彼女の瞳。だがいまはそれが、刺すような赤光を放ち輝いている。

その口元にちらりと覗いた犬歯が妙に大きく見えたのは、見間違いじゃない。


吸血鬼。夜な夜な棺桶《かんおけ》から甦《よみがえ》り、人の生き血を啜《すす》る生ける死者。

怪力を振るい、霧に変化し、狼やコウモリを下僕とし、不死身を誇る。

退廃と悪徳を好み、神を信じる良き人々を餌食《えじき》とする悪鬼だが、太陽の光には弱く、十字架と銀を恐れ、白木の杭で心臓を貫かれると滅び去る。


それが伝承とホラーの中だけの存在じゃないってことを、この人に出会って知った。

ネフィルとか食屍鬼とか幻獣とかミイラとか悪霊とか。冗談みたいな化け物がうろついてる〈国士《キエンギ》〉で、いまさら何を驚くって話ではあるけど。

そんな吸血鬼という宿命を背負うケントのグウェンドリンが、なぜ十字軍の一員とし

て聖地巡礼を目指したのか。オレは知らないし、軽々しく聞いてはならない気がする。ただ、あの人はオレに生き残る術《すべ》を教えてくれた恩人で、高潔な精神の持ち主だ。それさえわかっていれば十分だ。

兜が飛んだせいでこぼれた編んだ銀髪を、グウェンさんはくるりと首に回した。

「よし。スエン、加勢を頼む。仕留めてしまうぞ」

「はい」

聞き取れないほどの小声で〈理《メ》〉を呟き、スエンがサパラにすっと指を走らせる。その動きに沿って、弧状に湾曲《わんきょく》した刃が白色の光を帯びた。

本職ってわけじゃないが、スエンもいくつか魔術を操る。いまのもそのひとつで、刃にカミソリ並の切れ味を与える術だ。日本刀の切れ味を備えた斧ってのは、なかなかおつかない武器なんだ。これが。

「無理せずアマギは見ていろ。その状態では邪魔だ」

先に釘を刺されてしまった。けどこうふらふらじゃ、足を引っ張るだけか。あの様子じゃあ、グラーも大した抵抗はできないだろう。

けどこのときオレは完全に失念していた。

ネルトルナルトクが、やつの〝偉大な精霊〟から授かった力を。

「ザリンヌ、ザリンヌ！　〝黒の城壁〟よ！　御身の〈光輝《メラム》〉は何処《いずこ》に！　御身のルガルに加護を！」

異相を憎悪と狂乱に歪め、グラーが切り株となった両腕を広げて吠えた。

すると懇願《こんがん》に応えるかのように、やつの額の黒角から黒い液体がどろりと溶け出す。

「ん。待って」

緊張を宿すスエンの声が、グウェンさんを制した。

黒角から溢《あふ》れ出した液状の〈瘴気《ニ》〉は、たちまちのうちにやつの生っ白い身体を伝い、喉に流れ込み、特に失われた両腕に多く集まった。そして硬化。グラーの両腕には以前にも増して禍々《まがまが》しい、黒いガラスのように輝く鉤爪が再生していた。漂白したように白かった身体も、いまは半分ほど黒い膜に覆《おお》われている。

あの蠍《ギルタブルル》人が使った術に似てる。あいつも追い詰められたらああやって〈瘴気〉で身を守った。

「ザリンヌのルガル？　まさか……」半信半疑なスエンの呟き。

「マジだ！　あの角はザリンヌとかいうやつがグラーに埋め込んだ。オレはその場面を見てる！」

無表情をかなぐり捨て、スエンが童顔を警戒《けいかい》に引き締めた。

「先生。ネルトルナルトクにはまだ余力が。あれは強力な〈理〉です。気をつけて」

「どうやらそのようだな」

グラーは新しく得た力に魅入《みい》られていた。薄気味悪いせせら笑いを取り戻し、嬉《うれ》しげに漆黒の鉤爪を動かしている。その扱いを確かめるように。

「黒の城壁。〈エバドニグル〉の主。バビロンの大精霊ザリンヌよ。御身の加護に、血と肉と復讐《ふくしゅう》をもって応えん！」

獣じみた大声で誓約《せいやく》を結ぶやいなや、嬉々として両腕を振るう。巨人の長いリーチをもってしても到底届かぬ距離……のはずだった。

けど今度はやつが間合いを盗んだ。漆黒の腕が空中でしなりゴムのように伸びる。

「ムッ！」

「！」

グウェンさんとスエンが、慌《あわ》てた様子で大きく左右に散った。

ドッ！　ふたりがいた地点に、さながら黒曜石の塊となったグラーの手が重々しく突き立ち、すぐに引き戻された。

「伸縮自在というわけか。味な真似《まね》を」

どうやらグラーの新しい武器、巨大で不格好な〈瘴気〉の義手は、やつの意思に従って自由自在に変形するようだ。軟体状から鉄のように硬化して、また軟体に戻る……まるで液体金属みたいな属性だな。

「あの黒い部分、多分すげえ硬いっす。さっきのようにはいきませんよ」

「承知した」「ん」

ふたりが頷き、グラーに仕掛けた。

だが今度は、前とは勝手が違う。食屍王は先の愚《ぐ》は繰り返さず、硬質化した手を盾にグウェンさんを牽制《けんせい》している。大剣と漆黒の爪が交差する度、玉座の間に硬質の激突音が鳴り響く。

「グロッ、グロッ、グロッ」

そうして距離を保ったまま、グラーは大きく開いた口中から、黒雲に似た濃密な〈瘴気〉をどろどろと吐き続けている。ますます怪獣じみてきやがった。

まるで新しく得た力をひとつひとつ試してるみたいだ。早く仕留めないと手に負えなくなるんじゃないか。そんな嫌な予感がした。

吐き出された〈瘴気〉は急速に拡散し、薄暗い闇《やみ》で地下ホールを満たしつつある。あんな勢いで続けられたら、遠からず室内に〈瘴気〉が充満しちまいそうだ。

同じ懸念《けねん》を抱いたのか、大剣を担いだグウェンさんが大胆に間合いを詰めた。

「どういうつもりだ。ネルトルナルトク。配下が来るまでの時間稼ぎなどさせんぞ」

「偉大なる精霊の霊力はお前より強い。吸血鬼」

だがグラーに、正面きって渡り合うつもりは毛頭ない。斬撃を真上に跳躍《ちょうやく》して躱すと、そのままヤモリのように天井に張りつき、グウェンさんを憎しみを込めた視線で威嚇《いかく》するばかりだ。

「先生。引きずり降ろしますか」

「いや。私に任せろ。あのていどの大道芸で逃げ切れると思われてるのが心外だ」

近寄ったスエンに、グウェンさんが応えるのが聞こえた。既に少し離れているだけのふたりが霞んで見えるほど〈瘴気〉は濃い。

おかしいな。なんの目論見《もくろみ》があって、グラーはあんな不利な姿勢に……そのとき脳裏に、〈瘴気〉の触手に縛られたシャカンの姿がよぎった。

ぎくりとして足下に目を落とす。革靴は、いつの間にか忍び寄っていた闇色の水たまりのただ中に浸かっていた。

「床ッ！　下に来てるッ！」叫びながらジャンプで逃れる。

今度は無駄にはならなかった。怪訝《けげん》そうに目線を落としたグウェンさんの手が目にも止まらぬ勢いで動き、スエンの革鎧を摑むや軽々と後ろに投げ捨てた。

一拍遅れて地面から躍り上がった黒色の粘塊《ねんかい》が、オレたちがいた地点を包み込む。スエンを逃がすのを優先したグウェンさんが、その渦中に捕らわれた。

「ぬうッ！」

ゲル状の闇が女騎士をギリギリと締め上げる。吸血鬼の超自然的な怪力を振り絞っても、拘束は緩《ゆる》む気配も見えない。あのシャカンでも逃げられなかったんだ。力任せは無理だ。

「いま助けます！」

〈瘴気〉をまき散らしたのも、天井に張りついたのも、あの闇から注意を逸らすための陽動だったのか！

それだけの策を弄《ろう》して捕らえた強敵を、食屍王が簡単に逃《のが》すはずがなかった。

「捕まえたぞ！　グウェンドリィィン！」

ズン、と重々しく落下した食屍王。その両腕に、床に放たれていた闇が独自の生命あるもののように戻ってゆく。グウェンさんを包んだ塊と食屍王の右腕が、太い黒のロープで結ばれた。

「グッ、グッ！　さあ死ねない女、潰してやるぞ！」

「やめろッネルトルナルトク！」

駆け寄ろうとする。けど間に合わない。食屍王が勢いよく右手を引き、円盤投げの選手のように巨体を回した。

ドグシャッ！　耳を覆いたくなる異音。遠心力が加わったグウェンさんの身体が、凄まじい勢いで土壁に叩きつけられた。鎧が、骨が、肉が、砕けた。

「！」

食屍王の動きは止まらない。報復の愉悦ににやつきながら、三度、四度と、執拗《しつよう》に振り回しては壁に激突させる。そのたびに舞う血煙。

「グッ」

恩人を痛めつけられてクールでいられるほど割り切れない。鈍い音が響くたびに目も眩むような怒りがこみ上げ、飛び出してなんとかしたい衝動に襲われる。

落ちつけ。グウェンさんだ。簡単にはくたばらない。ただ突っ込んでも二の舞だ。

「！」

「ばかッ、スエン！　待て、無理だ！」

瞳に怒りを燃やしながら切り込もうとするスエンを、脇から抱き止める。

「僕のせいだ。助ける。後は頼む」

後は頼むじゃねーんだよ！　どうしてお前はそんなに血の気が多いんだよ。頭に来てるのはオレだって同じなんだよ。

「ふざけんな！　無駄死にする気か！　なんか弱点でも見つけて隙を……」

弱点⁉　自分の言葉にハッとした。

「……スエン。すげえいい手を思いついた。一口乗れよ」

「わかった」

即答か。さすがだよ、相棒。

「やつを近くに引っ張ってくれ。後はオレがやる。無茶すんなよ！」

「ん。無理だ。ソーヤの〝いい手〟は、いつも出たとこ勝負だ」

やかましい。無口キャラのくせに毎度一言多い！

食屍王の牽制をスエンに任せ、オレはまだ健在な支柱に駆け寄った。表面の凹凸《おうとつ》に手をかけて、やつから死角になる裏側を天井近くまでよじ登る。もう刃がボロボロになっちまった山刀を、水平に打ち込んで足場にした。

背中に隠していたサバイバルナイフを抜いて口に咥《くわ》え、ぴたりと柱に張りつく。

準備はできた。後はスエン次第だ。頭に血さえ昇ってなけりゃ、あいつには天才じみたひらめきがある。うまくやってくれよ。

首だけを傾けて、柱の陰から濛々《もうもう》と波打つ〈瘴気〉を見透かす。案の定、スエンは巧みに食屍王の手を焼かせていた。

「小賢しいぞ、スゥエエエエェン！」

振り回した左腕を躱しざまに斬られたグラーが、慌てて手を引っ込めた。魔力に輝くスエンのサパラは、〈瘴気〉の塊をゼリーのようにさくさくと切り裂いている。驚いた。あんな性質があったのか。

〈森の狩人〉頼みのオレと違って、スエンの動体視力と身軽さは天賦《てんぷ》の才だ。そこにクソ度胸が加われば、手強《てごわ》い決闘者ができあがる。片っ端から後の先を取られて、手を出せば出すほど痛い目を見る。カウンター主体のボクサーを相手にするようなもんだ。

「本当にザリンヌのルガルなのか。その割には不甲斐《ふがい》ない」

「すっこんでいろ、スゥエェン。お前の相手は後でじっくりしてやる」

挑発を受けても、食屍王に、グウェンさんを拘束している右手を緩める様子はない。

左手一本の相手を、スエンは俊敏な狼の立ち回りで翻弄《ほんろう》している。〈瘴気〉を巻いて迫る鉤爪を紙一重《かみひとえ》で見切りつつ、飛び込んで脛《すね》を切り裂いたかと思えば、今度は腕にサバラを深々と食い込ませる。スエンの動きには、まだ余裕があるように見える。

けれど嫌な汗は止まらない。

ほんの少し足を滑らせただけで、スエンの生命はない。巧《うま》くあしらっているようでも、圧倒的な体格差は一瞬ですべてをチャラにする。息を殺して見守るしかないもどかしさに、柱を摑む手に力がこもる。

そんなオレの不安をよそに、スエンはグラーをたっぷり苛立《いらだ》たせると、わざと大げさに鉤爪を逃れ、じりじり後退を始めた。オレが隠れる柱に向かって。

もう十歩くらいか。

大丈夫。この分担が一番いい。オレの方がよっぽど危険な橋を渡るんだからな。しくじれば確実に死ぬ。あいつには任せられない。

確認を取るように、スエンがさりげなく目配せした。大丈夫。準備オーケーだ。

まだ早い。あと三歩はほしい。

気取《けど》られたらお終いだ。やつの大口でパクリと躍り食いだ。

くそッ。死にたくないな。

できることなら、大声を上げて一目散に逃げ出したい。

けどだめだ。ふたりを置いてはいけない。それだけはできない。

心臓《しんぞう》が激しく動悸《どうき》を打つ。待つのは苦手だ。緊張のあまり耳鳴りがしてきた。

キュオォォ――――――――ン。

またか。またこの耳鳴りか。一体なんなんだ。邪魔だ。静まれ。

――もう一歩！

くそッ。早くこい。無駄なこと考えちまうだろ。〈森の狩人〉のせいだ。

ああ。家に帰るためなら何でもするって決めてるのに、なんでこんな危ない真似をしてるんだ。でもしょうがないじゃないか。やつはグウェンさんとスエンも殺そうとしてるんだ。オレはバカだ。きっとこのジレンマが、いつかオレを殺す。

来た――――！

「……月《ナンナ》よ、暦《こよみ》を刻む神よ。御身の〈光輝〉に触れさせたまえ。いまここで、御身の許しを得て、時はしばし歩みを休めん」

スエンの呪文⁉　柱の陰で見えない。なにをしてる？

——どうあれ、いくしかねえ！

そして跳んだ。

「ンッ！」

低く唸って足場の山刀を踏みきり、顎《あご》が砕けそうなくらいステンレスの刃を嚙みしめたまま、空中を泳ぐ。

必死で手を伸ばす。食屍王の黒角に向かって。

通り過ぎるのを待って後ろから飛びかかったのは、気取られた瞬間に頭を振られて失敗しちまうからだった。それでもやつの視界は広い。一か八かのギャンブル。

そこで待っていたのは不可解な状況だった。食屍王が、緩慢《かんまん》なスローモーションで動いていた。まるでコマ送りだ。視界の端で、スエンが食屍王の左手にサパラを突き立てている姿が見えた。

なにかやったたな。けど考える余裕なんてない。

オレの腕より太い黒角に必死で抱きつく。角からは〈瘴気〉がじくじくと滲《にじ》み出《で》ていて、触れると凍えるようだ。

〈森の狩人〉の助けを借りて、流れるような動作で左足を角、右足をやつの頭に置き、左手で角を摑んで支えとする。咥えていたナイフを右手で握りしめ、あらんかぎりの力で打ち込んだ。

「おおおッ！」

狙いはさっき山刀を打ち込んだ傷跡のあたりだ。ゴッ、という鈍い音を立てて、ステンレスの鋭利な刃が角に深々と食い込んだ。

よしッ！　やっぱそこまで硬い物質じゃない。あとは……

魔法の時間がそこで途切れた。

「ア゛ア゛ア――――ア゛マギィィッ！」

いきなり食屍王に動きが戻り、猛烈な勢いで暴れ出した。突然のことに振り落とされかけながらも、危うく両手で黒角に抱きつく。

狂乱の態で、激痛に頭を振りたくるネルトルナルトク。ロデオマシンのほうがまだかわいい。ミキサーにかけられている勢いで、オレの身体も振り回される。身体のすぐ側で、やつがやみくもに牙を嚙み合わせるガチンガチンという音が鳴っている。

だめだッ。落ちたらなにもかも終わりだ。死んでも離すか！

急に黒いなにかが全身に絡みつき、オレを角から引きはがそうとする。やつの腕か！

鼻から、口から、耳から、ヘドロ臭い〈瘴気〉が流れ込んでくる。

けどその寸前に、もがくオレの足は打ち込んだままのナイフを探り当てていた。両足をナイフに乗せて足場とし、死力を振り絞って角を手前に引っ張る。

キュオォォ――――――ン。

キュオォォ―――――――ン。

わんわんと頭の中で鳴り響く耳鳴りが、辛《かろ》うじてオレの意識を繋《つな》ぎ止《と》めている。

頭に血が昇る。口中に鉄の味が広がる。もう上も下も、右も左もわからない。ただただ足でナイフを押し込み、引き離そうとする粘液に抗《あらが》って踏ん張る。

もう力が入らない。そう絶望しかけたとき。

ふわっ。

身体がいきなりの浮遊感に包まれていた。

続けて全身に強烈な衝撃《しょうげき》。

ゴキッ。右肩と肋骨《ろっこつ》、あと細かい骨がいろいろいっちまった。息が止まり、世界が歪む。遠のきかけた意識を、生への執着で無理矢理繋ぎ止める。

まだだ！　ここで楽になったら死ぬッ！

「ぐッ、ううッ」

吐き気を堪《こら》えながら、意識をハッキリさせようと頭を振る。

何がどうなった。どうしてオレは壁際に転がってるんだ。壁か床かに叩きつけられたのか。ネルトルナルトクのやつはッ！

おかしい。なんで静かなんだ。鼓膜《こまく》もいかれたのか。

激しい動悸と喉がぜいぜいと鳴る音ばかりがやけに大きく聞こえる。

身を起こそうとして、ようやく気づいた。オレは両手に、黒光りする折れた角を握りしめたままだった。

唖然として目線を送ると、揺らめく〈瘴気〉の向こうで、巨人の影が棒立ちになっている。

と、そこに別の小柄な人影が歩み寄るのが見えた。

重々しい風切り音を伴う一閃がネルトルナルトクの両膝を切断し、巨体は前のめりに床に沈んだ。

赤眼を爛々《らんらん》と輝かせた小柄な影は、続けて高々と大剣を掲げると、流麗な身ごなしで振り下ろす。銀光の線が、身を起こしかけていた〝食屍王〟グラーの大首を刎《は》ね飛《と》ばした。

「これで三度目はあるまい」

少し苦しげな、しかしハッキリとしたグウェンさんの声だった。

「ん。頭目《ヌバンダ》とケニーもそこまで来てます。バルナムメテナと兵も一緒みたいだ」

「そうか。雑魚も首尾良く追い払ったようだな」

隣で、スエンとグウェンさんが言葉を交わしている。オレはといえば、床にへたり込み、無念の形相を浮かべている大きな首とにらめっこしていた。

ネルトルナルトクも、これで今度こそ死ねたはずだ。

それにしても嵐の一夜だった。少しぐらい放心したって許されるはずだ。

つーか、不公平だ。スエンのやつは結局ほとんど無傷だし、グウェンさんもピンピンしてる。いまも痛い思いを我慢《がまん》してるのはオレだけだ。

吸血鬼とかズルすぎる。ミンチ寸前になっても、時間さえあれば元通りなんて。〈七頭大蛇《ムシュマフ》〉だってそこまでは無理だ。服と鎧は血で真っ黒なのに、身体の方は顔色が普段に輪をかけて青白いくらいで、もう不自由ないらしい。

ふと気になった。

「なあ、スエン。なんでお前、甚《じん》さんたちが来るのがわかるんだ？」

あいつはまた、オレの胸で淡く発光している陶片を指さした。

「お前がくれたお守りがどうかしたのか」

「ん。離れていても、僕にはだいたい在処《ありか》がわかる」

あ！　それでふたりは、オレの危機一髪に間に合ったのか。話ができすぎてると思ったぜ。

「ソーヤは運が強い。〈瘴気〉が濃いバビロンでは普段は役に立たない。今夜は特別だった。女神のご加護だ」

「んなわけねえだろ。そもそも誰のせいでこんな羽目になったと思ってるんだ」

「ん。どうかな」

無表情のまま笑いやがった。このやろ。後で見てろよ。

するとグウェンさんが、オレの右脇に手を入れた。

「さあ、そろそろ立て。皆が来る。座っていては格好がつかんぞ」

「首落としたのはグウェンさんじゃないすか。勘弁してくださいよ。オレもうヘトヘトで……」

「馬鹿をいうな。仕留めたのはお前だ、アマギ。皆に見せてやれ。お前の勝利を」

この人に逆らうだけ損なのは百も承知だ。なんてスパルタ教師だ。慈悲の心はないのか！　節々の痛みを堪えながら、しぶしぶ立ち上がる。

するといきなりグウェンさんは、ひょいとオレとスエンの頭を捕まえると、胸に抱き寄せた。血と花の香りが鼻腔《びこう》を満たす。

「ふふ。今夜はふたりのおかげで助かった。もうひよこ扱いはできないな。ありがとう。お前たちを誇りに思う」

グウェンさんの身体は冷たかったけれど、不覚にも胸が熱くなって、みんな無事でよかったなんて、殊勝なことを考えてしまった。

やがて一本の通路から大勢の武具が触れ合う騒音が聞こえてきて、うちの大将を先頭に、兵士の一団が玉座の間に雪崩《なだ》れ込んできた。

「ほほう。こりゃあたまげた。お主ら、三人でグラーを成敗したのか。わしらが着くまで手出し無用と申したのに」

甚さんの妙にわざとらしい大声が響く。

「しかし大手柄じゃ。さすがはわしの郎党。わしらが道に迷っている間に、大将首を挙げてしまうとは。ここにおられる方々が証人じゃ。わぁっはっはっ！」

ま、迷っ……て？

……まさか、そんなまさか。

あんた、オレが死ぬ思いしてる最中に、邪魔が入らないようにうっかり八兵衛《はちべえ》してたっていうんですか―――！

あ、あ、あんたって人は────ッ！

けれどオレの罵詈雑言《ばりぞうごん》は言葉になることはなかった。
頭に血が昇った途端にくらりと立ち眩みがして、目の前が暗くなった。あ、落ちる、と自分でもわかった。

「あ……」

蠍人と戦い、毒矢で闇討ちされ、ウェンディゴと化したネルトルナルトクと殺し合い。一晩でこなすには、ハードすぎるスケジュールだ。限界なんてとっくに超えてる。一度安心してアドレナリンの切れた心と身体は、もう踏ん張ることができなかった。
まったくなんて夜だ……。
糸が切れた人形のように暗闇に落ちていきながら、

キユオォォ────ン。

あの耳鳴りが遠ざかってゆくのをオレは聞いたような気がした。

転章

白神殿。

カグシラの女主人《エレシュ》ラクエルは、白銀の玉座で頬杖をつき、可憐な面差しに難しい思案の色を浮かべていた。

苛立《いらだ》っているように、右手の中指で繰り返し肘掛《ひじか》けを叩く。

やがて意を決したように立ち上がった。

「カルルル……」

「お留守番。別に暴れにいくわけじゃないから」

傍《かたわ》らに控えていた白獅子《しろじし》をそう宥《なだ》め、ラクエルが右手を掲げた。その先の空間が明るく輝き、水鏡さながらに揺らぎ、別の場所の像を結びはじめる。〝門〟が安定すると、少女はすっとそこへ踏み込んだ。

門を抜けた先は、いずことも知れぬ広大な空間だった。

あまりにもだだっ広いそこは、ぼんやりと発光する薄雲に霞《かす》んで、上にも横にも果てが見えない。照明なのか装飾なのかわからないが、いくつもの内側から光る大きな水晶柱のオブジェが、無重力に浮かぶようにゆっくりと雲間を漂っている。

そこは〈国士《キエンギ》〉の曙《あけぼの》から〈神々の会議《アヌンナク》〉が開かれてきた議場。

かつて、ここは偉大な神々の目も眩まんばかりの〈光輝《メラム》〉の煌《きら》めきに満たされていた。だが黄金の日々は既に遠く、侘《わ》びしき伽藍堂《がらんどう》となって久しい。

「これはこれは。珍しい顔が現われたものだ。〝黄昏《たそがれ》の翼〟のお出ましか。どういう風の吹き回しかな」

足下に形成された台座に降り立ったラクエルを出迎えたのは、傲慢《ごうまん》さを隠さない尊大な男の声だった。

氷の玉座に身を沈めた双面白髪のネフィルの台座を見上げ、ラクエルは答える。

「なにか都合の悪いことでもあるのかな？　メスラム」

「いいや。本日の議長として歓迎しよう」

「それにしても、たったこれだけ？」

たゆたう他の五つの台座に、ラクエルは順に目を向けた。それぞれにネフィルを乗せた台座は合わせて七つ。それですべて。

「ついぞ顔を出していないそなたが存じぬのも無理なきことなれど、合《ごう》でもなければ久しくこんなもの。〈神々の会議〉で話し合わねばならぬ議題など既にほとんどない。そなた自身、聖王の件を会議に諮《はか》ることもしなかったではないか」

そういったのは、角のある妖艶《ようえん》な女の上半身に天使のごとき翼、そして四足獣の下半身という外見をした女神だった。華麗なドレスをまとった長い身体を、人の手足をあまた組み合わせたおぞましい輿《こし》に横たえている。

「ボクは本当の〈神々の会議〉との約束に従ってるだけ。まあいいよ。今日は知りたいことがあるんだ」

一拍を置いて、ラクエルが氷の微笑と凄味ある目で周囲を威圧した。

「ボクの街にちょっかいを出そうとしているのは、誰？」

長い沈黙。やがて双面神のメスラムが興味深そうに問い返す。

「聞かぬ話だな。どういうことだ」

「〝黒の城壁〟のルガルがカグシラに小競《こぜ》り合《あ》いを仕掛けてきた」

「ザリンヌは死せる神々の名簿に名を連ねた。そうしたのはお前だ」

別の台座から、重厚な獣の唸るような声が無感情に指摘した。

虎の頭をした巨人のネフィルだ。圧倒的な迫力のある巌《いわお》のような筋肉で全身を鎧《よろ》い、板状の巨大な岩盤に柄を取りつけただけの野蛮な石剣を目前に突き立てている。

「そう。だから誰かが姑息《こそく》にザリンヌの名を騙《かた》っているに違いない。まっ、ボクのルガルが討ち取ってくれたからいいんだけどね」

ラクエルが誇らしげに平らな胸を張った。

「〝黄昏の翼〟よ。お前が〈神々の会議〉の約束を尊重し、中立を保つ限り、〈神々の会議〉もお前の役目に干渉することは一切ない。他の者はいざしらず、この私は。いまのところはな」

メスラムがそう語ると、列席のネフィルも無言のまま、〈光輝〉の気配で意志を表明した。

軽侮《けいぶ》、無関心、疑惑、敵意、畏怖。

そこに込められた感情はどれも冷淡だったが、関与を認める者は一柱《ひとはしら》もいなかった。

自分を疎外する意志をあられのように浴びながら、ラクエルは小揺るぎもせず挑発的に微笑を返す。

そういう反応には、慣れきっていた。かつてならば苛立つこともあった。けれどいまの彼女には、心底どうでもよかった。

「なら、みなに念を押しておいて。今度からボクのルガルへの挑戦は、ボク自身への挑戦と受け取るって。とっても後悔させてあげるよ」

じゃっ、と、いいたいことをいい終えてさっさと踵《きびす》を返したラクエルを、四つ足の女神が呼び止めた。

「待つがいい」

「なあに？」

「そなたがルガルを選んだとは初めて耳にする。どういう心変わりだ。なにかの準備をさせるためか？　心積もりを聞かせてもらおう」

「答える必要があるのかな？　それに初耳なのは当然。まだ正式になったわけじゃないから。けどそうなる」

そして最後に一言、語気強くつけ加えた。

「かならず」

まるで自分自身を鼓舞《こぶ》するかのように。

『ルガルギガム』　つづく

あとがき

原稿の下調べで、古代中東の資料に当たっていたときの話です。

ふと、ある記述に目を惹《ひ》かれました。

メソポタミアには多くの神殿の遺跡があるが、そこに安置され、礼拝を受けていたはずの神像の実物は、なぜか全然見つかっていないというのです。

神々はどこへ消えたのだろう。

よく考えれば、納得いく理由にはたどり着きます。けれどそのとき頭をよぎったのは、まったく別の空想でした。

像はひとりでには動かない。歩くのは生きているものだけだ。

じゃあ神々は生きていたのか。みずからの意志で立ち去ったんだろうか。

そして文明までが消え、いまや虚《うつ》ろな建物の残骸《ざんがい》だけが空しく残っている……。

そんな他愛《たわい》のない連想が、きっかけにありました。

＊　＊　＊

はじめまして。そして一部の方にはお久しぶりです。

本書、『ルガルギガム』を手にとってくださってありがとうございます。

著者の稲葉《いなば》義明《よしあき》です。

ほとんどの方は誰よお前ってところだと思いますので、まずは自己紹介から。

ＴＲＰＧや教養本などいろんな分野で文章を書いている雑食フリーライターで、どこに出しても恥ずかしいゲーマーです。は。いいトシをしてまことにすみません。

以前にはＴＲＰＧリプレイを出版させていただいていますが、今回ファミ通文庫さんで初めてライトノベルを書かせていただきました。

楽しんでもらえたらなあ、と正直祈《いの》るような気持ちです。ぜひご贔屓《ひいき》にしていただければ幸いです。

あ、ＴＲＰＧというのはテーブルトーク・ロール・プレイング・ゲームの略で、電源ゲームで人気ジャンルのＲＰＧの原型になったゲームです。

機械とソフトの代わりに人間が進行役を務め、数人のプレイヤーが協力し、会話とダイスを用いて障害を乗り越え物語を紡《つむ》いでいきます。

小説を好む類《たぐい》の人にはすごくお勧《すす》めできる特色満点のゲームなので、いずれ機会があったら詳しくご紹介させていただければと企《たくら》んでいます。


さて、あとがきです。

こう、毎回困るわけですよ。あとがきって結局なに書けばいいんだよ、と。

著者が自分の書いたものについて語るなんて、大概《たいがい》気恥ずかしいもんです。

しかし担当さんからは、今回なんと十ページも書けますよとのありがたいお達しです。

勘違《かんちが》いしないでください？　元々書きたがりがなるのが物書きというお仕事。ツンデレというか、うれし恥ずかしというか、本音はそんなとこなのです。

しかしです。この本はまだ「上巻」。当然ネタバレは厳禁です。

参ったぜ。ゾンビにヘッドショットを決める平和な日常について語っても誰も面白くないですよね？

そういうわけでちょっと歯切れが悪いかもしれませんが、しばしおつきあいを。

初めてのライトノベル！　ということで、この物語には自分が好きな素材を片っ端から放りこみました。

もう背景からして趣味《しゅみ》全開です。

文明と未開、そして神話が共存し、城壁で囲まれた黄褐色の都市国家に古《いにしえ》の神が君臨する世界の曙《あけぼの》！

昨今ではSFやスチームパンク、そしてゲームなどとの融合《ゆうごう》で、もはや一口ではいい表せないファンタジーというジャンルですが、やっぱり一番馴染《なじ》みのある「剣と魔法《ソード・アンド・ソーサリー》」という枠組みになると、『ロードス島戦記』の昔から中世欧州的な背景が王道と相場が決まっています。

もちろん好きです。

小説でもTRPGでも電源ゲームでも、そういう世界で散々楽しみ、現在進行形で遊んでいます。

ただずっと小さな違和感《いわかん》がつきまとっていて、あるとき気づいたのです。

ああ、そうか。俺の「剣と魔法」は少し違うんだ。『英雄コナン』なんだ、と。

『英雄コナン』シリーズは、屈強《くっきょう》な傭兵《ようへい》であり大胆不敵な盗賊《とうぞく》でもあるキンメリアの蛮人《ばんじん》コナンが、古代の怪奇と軟弱な文明人を向こうに回し、野性の知恵と行動力を武器に世界を渡り歩くヒロイック・ファンタジーの古典です。

元カリフォルニア州知事アーノルド・シュワちゃんが若かりし日の筋肉美を披露《ひろう》する名作映画『コナン・ザ・グレート』で有名ですね（近年リメイクもされました）。

その舞台《ぶたい》となるハイボリア時代は地球の超古代。

人類の文明の側に先史の深き闇《やみ》がいまだ残り、黒魔術を操《あやつ》る妖術師、邪悪な魔力を秘めた秘宝、そしておぞましい異形《いぎょう》の神々が隠《かく》れ棲《す》んでいます。そこはかとなくクトゥルフ風味もあったりします。

古代の神々の落日と新たな人類の黎明《れいめい》が重なる世界。

人々が古の神々や怪物、妖術といった原初の闇にいまだ怯《おび》えるなか、勇敢《ゆうかん》にして無謀《むぼう》なる男女だけが恐怖に立ち向かい、多くは道半ばに倒れ、ときに輝かしい勝利を得て英雄となる。

そんな神話と現実の境界にあるファンタジーにこそ、どうしようもなくロマンをかき立てられてしまうのですよ。

舞台にメソポタミアをモデルとしたのは、そんな幻想に相性最高だったからです。

神話と共存する文明のゆりかご。

滅び去り、完全に忘れられる定めの世界。

それだけでなく、細かな点でもイメージしていた世界観にいろいろ好都合《こうつごう》でした。

たとえば作中でラクエルはカグシラの守護神となっていますが、メソポタミアでは大都市ごとに守護神が定められていて、都市国家どうしの勢力争いはそのまま神々の威光《いこう》の争いでもあった事実に基《もと》づいています。

またラクエルというキャラクターも、メソポタミアの大女神イシュタル（イナンナ）がモデルのひとりだったりします。

この女神の傍若無人《ぼうじゃくぶじん》っぷりはイシュタルさんマジぱねえっすという感じで、あの世に殴《なぐ》り込《こ》みかけるわ、父神から〈メ〉を強奪《ごうだつ》するわ、ウルクの王ギルガメッシュにふられた腹いせに化け物をけしかけるわ、誰かこの女を止めろというくらいのやらかしよう。その暴れっぷりたるや、ラクエルに少々やんちゃをさせても「イシュタルに比べたらまだまだいけるな……」と変に安心できるほど。

「ふうん。つまりボクも本気出しちゃっていいのかな？」

「やめろ。張り合うな。少し大人しくしてろ。頼むから」

おっと、いい忘れるとこだった。

確かに世界設定や用語はメソポタミアを参考にしてますが、あくまでモデルです。盛大に自己解釈してありますので、かけらもヒストリカルではありません。真《ま》に受けて世界史の答案に書いちゃうと先生に叱《しか》られます。ごめんなさい。

まあそんなこんなで、本書はリスペクトも込め趣味全開丸出しで書かれています。

こんなわがままな構想を拾ってくれた編集部には感謝の言葉もありません。

ただ雰囲気《ふんいき》は、思っていたのとは少し違う感じになっちゃいました。特にソーヤとラクエルが登場する場面では。

実は最初はですね、こう……もうちょいダークでハードに、具体的にはファンタジー版伝奇モノっぽいとこを狙ってやろうとか企んでた記憶があるんですよね。

……ええ。ときおり担当さんからラブコメ、ラブコメと不思議《ふしぎ》な電波が飛んできていたのは確かではあるんですけど。

いまいちシリアスっぽく徹しきれない原因たるソーヤですが、しかし日本人の高校生を主人公にするのは最初からの方針でした。

いわゆる召喚《しょうかん》モノはファンタジーの王道のひとつ。ただ好き嫌いの別れるところでもあります。

だから、正直、決めるまでは迷いました。大丈夫だろうか、と一抹《いちまつ》の不安がぬぐえなかったわけです。かくいう俺も、コテコテの異世界ファンタジー原理主義者だった黒歴史を持つ男です。高二病というやつですね。割腹。

ちょうどその時期。悲劇のフランス王妃マリー・アントワネットに関する本を読んでいて、ある一節に行き当たりました。正確な記述は失念しましたが(すみません！)、「歴史上のドラマは、運命の人が器量にまるで見合わない地位に置かれたときに始まる」というニュアンスの内容でした。

おお、と膝《ひざ》を打ったわけです。

そう。奴隷《どれい》が王に、悪党が聖者に、勇者が魔王に。その落差が激しければ激しいほど、ドラマは劇的に、影響は大きく、物語は面白くなるのです。

だとすれば、普通の高校生が〈王《ルガル》〉として扱われちゃうってのはイケる。いや、むしろ面白くならないはずがないのです！　……いろんな意味で。

好きだった作品を思い出して、なんとなく納得《なっとく》しちゃったあなた。そしてあとがきから読んでらっしゃるあなた。ぜひ、下巻まで通して読んでやってください。

なにしろ物語はまだ途中ですから抽象的《ちゅうしょうてき》になりますが、だからソーヤはどこまでも現代人であり続けます。ときに殺伐《さつばつ》とした境遇に追い込まれても、日本で生まれ育った心を、ぎりぎりのところで捨てきれない。そういう主人公です。

きっとあなたを裏切《うらぎ》ることもない、と思います。

あれだけあった紙幅《しふく》も、気がつけばそろそろ尽きてきました。しかし畳《たた》む前にいささか釈明《しゃくめい》があります。

ちょっと似てる……上巻を読んでいただいた方にはそう思われたかもしれません。

そう。コンセプトが一部、微妙にカブってますよね。『ドリフターズ』（少年画報社刊　平野耕太《ひらのこうた》著）に……。

いいわけをさせていただくとですね。このお話、初稿を書き上げたのはけっこう前でして。単行本になった『ドリフターズ』をチェックしたのはその後なのです。

なんてこったと。すげえぜこのマンガはと。

おかげで書き直すべきか真剣に悩みましたが、共通項はあっても描こうとしているものはまったく違うだろう、と判断して構想どおりにしました。

もちろん改定作業中は、多くの参考諸作品同様、大いに手本とさせていただきました。愛した諸作品はすべて本書の礎《いしずえ》となっています。感謝感謝であります。

さて、普通なら最後に「では下巻をお待ちください」と結ぶところですが、『ルガルギガム』はなんと大変チャレンジングな上下巻同時刊行！　お待たせすることなく、すぐに結末まで読んでいただけます！

は！　メチャクチャ嬉《うれ》しいのですが担当さんと編集部の強気、ちょっと恐かったりもします！

……まあ、ただただ全力で書いた。お約束できるのはそれだけです。

いろいろ要素ぶち込みすぎて欲張りすぎたかなあ、などとハラハラしつつ、結果オーライで最後には気に入っていただけるよう祈るしかありませんがしかし！

ｔｏｉ８先生の素晴《すば》らしい表紙イラストはガチ！　上下巻並べると一幅のイラストになっているという心憎い仕様！

ぜひ揃《そろ》えて卓上に飾っていただけるよう、心からお願い申し上げます。

それでは下巻にて、続きをお楽しみいただけた後にまたお会いしましょう。

二〇一四年　如月《きさらぎ》　稲葉義明

作中一番の
美男子のスエン君です。
本文挿画にほぼ
出て来ません…
せめて後描き
に!!
ん

■ご意見、ご感想をお寄せください。
ファンレターの宛て先
〒102-8431　東京都千代田区三番町6-1　エンターブレイン ファミ通文庫編集部
稲葉義明先生　　toi8先生

■ファミ通文庫の最新情報はこちらで。
FBonline　http://www.enterbrain.co.jp/fb/

■本書の内容・不良交換についてのお問い合わせ。
エンターブレイン カスタマーサポート　0570-060-555
（受付時間 土日祝日を除く 12:00～17:00）
メールアドレス：support@ml.enterbrain.co.jp　※メールの場合は、商品名をご明記ください。

ファミ通文庫

ルガルギガム 上《じょう》
黄昏《たそがれ》の女神《めがみ》と廃墟《はいきょ》の都《みやこ》

い5
1-1
1314

2014年4月10日　初版発行

著　　者　稲葉義明《いなばよしあき》
発 行 人　青柳昌行
編 集 人　青柳昌行
発　　行　株式会社KADOKAWA
〒102-8177 東京都千代田区富士見2-13-3
電話 03-3238-8521（営業）　URL:http://www.kadokawa.co.jp/
企画・制作　エンターブレイン
〒102-8431 東京都千代田区三番町6-1
電話 0570-060-555（ナビダイヤル）
編　　集　ファミ通文庫編集部
担　　当　荒川友希子
デザイン　アフターグロウ
写植・製版　株式会社ワイズファクトリー
印　　刷　凸版印刷株式会社

定価はカバーに表示してあります。

ISBN978-4-04-729557-5　C0193

神武不殺の剣戟士
アクノススメ

著者／高瀬ききゆ
イラスト／有坂あこ

“最強の剣《それ》”は人を斬って拓く道か――!?

自称悪党の清水龍人《しみずりゅうと》が入学した帝都剣術学校は、帝都オオエドを護る華である一方、校内での「決闘」を許可する物騒な所だった！　龍人も、天才剣士星村千歳《ほしむらちとせ》に辻斬り犯と間違われて闘う事態になるが、彼は不殺主義者《ふさつしゅぎしゃ》で――。第15回えんため大賞特別賞受賞、剣戟浪漫《けんげきロマン》アクション!!

機関鬼神《カラクリオニガミ》アカツキ 1

著者／榊 一郎
イラスト／Tony

ハイブリッド戦国記、第1巻登場！

徳河《とくがわ》が治める天下泰平の世に、少年暁月《あかつき》は、黒い機関甲冑〈紅月《こうげつ》〉を操り仇敵を追っていた。一方、幕府の軍神こと天部衆《てんぶしゅう》の朽葉詩織《くちのはしおり》は、神隠しが頻発する安芸《あき》の国へ調査に赴いていた。そして彼らが出会った謎の少女沙霧《さぎり》——その宿縁が繋がるとき、この国に巣食う闇が動きだす！

ファミ通文庫

夜姫と亡国の六姫士《ろくきし》Ⅱ

著者／舞阪 洸
イラスト／こ〜ちゃ

既刊 夜姫と亡国の六姫士Ⅰ

そして夜姫は、生誕す——。

バイオレッタ率いる復興軍の快勝によって、新生ヨルゲン王国の樹立が宣言された。しかしその直後に——希望の光は失われてしまった。そこで剣姫士アイオリスは一つの決断を下す。すわなち、死者を黄泉の国から蘇らせるのだ、と。戦いと裏切りのハイ・ファンタジー第2巻！

ファミ通文庫